思于他处

孙郁 著

台海出版社

图书在版编目（CIP）数据

思于他处 / 孙郁著 .—北京：台海出版社，
2022.6（2023.1 重印）
ISBN 978-7-5168-3290-5

Ⅰ . ①思… Ⅱ . ①孙… Ⅲ . ①世界文学 – 文学评论 – 文集 Ⅳ . ① I106-53

中国版本图书馆 CIP 数据核字 (2022) 第 066301 号

思于他处

著　　者：孙　郁

出 版 人：蔡　旭　　装帧设计：欧阳颖
责任编辑：吕　莺

出版发行：台海出版社
地　　址：北京市东城区景山东街 20 号　　邮政编码：100009
电　　话：010-64041652（发行、邮购）
传　　真：010-84045799（总编室）
网　　址：www.taimeng.org.cn/thcbs/default.htm
E - mail：thcbs@126.com

经　　销：全国各地新华书店
印　　刷：北京金特印刷有限责任公司
本书如有破损、缺页、装订错误，请与本社联系调换

开　　本：889 毫米 × 1194 毫米　　1/32
字　　数：202 千字　　印　　张：9.75
版　　次：2022 年 6 月第 1 版　　印　　次：2023 年 1 月第 2 次印刷
书　　号：ISBN 978-7-5168-3290-5

定　　价：65.00 元

自序

我十八岁去东北农村生产队劳动和生活，离校前带了一批书，以防在乡下荒废了学业。不久做了大队的理论辅导员，劳动之余，宣传思想理论。我的工作很起劲，对于书本里的要点也颇为谙熟，讲起其中的思想，力气十足。但那效果并不太好。有一次，一个老乡对我说，你讲得很理论，可是和我们的日子不靠边，生活是另一回事。我一时无语，不知道如何回答，第一次感到所学的知识在这里空化了。

在乡下的几年，我们的思想开始发生了变化。一个最大的感触是，社会一般场面上的语言，是飘浮在空中的东西，而日常中，大家有另一套话语逻辑。词汇、语法与我所学习的那一套不在一个空间里。那个看似单调的田间与村落，其实有着无法言说的丰富性。

时光已经过去快半个世纪了，老乡所质疑我的话，至今在脑海里。这让我又次回想起他们所使用的语言，与我们却不在一个世界里。乡下人所用的那套表述，是自古沿袭下来的。他们表达思想的时候，用的是土地里生出的物象和身体语言。有一些很生动，但不能登大雅之堂。记得一位老支书，在广播里哇啦哇啦讲国内外形势，都是从报纸上学来的，也很飘忽。但到了下面，说起话来也是很幽默的，一些句子在汉语词典里无法查到，找不到对应的字来，自然，这样的时候，老人的官腔也没了。

我后来到了大学，才知道社会语言学中，对此有不同的解释，方言、土语和流行语有特殊的生长理由。也由此感到，认识社会，仅仅从书面语里感悟人生，可能出现问题。在流行语里思考问题，大多存有盲区。而学会说自己的话，也非人人可以做到。

这么多年，在与形形色色作家和作品相遇的时候，可以感受表述方式的差异。在文化变迁史中也会发现，每个时代的流行语的旁边，几乎都存在着另一套话语系统，但它不出现在主流舞台，表面是被压抑的，却有着活力。王国维当年研究宋元戏曲，就看到民间语汇与士大夫语汇的各行其路，到了胡适、周氏兄弟那代人，表达就更为多样，各自寻到属于自己的路径了。

理论界似乎也存在这样的现象，一种思潮来了后，不久有新的思潮覆盖过来，隐蔽的思想走到台前。那些隐蔽的东西，往往影响着人们的写作，聪明的作家与批评家，都不太愿意随着风潮走。这可能与艺术的创新心理有关吧，黄子平先生说，理论有时候会把人引向陷阱，读书人当要警惕。这不是没有道理。

汪曾祺先生生前很重视对于非流行语言的使用。他的文章，有方言、土语，还有六朝的句子和晚明的词语。他在小说和散文里，营造出与时代不同的韵致，在异样的表达里，却指示了存在的隐含。他发现了日常被遮蔽的东西，一些时光深处的存在——被打捞出来。表达的不同，就是思维的不同，在拒绝词语的同质化的时候，他获得了一种美质。也因此，汉语的书写有了更大的弹性。

但我们这代人大概都没有这样的本领，我自己的写作，也常常是重复性的吟哦，被一种惯性的思维所累。有时候想抽身而出，却有着力不从心之感。一个人写作被惯性所驱时，易遗漏存在的要义。所以时时寻觅不被注意的什物，那些微小的，带有生长点的智慧萌芽，才会因与其相逢而收获美意。

这些年来，我陆陆续续写了些杂乱的文章，刊发的时候，编辑或冠之随笔，或称之散文。自己也并不太在意这些文本的属性。我现在大学教书，每年要写一点八股文，不这样写，似乎不能过关。注释要多，行文当绵密，知识点需多样，于是乎仿佛有了学者的样子，自己也得意起来。作为人文学科的学者，这样做是没有问题的。但一个问题是，一些重要学术思想，恰恰在那些任意而谈的文字里。孔子的思想，是在谈话中表达出来的，柏拉图的对话，谁说不是哲思的一种？现在的许多学院派的人，囚禁在自制的笼子里，感觉被钝化的时候，思想也木然了。

我曾经想在六十岁后，多写一点轻松的文字，但发现自己还在旧路上，有时候的表达，却并不轻松。自己想做的，迟迟不能实行，而笔下多的是温暾的言辞，这说明所说与所想，不在一个空间。四十多年前，我在乡下听见老乡的聊天，那么鲜活的语句，带爱的音调，以及幽默的口吻，心与口是一致的。这种言文一致，我们的读书人，现在还多不能做到。所以，我有时候想，流行之外的另类语言，才可能是真的语言。我们这些以语言为研究对象的人，还没有走到自如表达的路上。

偶想起《圆觉经》里的几句话，觉得很有意思："由坚执持远离心故，心如幻者，亦复远离。远离为幻，亦复远离。离远离幻，亦复远离。"话虽然绕，却指明了言与行的本然之所。作家也好，学者也罢，要知道自己所说，可能与实际有距离，有时候，我们都在幻象里，但自己并不觉得。如此说来，还应警惕自己的言说方式，这显得也很重要。去其弊者，自然是要有心的无伪之态。我们能够做到这些吗？这个世上还有多少人能直面自己的缺陷？现在每每自问的时候，内心真的有惭愧之感。

孙郁

2020年4月初稿

2022年3月定稿

目录

第二辑——走出迷宫

第三辑——远去的群落

第一辑

思于他处

卡夫卡的城堡

写作的人，诗意地看着别人，不是太难，而看后因了那无望，不断地拷问自己，则是难过的事。我在接触卡夫卡的汉译本时，印象是他看的本领的高强。但他没有满足于看，自己却要去看那些看不到的存在，于是便拥有了别人没有的紧张。现在，我读着曾艳兵的《卡夫卡的眼睛》，便感到“看与挣扎”这个话题。这不是在译本的轮廓里旋转的书，而是进入思想躯体的对白。书中有着一种热流在自己的躯体里，似乎被它穿透了。我记得卡夫卡的眼神，忧郁的、略带羞涩的样子。曾艳兵觉得自己也在那个目光里走进城堡的边缘，却不能进去。或者一旦进去又不能出来。我觉得那是一种暗示，深味卡夫卡的人，多少懂得这种暗示。

于是，我感到了卡夫卡和我们的可怜。我们阅读他，不觉得是异域的生活，似乎也是我们命运的写真。的确，卡夫卡不像一些作家的文本给我们以强迫接受的感觉。他在自己的世界里，毫不想干扰他人的事情。可是他述说的，可能都与我们有关。他的迷失在路上的低语，仿佛是替我们这些宿命者在表达着什么。

曾艳兵对这个德国作家的把握，是困惑中的体悟与寻觅。他的陈述绝无学院派的僵死气，心灵对撞着，精神在盘诘。他的气质里，也略微可以见到卡夫卡式的焦虑和不安。而那体验，就是彻骨的，流动着《城堡》《变形记》式的迷雾。我终于懂得，理解别人，是一种灵魂的对接。理解是一种进入，在对象世界里，可以发现我们忽略的自己。

只有把日常的幻象撕裂的人，才可以进入世界的本原。那些既定的逻辑常常欺骗了我们。卡夫卡因为身份的复杂，以及存在的复杂，感到语言的无力与表达的无力。他曾说："我写的与我说的不同，我说的与我想的不同，我想的与我应该想的不同，如此这般，陷入最深的黑暗之中。"恰恰由此，他进入了现象界的玄奥地带，多致的存在的原色调被召唤出来。人是一个多么矛盾的存在体，而真实恰恰靠矛盾所表现。

许多年前我阅读《失踪者》，被那迷一般的情境感动了。那个被抛弃到美国的孩子一系列荒诞的经历，是偶然的与特例吗？显然不是。我们就在这样的迷阵里。存在就是悖谬的组合，只是被我们常态的格式条理化了。我们偶然的选择，就意味着没有回路的迷宫的开始。于是永远在隧道里，一个怪圈套着一个怪圈，一个可能连着另一个可能。而心绪的流淌又是那么无常，现象界的面影在那里也不甚清楚了。卡夫卡在此流露出他的虚无、痛楚的感觉，那些都是不经意的。写作意味着自己的存在，至于别人的感觉如何，并不在意的。他甚至不希望自己的文字被人阅读，连发表的渴望也没有。这个忠实于自己内心感受的作家，与虚伪、自恋的名字毫无缘分。

在中国，有相当多卡夫卡的知音，有的借其意象而得神，小说家如是；有的靠其哲思而悟意，研究家这样。像曾艳兵这样的研究家，是少数的深解卡夫卡的人，也是进入卡夫卡世界的引导者。他对那些无法归类的精神因子进行了超逻辑的归类，开启了认识这位天才作家的另一扇门。有趣的是，他在其文本里浸泡了多年，以致无法脱身，那个巨大的光环把他罩住了。神秘的低语与体验，连通着上苍，与混沌、阴阳初始混杂在一起。他敏锐地发现了自己研究对象的内在冲突的缘由，细致的解析里有他生命之流别样的存在。我在其文字里感到诗意与哲思的缠绕。比如身份问题、语言问题、国别问题、职业问题、爱恋问题，都不是清晰可解的存在，永远纠缠着可能与无助、合理与悲情、承认与否定等分裂的话题。人在失去家的地方，才可能感受到空间。在母语被压抑的角落，或许才会进入母语的内核。而这些，都靠心灵的体味。卡夫卡的迷人在于他“在”而不属于自己的同类。人类诸多神圣的概念，在他那里已经失去意义。

我有时候想，十分喜欢写作的卡夫卡，其实与我们的世俗写作理念大相径庭。如果从日常思维进入这个世界，也许我们一无所获。我很喜欢曾艳兵对卡夫卡的气质的描摹，那里有许多存在让我快意。比如他说：“卡夫卡孤独，因为他失却了自己固定的身份和位置。他什么都不是，但他又什么都是；他无所归属，但他又是超越了归属的世界性的作家。”一个不能为自己定位的作家，写着人们所难以归类的文字，就有了另类的审美意味。在分析这位作家的身份时，有这样一段话：

> 卡夫卡一生大部分时间生活在奥匈帝国，但他显然不是奥地利人；他虽然用德语写作，但他不是德国作家；按说他应该属于资产阶级，但他对资产阶级的生活方式和生活准则却嗤之以鼻；他虽然出身犹太民族，但他与犹太人的宗教和文化却有着深刻的隔膜……

这或许是进入卡夫卡精神城堡的入口。他在迷雾里呈现出别人所没有的存在。一切和尼采、克尔凯郭尔、弗洛伊德、陀思妥耶夫斯基都有关联，又都不相近。在一个矛盾的世界，以冲突的目光审视对象的存在，也许就真的可以亲近于他。

也许，在真正的意义上，卡夫卡是我们生活奥妙的朴实的书写者。那原因是作者的简单，以及我们的复杂。我们这些自以为得到天际的人，其实是精神的盲者。最简单的人格可能才看见了世界的原色，那些色调不是七彩的，可能更多更多。而我们只领略了几种。《卡夫卡的眼睛》分解着那位单纯的小说家的纷纭的世界。爱意的、惊恐的、隐逸的、茫然的，都在那目光里。你能够感受到那多色的辐射吗？我每每与其相遇，总觉得被电了一般，好似感到了躯体的隐痛。而那时候，才会从庸碌的状态醒来，看看自己的周围，便也觉得，自己也是被卡夫卡寓言之簇不幸射中了的人。

每一个人都有自己的城堡。但我们这些俗人的居所无甚可观。卡夫卡的精神城堡是另类的。我们难以进去，而一旦临门，又不知路向，好像陷在迷津里。我想，这位以德语写作的人，在迷津里完成了自我。那些无望和紧张却有美的灵思飘动。而我们呢，在看似清楚的空间，却放飞不了思想，实则乃真正地迷失了自我。阳光下的迷失之哀，有甚于暗夜里的走失。因为我们已经没有了卡夫卡的看与挣扎的能力。

思于他处

温和的黄子平站在讲台上，像似有着羞涩的样子，不是滔滔不绝的词语轰炸，而是慢条斯理，欲言又止。有时注意着自己的修辞，生怕惊扰了文本里的幽灵，以免产生歧义。而偶然吐出的热词，却烫着底下听者的耳朵。这时候他自己笑了，学生也笑了。

这是我十五年前旁听他的课时的感受。那次去香港浸会大学办鲁迅读书生活展，便好奇地到了他授课的阶梯教室。他课堂上表述里的智慧，和他的文章一样，有着别人所没有的味道。一堂课下来，听者收获了新意，那也分明有了不小的满足。在一般人的印象里，他是一位批评家，不过又有着一般批评家少见的气质，习惯于沉潜在历史的深处，又时时环顾域外思想的流动。曾经是被学界聚焦的人物，却没有热闹场域世故的气味。与同代的批评家比，黄子平是很吝啬笔墨的人，许多重要的文学现象出现的时候，他都保持了沉默。但大凡表示自己看法的时候，每每又能从其探照灯般的凝视里，发现文体隐秘的能力。寡言者语深，狂言者思浅，证之于今天的文坛，多少还是有些道理的。

许久以来，内地知识界对于黄子平的印象多半停留在二十世纪八十年代。作为七七级的学生，他经历了新启蒙的风潮，而自己也恰是那风潮的弄潮者之一。在各种文学井喷般地出现在文坛的时候，他所选择的评论对象都比较特别，最初的那本评论集《沉思的老树的精灵》，涉猎的多是些反流行色的作家。关于林斤澜、公刘、刘索拉的评论，都看得出他的偏好，后来涉及汪曾祺、王安忆、黄灿然的解析，思维点与许多人并不一致。借着文学文本，去思考时代里的难题，欣然于审美中的对于记忆的记录，灵思自然就漫出了文学的疆界。

遥想二十世纪八十年代的写作，他不无理想主义的热情。在禁忌刚刚被打破的时候，其词语已经超前地滑向前卫之地。“那年梦中有人嘭嘭拍门，白盔白甲的，乱纷纷叫道，同去，同去！”[1]回忆那段历史的时候，他的笔下不由得泛出羞赧之色。谢冕曾说他“带着天真的炽热冲撞进入文坛”[2]，道出了一丝真相。他自觉地将批评写作当成衔接中断的历史的一种努力，在浏览新出的作品时，总要回望过去，将当下文本看成

1 黄子平：《远去的文学时代》，上海：复旦大学出版社，2012年版，1页。
2 黄子平：《沉思的老树的精灵》，上海：华东师范大学出版社，2014年版，5页。

历史进程的一部分。当人们还仅仅在“伤痕文学”和“改革文学”中思考小说审美意识的时候，他却把知识分子话题引入自己的辞章里，而且将自己的劳作看成百年文学逻辑链条的一部分。他在许多文字中对于陈独秀、胡适、鲁迅、钱玄同的认可，都看出其身上的“五四”情结。

在七七级的学子中，他当是一个早慧者。其审美的维度辐射的领域较广，狭窄的学科空间没有限定他的思想。那篇《同是天涯沦落人——一个“叙述模式”的抽样分析》，就是古今打通的思考，文字中有深深流动的历史之河。他特别注意局部与整体的关系，《当代文学中的宏观研究》道出了彼时的心音，感受里有很深的历史意识的贯通，知识分子的使命在词语背后闪动着。他善于将己身的经验和文化研究的内在机理联系起来，在“历史的储存”里回眸个体的经验之影，这就使文学批评与历史遗存有了对话的可能。在他那里，文学批评不是圈子里的自言自语，而关乎思想与社会敏感的神经。人不都是现实中人，也是历史中人。在面对文本的时候，不是仅仅与作者交流，而是和文字背后的看不见的遗存交流。我们的时代的写作何以如此，又何以喜欢驻留其间视之、品之，都非简单的话语可以解释。从复杂的关系里寻找对话的路径，在他那里一直没有中断过。

熟悉黄子平的人可以感到，他多年的写作，无论对于个性主义话语还是红色艺术，都有敏感的体味飘来，不是停在审美的层面，而是上升到认识论、知识论的高度，好似精神史碎片的打捞者，许多被遗忘的存在被勾勒出来。不再像前辈那样在左翼文化单一渠道里打量事物，以反省的目光，重新接续“五四”的语境。而且对于文学的理解，有着反专业化的趣味，我们由此看到他的综合思维的能力。

这种选择有内心的一种需要，但行文中常常跳出细读之径，审美判断不得不让位于思想判断，无意中冲淡了对诗意的专注，鉴赏的天赋未能全部呈现出来。他好像有意警惕阅读作品时的士大夫之趣与绅士之趣，时常与文本保持着距离。许多文章几乎触摸到了文学研究最为敏感的领域，一些新出现的作品在他的眼里很快生成一个新颖的话题。文字里纠缠着思想更新时的内省、反诘，以及无法诉说的隐痛。除了“五四”传统的思考，语言问题、先锋写作、文本接受等，悉被关注。这些在二十世纪九十年代都是被不断深化的主题，是被他很早注意到的。在新康德主义思潮还没有覆盖文坛的时候，他的批评已经发出探索的先声，许多篇什至今读之亦无过时之感。

在黄子平看来，大说空空荡荡的时候，小说则放了光芒。那些改写记忆的文字，在印证着生命体验里最为幽微的部分。他那么喜欢陌生化的概念，以为文学的敞开，需要对于词语的突围和思想的突围。林斤澜引起他的注意，重要的就在于其叙述方式偏离了写实的路径，有了“变幻莫测”的试验。与当时许多作家比，林斤澜的受众不多，但却触摸到文学最为前卫的领域，他对于鲁迅、卡夫卡、陀思妥耶夫斯基的喜爱，也染有无序的凌乱之美，在灰暗、多致的笔触里，写出人性的不可理喻性。黄子平在那里看到了小说的无限的空间，也体味到陌生化表达的惬意。而在阅读刘索拉的文本里，对于那种不规则里的奇异之风的捕捉，满带惊异。传统的表述被颠覆的时候，没有显露的命运之曲便弹奏出来。在远离俗谛的地方，人性的本真终于得以显露。作为批评家的黄子平，从这里看到了哲学界苦苦追求而不得的珍贵精神之流。

吴亮对于他的文字，颇为看重，从他们的交往里看得出彼此的相互欣赏。与吴亮那种欧化的批评之语不同，黄子平的语言有些跳动和滞涩。其笔力精准，刀子般刻在词语的深处，细微的感悟里，常有妙语漫出，流淌中又能溅出亮点。讨论王安忆《小鲍庄》时，他对于“拟神话”与“叙述原罪”的论述，我们恍若看到社会学家的目光晃动。在阅读《红高粱》《灵旗》之后，赞叹了抵抗健忘症和失语症的新式书写。解析汪曾祺的文字的时候，于个体记忆与社会记忆间，看到了未能消失的审美元素。而由此体味周作人、张爱玲在日常生活寻找灵思的相近性。他对于作家味觉记忆和色彩观念的发现，有着某种推理后的欣然，丰富的内觉闪动于林林总总的存在里，于是，以特别的警句提示读者，在那些跳动的灵思里，有被遮蔽的语言的浮世绘。

批评家们在研究加缪的思想时注意到，加缪不太注意概念，而是词语。对于词语的发现，往往颠覆概念的内涵[1]。

---

1 郭宏安：《阳光与阴影的交织——郭宏安读加缪》，南京：凤凰出版集团、译林出版社，2011年版，229页。

二十世纪八十年代的审美，概念压过了词语，但很快就显现出内在的缺失。黄子平似乎不太热衷于那些宏大的概念推演，感兴趣的是文学文本内在气息里流出的人生哲学和审美表述。在变幻的文学风潮里，他意识到了精神自新的可能。文学批评如果还在旧有的途中，对于现象界的描述往往无效。那时候的批评界涌现的青年，都偏离了周扬的思考模式，从不同的资源里，借用精神参照。陌生化的表达，自然要求非平庸的新语。上海批评界的雄健之风，引起了黄子平的注意。吴亮等人都有着京派学术里没有的鲜活的气息，这是他喜欢的存在。这些新涌现的批评家的一个特点，是将绝对正确的批评模式相对化处理，从词语里发现精神的路径，放弃了先验的概念。这自然显得有些异端，许多表述显得过于反叛，于是被讥讽为偏激的群落。黄子平1985年写下的《深刻的片面》一文，对于探索性的表达充满敬意，在他看来，思想的演进，有时候不免在不成熟的冒险里，蹚出新路。不必顾及论述是否全面，即便是生涩之笔，只要出离了旧的藩篱，引人到宽阔光明的地方去，便可以建立新的思想秩序。这让人联想法国批评家朗松的一句话，“人们在一切文学专断主义中看到的都是集体的思想”[1]。而启蒙时期的文学批评要强调的恰是与其对应的个体性的发现。词语比概念更为重要，黄子平从群体的狂欢里退到个体的冷思里，乃有着特别

1 ［法］朗松：《朗松文论选》，徐继曾译，天津：百花文艺出版社，2009年版，51页。

的考虑，这在以后的文字中渐渐显示出来。

当他离开北京，消失于热闹的文化中心之后，其思考的方式也发生了变化。从偶尔发表的文章里，看得出审美视角与思维方式都在调整之中。大量作品的阅读，便与长长的历史背影相遇。鲁迅之后，文学的简单化的趋势来自何方，便是他思考的精神现象。一方面要重新梳理左翼的经验，一方面是回望左翼之外的传统。对于丁玲、沈从文、张爱玲的再认识，似乎都是要解决追问写作意义时不能没有的选择。远离时代的旋涡，可能才知道风暴的来龙去脉。他在丁玲那里发现了“病的隐喻”内在的矛盾性，从张爱玲作品中读出“阴性化的他者思路”，面对沈从文，对比出京海两派的清浊之音。这里不都是简单的审美解析，也有跳出文本之外的凝视。他从小问题里触摸到大时代的脉息，而且这大时代是“被现代化”中精神撕裂的一部分。

对于一个批评家和文学研究者而言，面对文本，其实也是在面对自己。在红色文学熏陶里长大的青年，如何看待自己的记忆，其实在检验着自省的能力。二十世纪八十年代的批评家多有审父的意识，那其间就有一个追问，自己血液里的颜色本来就是纯然的吗？黄子平对此，似乎比同代人都要清醒。他对于左翼文学的理解有着特殊的眼光，从感性形态发现集体无意识的力量，并寻此聚焦那些模糊地带。在严明的秩序里，不是没有思想的缝隙。《“革命历史小说”中的宗教修辞》一文的现象还原，勾勒出宗教观念如何被纳入革命话语的隐秘。“宗教修辞奠定了政治叙事的基础，政治上的

‘革命 / 反动’划分定性，必须从宗教的‘正 / 邪’‘善 / 恶’那里获得一种转喻的力量。”[1]文学中的意识形态与历史信仰的话题，就这样有趣地交织在一起。《左翼文学新论》借着曹清华的博士论文，谈到左翼产生的另一种原因，其解释的方式，颠覆了一些流行观念。他赞同安德森关于左翼乃与“印刷资本主义”共生关系的思想，讨论的角度倒完全是唯物论的。那些被概念覆盖了的存在，不再是单一的、系统化的表征，而是零散、复杂的精神结构。左翼的必然性与复杂性，也由此变得面目清晰起来。在《“革命”的经典化与再浪漫化》《革命·土匪·英雄传奇》诸文中，他试图解开文学史里另一种密码。一切都隐含在词语的背后，拆解词语，从原态的感悟里看文学的生成，无疑会改变世人的传统印象。那词语之门一旦被打开，晦明不已的存在便从旧概念的囚牢里涌动出来。

这时候，我们看到了其笔下的苍凉之味，虽然是淡淡的，但那里的一切都是历史经验咀嚼后的回味，最悖论的地方，才是文本最为引人之所。文学以变形的方式，无意中也留下了未被意识的现实的本质。我们没有走出“五四”，不管“五四”存在怎样的瑕疵，大家还在鲁迅所说的时空里。因了对于现代文学传统的再发现，他的批评便有了一种对应的效果。他把现代文学与当代文学一体化地加以讨论，思想史的趣味散落于诸多篇什里。而这里的重要参照，便是鲁迅。

以鲁迅的资源来重审历史，是许多文学研究者做的工

---

1 黄子平:《远去的文学时代》，上海：复旦大学出版社，2012年版，167页。

作。自王瑶开始，文学史研究的基本框架里，就有鲁迅思维的影子。钱理群、赵园都在自己的研究里渗透着鲁迅的思路，且沿着这思路向更陌生的地带挺近。鲁迅作为方法，可以敞开历史的窗口，那种自审意识里的哲思，对于存在有着穿透性的凝视。比如，赵园的现代小说的个案分析，方法论上就有鲁迅的痕迹，但是我们不易看到那个痕迹。黄子平的文学批评和文学研究，鲁迅的影子时隐时现。他在当代文学的知识分子话题之中，重新发现鲁迅，又在鲁迅遗产里，窥见到东西方知识分子共同关心的难题。与国内研究鲁迅的学者比，他不是从鲁迅到鲁迅，而是在二十世纪以来的场域里，思考知识分子话语的限度。这里有当代文学的经验，也有西方左翼文化的传统。应当说，鲁迅之于黄子平，是一个流动的鲜活的话题，而不是凝固的经验的存在。作为一个思想者，鲁迅的价值一旦被学院派话语垄断，其实也丧失了价值。

二十世纪九十年代之后，黄子平的批评话语里，鲁迅的话题越发多了起来。在《鲁迅·萨义德·批评的位置与方法》里，他看到批评家不应在时代的语境里单一思考问题。批评家的位置不在时代的核心地段，也非凝固传统的延伸台上，"彷徨于无地"才是许多思想者的真实状况。他在萨义德那里领悟了"对位阅读法"的意义，这与鲁迅以"野史"质疑"正史"的方式恰恰相似。于是我们看到他的批评性的立场，也带有"对位阅读"的趣味，在文坛渐渐分化的年代，他既没有迎合新左派的某些理论，也没有滑入庸俗的自由主义之路，而是保持了鲁迅式的批判意识。"知识分子的使命是对权势者说真话，其中的一种方法是重新激活那些隐喻和转喻，使真理历史化，也就是说，使被侮辱与被损害的人的声音浮出地表”。[1]书写这样的文字，表明了他的文学批评的基本立场，而且在重申着知识分子的使命。已经消散的八十年代的温度，还依稀残留在他的笔端。或者不妨说，八十年代建立的基本思想，就这样与鲁迅精神重合在了一起。

鲁迅给黄子平的启示是，文学批评应当是“文明批评”与“社会批评”的一部分。历史的方法与人类学的视角，可能看到本然的存在。鲁迅的非同寻常的地方在于，常常于别样的地方，看到合理存在的不合理性，那些淹没的存在一点点浮现在文字的镜子里。黄子平在香港浸会大学、北京大学、中国人民大学都讲过鲁迅，最著名的是《鲁迅的文化研究》，这看得出其敏锐的目光和凝思的深度。讨论鲁迅的思想，以文学的眼光可能会遗漏一些什么，他捕捉到了鲁迅精神的“不正宗”的光谱，从“学匪派考古学”“脏话文化史”“药 · 酒 · 魏晋风度”“幻象的历史：戏法与照相”几个角度，切入了那丰富的精神迷宫，看出鲁迅在文化史中特殊的地位。在面对复杂的现实的时候，鲁迅的进入问题的视角和方式都偏离了传统士大夫的模式，与同代知识人也颇有距离。西洋文化最为有生气的元素和中国本土被遮蔽的传统，在他那里被调试出一种流转的激情，沉闷的世界便有了声

1 黄子平：《远去的文学时代》，上海：复旦大学出版社，2012年版，230—231页。

色。黄子平谈鲁迅，多是鲁迅研究界题外之语，或者是被知识界怠慢的题目。他对于鲁迅的感受是立体的，时时带有着对话性。这是他对于自己研究专业的一种自觉的反抗，在自己的反抗里，发现了鲁迅的反抗。而他的文学批评题旨，有许多是从鲁迅那里引发出的。

只要细看他的学术交集，就不难理解他的兴奋点何以如此。他的许多朋友在学术研究里坚持的就是鲁迅传统，钱理群、王富仁、王得后等人的著述，都引起他的注意，且彼此有很深的交流。赵园的《明清之际士大夫研究》出版后，他在评论文章里，说这是“危机时刻的思想与言说”，重要的是看到士大夫在历史的位置，“遗”的选择“是士的自由、士之所以为士的证明，是士的存在方式，也是其痛苦之源”[1]。不妨说也是“五四”后鲁迅何以告别士大夫传统的因由。这里有黄子平一贯注意的话题，只是自己无力为之罢了。而钱理群从当下世界重返“五四”的思考，许多观点也支持了黄子平的想法。他与诸位朋友的思想互动与当代学术史的关系，想必后人一定会颇感兴趣的吧。

当学院派的研究淡化鲁迅的本色，成为评估体系的机械劳作的时候，黄子平远离了这种象牙塔化的研究。他有意避免自己的职业身份带来的认知盲点，那就必须放弃专业惯性，以反学院派的学院精神，思考什么是文学里的本真。而在写作的时候，也能够看到将自己的对象化的努力。倘用一

---

1 黄子平:《远去的文学时代》，上海：复旦大学出版社，2012年版，199页。

种鲁迅嘲讽过的话语体系解析鲁迅，是一种罪过。黄子平发现了鲁迅表述的隐秘，自己也自觉地改变思考方式与表达方式。他的文章的绕口和迟疑婉转之风，难说没有鲁老夫子的影子。这种方式在今天的鲁迅研究界，也是极为少见的。

文学中的鲁迅传统，黄子平其实更为期待。这可能与自己的批评角色大有关联。在《撬动一下现代小说的固有概念》一文，从刘大任的作品的解析出发，联想鲁迅的经验，看到那些不按常理写作的人，常常是精神的创新者。他赞美刘大任的小说出离了旧的叙述藩篱，于是带来了表现的喜悦和阅读的喜悦。鲁迅的经验之一，是思想与形式都不为外力所囿，内心的窗口是敞开的。无累之语乃天地之气的衔接者，既成的条条框框便失去意义。他从孙犁、汪曾祺的作品也体味了相似的意味，超越世俗积习才可能召唤出读者的灵思。艺术的目的，岂不是如此？

也由于此，黄子平对于那些"非正宗"的汉语书写者颇为看重，知道艺术的成长离不开那些远离道学气的真人的探索。而鲁迅经验里折射的思想，一是让其润泽了批评词语的亮度；二是深感表达的有限带来的虚无。那些实验性的写作他曾颇为期待，当黄灿然的《十年诗选》问世的时候，他由此嗅出词语的更新带来的快意。《在词语的风暴中借尸还魂——读黄灿然的〈哀歌之一至第七〉》一文，看得出他的审美趣味里的深层关怀。黄灿然的词语亦如里尔克、策兰等人那样，在反辞章的辞章里生出醒目的意象，黄子平于此看到了一种精神的自救：

这是诗歌诞生的时刻，从死亡中诞生，又开始了死亡。“从……到……”句式贯串《哀歌之六》的始终，将阅读、写作、诞生、死亡的隐喻交替置换，繁衍出一大堆斩钉截铁极为霸道的格言式判断句。阅读即隐喻。残酷即美。读者即强盗。作者即读者。读者即世界。阅读即愤怒。写作即诞生。诗人即怀孕。成熟即毁灭。完美即夭折。诗歌即真理。写作即揭露。语言即黑暗。意象即诗人用手擦亮黑暗。[1]

只有精神冒险者才会有这样的审美体悟。在语言成为牢笼的时候，撕裂词语的帷幕才有光的沐浴，摆脱灰色之影便成为可能。黄子平对于语言实验的写作，一直颇为敏感。在一次接受采访的时候，他说自己最为看重的是作家的语言，其次是人性的深的探究。而现代以来，无论陀思妥耶夫斯基还是卡夫卡，在这两方面都有不凡的表现。鲁迅以来一些优秀的作家，是带有这样的特征的。

但黄子平知道，语言虽然在救赎着我们，可是人的表达在现象界面前，又多么的无力。在意与形之间，理与趣之间，深与浅之间，存在着许多不明之地。语言不仅仅有指向的移位，还有着对于无法表达的表达。语言告诉我们是什么，有时候又在暗示着表述的有限，引我们凝视空有的世界。在这

1 黄子平：《远去的文学时代》，上海：复旦大学出版社，2012年版，193—194页。

个层面上，黄子平意识到了写作的虚妄以及对于虚妄的抗拒。批评家在这种荒诞的时空里，不得不小心翼翼，留意身边的陷阱。他在《文本及其不满》的前言里写道：

> 余生也晚，正逢中华文明及其表意文字面临总体崩坏的历史时刻："死文字"（"无声的中国"）正被"我手写我口"（"语音中心主义"）的要求所取代。恍若《斐德罗篇》古训的颠倒再颠倒：口语至上、语音第一、"大众语"和拉丁化。写作者无不身处主体被撕裂的状态之中，你使用了一种被时代诅咒的媒介来表达时代的启蒙要求。而"说话人与听话人的灵魂"也无可挽回地迷失了。除了发出嗫嚅的絮咿之文，到何处去寻觅文之愉悦和文之绝爽？[1]

类似的话语，黄子平在许多文章里都有所流露。如同萨特说波德莱尔自己"感受到他是另一个人"[2]一样，黄子平在统一性里看到分裂和内在的对立。在自己的语言面前的尴尬和悖谬之状，醒悟到批评的限度和表达的虚无性。但艺术的任务之一，就是映现不能映现的存在，对于难言之隐的一种指示。批评家不仅仅要看到文本所指的内蕴，还要体悟无

---

1 黄子平：《文本及其不满》，南京：译林出版社，2020年版，4页。

2 [法]让－保罗·萨特：《波德莱尔》，施康强译，北京：北京燕山出版社，2006年版，3页。

所指的另类本真。于是批评便与创作一样，要抵抗的是词语惯性里的虚妄。只有知道此在的虚妄和词语的有限，才能在偏离的视角里重建辞章的秩序，这变动会挽救我们的表达谬误。

无疑，黄子平是极为少数地领略到此类悖谬的批评家。与那些在热闹场域的写作者不同，他的思维与拉康、福柯、德里达的学术之维有了对话的可能。当代文学与艺术的阐释在他那里脱离了封闭语系的表述，而因之获得了自新的冲动。这是鲁迅以来最为珍贵的经验，他的写作衔接了这个传统，并且也因为这传统而激活了表达的空间。只是他写得太少，对于许多重要的文学现象放弃了言说，不能不说是一个遗憾。作为批评家，为何没在不该沉默的地方沉默？除了对文本的不满，或许也有对自己的不满吧。大言詹詹之际，无词之语乃为真语。在平庸喧嚷的地方，或许沉默也是一种批评。他在退出文学场域的地方进入了真正的文学地图，不妨说是不在场的在场者，是他处的思者。那些不属于流行色的幽默、嘲讽与批判之语，其实恰恰照出我们今天的文坛的形影。狂欢没有思想，寂寞的旁观者，才窥见了世间的真相。

略谈黑塞

中国的读者对于德国文化有天然的好感，但那多集中于哲学界和思想界。我年轻的时候，记住的德国的哲学家的名字较多，所知道的德国文学还限于诗歌作品，对于小说家了解得有限。但自从看到黑塞的作品，对于那文本内流淌的情思大为敬佩，诸多小说的内蕴，不亚于尼采的辞章。于是心里想，原来德国的文学与哲学一样，有养人心目的地方。当年读到黑塞的书，像是被引进一块高地，他的诗与小说，有着常态里的非常之音，司空见惯的世界变成陌生化的存在，不妨说也有康德以来的哲学的力量。

我几次去德国，对于该国文化略有一点感性的认识，但所得均为皮毛。不过在与德国友人的交流里，感受到那是一个高度精神化的国度，许多历史遗产暗示着以往的思想之迹，它们对于世界的影响，实在是大的。中国的许多作家和学者从德国盗来火种，在寂寞的土地燃出光明。相关的故事，一时是说不完的。

中国的黑塞迷很多，说起来有诸多有趣的话题。友人李世琦所写的《最后的骑士：黑塞传》，便有着对于异国智者的敬意之情。他在大量的资料里发现了黑塞的精神轨迹，对于其思想、创作进行了多维的打量。对于我这样的读者而言，全书像一个导游，引路于崎岖的苦径，百转千回里，与闪电般的灵思一次次相逢。俯仰之际，神意种种；往回之间，奇思多多。重要的是我们从那精神之旅看到了文学的本来意义，那就是以敏锐之笔，探入人的意识的幽深之所，由此看到“美和魔力的梦幻”。

好的书写者从来不是在前人的文字面前亦步亦趋前行的，他们总有不满于世间的思想在流淌，将闭锁的精神之门打开，告诉我们人可以以另一种方式存在着。黑塞的创作不仅仅在疗救自己早年的创伤，也在诊断着西方文明里的痼疾。在德国法西斯主义盛行的日子，他的思想照亮了沉沦之国的暗区，以强大的精神之力抵抗着灰色的存在。在艺术都被单色调涂饰的时候，他说：“我讨厌伟大的简化者，我热爱质量感，不可模仿的技艺和独一无二感。”而他的作品便有着非同质化的鲜活之音，在时空里久久回旋着。

“独一无二感”，包含着创造性的愉悦。我自己阅读黑塞的作品，常常想起尼采的超然之思。他们都是世俗世界的非合作者，但这不是一般意义上的选择差异，而是对于人的思维盲区的挑战。当资本主义扭曲着身体跌入深渊的时候，我们的作家们及早提示了那悲剧的可能。而且他们往往在词语与逻辑里避开了历史的惯性，在逆流而上中，觅出别一思想之途。在德语作家中，这样的人很多，荷尔德林、里尔克都奉献过非凡的辞章。黑塞和他们一样，在文字里，同样克服了自己的时代。

看到域外的作家如何面对自己和周围的问题，对于我们国人都是一种刺激。在儒家传统深厚的国度，读书人不易像黑塞那样选择自己的道路。德国有德国自己的难题，他们处理难题的方式有一点勇猛，文字后不免带有孤独性。黑塞的孤独使自己与俗世隔离开来，也因此看清了世间的面目。他的笔调打动我们，不是口号和简单的理念，而是对于生命的复杂的理解。文学是在看不见的地方打通进入世界的方式，作家由此要做出自我的牺牲。黑塞对于同化艺术家的思维深恶痛绝，他在写作里总给我们惊异的画面，那些映出了世间被遮蔽的存在，镜子一般照亮了陌生的自我。作家就是这样一类人，他们在世人没有感觉的地带，唤出读者的内觉，忽地瞭望到未见之景，原来人间竟是这样的存在。这种提示的作用，在那些说教的文本里，反而被遗漏掉了。

自晚清开始，几代人都在学习西方作家观察世界的方式，一些作家身上流淌着域外文学的血液。即以所模仿过的德语作家为例，歌德的《浮士德》曾以两个灵魂的搏斗展开人类生活的寓言，其间的哲学、神学、神话学、音乐等元素，暗含于词语的时候，精神空间忽的变大了。这种精神的大，让中国的读者感叹创造的快慰。而里尔克在寂寞里拉开的夜幕，露出天际间无数星光。瞬间是无穷远方的神秘的显现，我们由此知道探求的路是没有止境的。在广大的天地间，人弱小得乃是沧海一粟，跨越这种渺小，唯有精神创造中的逐日之旅。海德格尔讨论荷尔德林和尼采等人的写作时，感兴趣的是“把我们的思想转向完全不同的区域、尺度和方式”。伟大的作家和思想家的价值，是具有扭转时风的力量。这力量不是靠权力而获得的，相反凭借的是一种智慧，一种思想的自我的燃烧。但他们并非与人间隔绝的怪人，而是深深爱着人间的启示者。文学的力量也就是启示的力量。

我在关于黑塞的材料里，发现了许多过去鲜知的内容，有许多都出人意外。比如，他与中国文化的奇妙的连接，对于其写作产生了不小的影响。黑塞对于中国古代的老子、孔子、庄子等人的理解，哪些地方刺激了其思想的生长，哪些被衔接到语言的魔宫，都是可以深说的话题。西方人看中国的国故，与我们瞭望古希腊的经典，情感是有所区别的。在以西方为中心的文人那里，东方的思想不过稀奇之所，满足了许多人的好奇心。但黑塞似乎不是这样，他的视野与同代人有不同的所在，故精神是超然的地方居多，又有对于西方中心的思想的偏离。这与尼采欣赏佛陀的思想一样，在强大的西方精神的惯性里，他的无畏的选择，有着精神的伟力。

在我的印象里，无论是西方批评界还是中国批评界，流行的都是对于文本的注释后的心得一类的写作，但是面对那些天才文本，批评的话语往往失效。阅读黑塞，惊叹之余会觉出概念的苍白，我们实在不易以简单的话语描绘这样的作家。他于枯寂里吹出了先前没有的艺术之风，那些缠绕我们世界的雾霾也因之溃散。想一想百年来人类苦苦寻觅精神之路，坠入陷阱者何其之多。但是像黑塞这样的清醒的作家，却远离了奴役之路。思想者不都是从世俗里走出来的，往往是在时风的逆向里，激活了传统有意味的部分。对于习惯于在惰性里思维的人而言，如何跳出已有的定式，以超凡的眼光重审世界，那该是应去尝试的选择。

萧红的传记

萧红去世后，描述她的，男性为多，从未中断过。最为热烈的是民间研究者的声音，不时从书林中冒出。他们好奇眼光里的存在，有着神异的色彩，也把昔日文坛的影像由模糊到不断地清晰化着。有人告诉我，其实理解女人，大概还是女人自己，男人眼里的萧红，与女性眼里的形象还是有别的。证之于学林，可以找到许多的例子来。比如，梅志笔下的萧红，比如，季红真的研究等都是。

这个看法后来也得到了一点印证。记得是十几年前，我在中国美术馆参观了萧红生平展，鲜活的场面多多。策划展览的是袁权女士，那时候她还是曲阜一所小学的老师。她何以参与了这个展览，以及怎么搞起了研究，现在已经忘记了。那个展览很朴素、平常，却印象深刻，这个完全民间化的聚会，在那时似乎没引起多少人关注，也匆匆地从京城的热闹里淡出了。

然而此后便注意到袁权这个有趣的老师，她偶然出现在一些学术会议的现场，从不发言，只做听众。后来她到北京搜寻各种资料，偶然到我这里来。我知道她在觅寻萧红的档案资料，在我看来，那都是大海捞针之举，渺乎如云烟的存在，实在是无米之炊。然而不料十几年之后，竟看到了她关于萧红的传记手稿。完全是新的天地——朗照的黑土下的人生，和漂流的女子的写真，苍凉年月的灵光片段，一页页被还原着。我知道，一本更有趣的“萧红传”诞生了。

关于萧红的传记多矣。印象最深的是葛浩文与林贤治先生的。他们都是男性作家，或为教授，或为诗人。都从自己的视角去瞭望自己的审美对象，已被广泛地接受。袁权的不同于他们的是，靠女性的细腻的笔触和详细的资料理解自己的传主，视角自然也有了新意。

萧红是个天籁。从寂寞的北方一落脚到上海，便有异样的韵致袭来。她几乎没有受过国学的训练，可文字天生的好，是晨曦般清晰的光度，照着灰暗的地带。北方枯燥而可爱的生活，就那么如诗如画地流来，带给人的是野味的遐想。鲁迅的认可她，一定与其身上的天然的美有关系。那些作品有从野草和丛林里散出的清香，有旷远的幽怨，和辽阔的心绪。这个没有文艺腔的女子，是混浊的上海滩的一泓清泉，冲刷着世间的乱相。最没有作家调子的人，其实更接近作家的本色。我们看鲁迅为《生死场》写下的序言，真的觉出眼力的不凡，那是捕捉到其精神的亮点的。这个“天外来客”的叩门，让鲁迅嗅到了泥土的气息。在阅读《生死场》手稿时，说是意外之喜也并非不对。

我曾读过鲁迅博物馆藏的萧红手稿，那文字俊美有力，可以想见其人的透彻。像狂风里的劲草，顽强里吐着绿色。她的感觉丝毫没有受到世俗的污染，奇异的句子夹带着苦涩的梦，流转于暗夜里。我承想，粗糙的萧军对她的内觉是常常忽略的，这造成了悲剧。在弥漫着恐怖气息的世间，有什么办法呢？也只能任无奈在此间蔓延，爱与快慰是短暂的。而这短暂的间歇，竟也有精神焦虑后的宁静。那些美文与佳句，实在是她无望之后的喘息。艺术有时乃惆怅里的突围，在弱小者那里，支撑精神的文本，是黑色存在的盲点的填补。卡夫卡、川端康成等，都是这样。至于女性作者伍尔夫、阿赫玛托娃，亦有此意。文学史里的相近性片断，我们还可以找到许多。

许多记述萧红的文字谈到了她心地的美。梅志生前写到这位朋友，有很多细节颇为传神。二十世纪三十年代的青年，精神的突围是多重奏的。萧红经历了饥饿、失恋、漂泊的苦运，也卷入了革命的风潮。她的左翼选择，乃无奈命运的推动。理论上亦无任何准备。生活困顿了，没路可走，只能做苦态的记录。走到左翼队伍的人，也有偶然的因素。底层的青年易在绝境里做抗争的选择，乃历代社会固有之现象。鲁迅在晚年，对青年有如此深的感应，那也是自己还在一样的苦态里吧。不过有一个现象值得思考，鲁迅的痛感里，有古老文化的纠葛。萧红那代人，只是己身的痛感，层次不一样了。但青年的能量，在鲁迅看来是一种纯美的储存。它可以抵挡陈腐的旧影的袭来。晚年鲁迅的快慰之一，就是在萧红、萧军这样的青年那里，看到了旧式士大夫身上缺少的天然的美。倘说文坛还会有希望，是在这类青年身上的。

这种天然的美，不是逃离世间的隐逸，那是与恶的存在对峙的抒怀。他们在困苦里表现的不安与抗争，也是鲁迅心以为然的。萧红的作品，和许多左翼作家不同，她的世界除了对世道的冷嘲外，还有生命自身的困境。她对内在矛盾的敏感，超出了一般作家。中国的激进文人抱怨别人的时候，将自己洗得干干净净，似乎黑暗与自己无关。萧红是一个迷茫的女子。她在最冷静的时候，依然清晰自己的无力感。在到青岛、上海、西北抗战的途中，她显得纤弱和痛楚，一直被爱情纠缠和困扰。当一些作家苦于无法写作，或写不出满意的作品时，萧红却没有那些问题。所有的日常生活都可以入文，这样的生命状态，使她身边的许多男性作家显得轻浮。在意识形态里，又不仅仅属于它们，不凡的文人往往就在这样的空隙里诞生的。

这一本书，资料的排列很有技巧，流畅得很，历史场景的穿插很是自然。因为谙熟掌故，又会心于书写的对象，文章如泉水般流泻。她很少判断，也不抒情，一切靠材料说话。所引资料彼此连接自如，而敬意与爱意亦深含其间矣。在乱世之间，一个美丽、纯情的女子如何挣扎，如何寻梦，都在此间复活了。

好的传记是自己生命的一部分。无论写人还是述己，倘没有热力在，则食之无味。我常常感动于司马迁的写史，人物鲜活，呼之欲出。那是有大的悲悯的缘故。袁权写萧红，有女性间的理解与同情，间或亦困惑的排遣。那种对远逝者的流盼，寄寓了什么呢？也许是刘勰所云的素心吧？我读这本书，一直有种新鲜的感觉。许多模糊的街景、人像，渐渐清晰了。这里也有作者生命的期许，或是一种感怀。一个美丽的生命那么早地离世，是人间的大悲哀。我们这些后来者，知之而不思之，思之而不行之，都有愧于前人。可惜世间流俗者占据的空间过多，美妙的存在灵光一闪，不易留住。传记作者的责任重大，于此亦可窥见一二。

文学写作是一个谜，要找那里的规律殊难。但那些美丽的不易久存的片段，灵光般飘逸在神思里，被后人一点点记录下来，便成了审美的再造。传记写作的劳绩，有时候就在这里。而杰出的人物被不断书写，乃隐含了神采的久远性。写作者与被写作者之间的对话，其实也是读者与逝者的对话。历史有时候就是在这样的对话间有了立体的感觉。袁权的劳作给我们带来的惊喜，也恰在这个层面。因这一本书而去对读萧红的原著，那就不仅廓清了背景，连人的形影，也会渐渐清晰起来的。

雪日读“聂诗”

北京今日大雪，忽想起十七年前冬日的一个雪日，我去万寿寺参加聂绀弩的一个追思会。那次到会的老人很多，吴祖光、尹瘦石、舒芜、黄苗子等谈了许多北大荒时期的往事。印象是香港的罗孚先生也来了，会上给大家带来一册《北荒草》。那是我第一次接触聂绀弩的诗，新鲜、冷峻、肃杀，一些句子过目难忘。读今人的旧体诗，一般不会生出这样的感觉。完全没有老气，如幽默的杂感，或是多趣的野狐禅，意外之音缭绕着。人在无聊的时候和这样的诗句相逢，麻木的神经似乎因之而有了痛感。旧体诗在今日还有这样的魔力，是少见的。

聂绀弩的文字一直以奇险、峻急名世。散文与随笔都暗藏玄机，但唯有旧诗别开洞天。近六十年间，他的旧体诗大概是最好的。偶从一些读书人的文章里看到引用他的诗句，是新奇的感觉。酣畅、飘然、不拘礼俗，却妙意自成。他是个不为旧文体所囿的人，咏物吟人，任意东西，上下自如，一般琐事皆可为诗，染风尘却自洁如玉，谁能做到呢？阅读他的文字，才知道什么是天马行空的样子。死文字和死套路，因一种性灵而得以蠕活，近代以来大概只有鲁迅、郁达夫可以做到。

我后来才知道世间的聂迷不可胜数。常可以在一些沙龙文字里了解一些信息。有趣的是，去年初收到一位陌生的老人来信，夹着两册他编辑的注释“聂诗”的书。写信者是侯井天，才知道他是“聂诗”的研究者。书是自印的，朴素极了。一看注解，惊叹其爬疏之细，考释之详，都是学院中人没有做的。据说程千帆当年看到他自印的书，叹其功力不浅，认为有墨子的气象。此后他的注释本一直在民间默默流传。或许是他的虔诚感动了出版人，直到年底《聂绀弩旧体诗全编注释集评》得以正式出版，这部悄声流传的研究之作才浮出水面。

从民间读本到正式出版物，其间的故事一定是多的。侯井天为了印书，把全家的积蓄都用上了。几十年间他四处寻觅关于聂绀弩的墨迹，暗访诸多学子，史料背后的甘苦种种，而快慰是有的。他注释的“聂诗”，细致真切，互感的情思喷涌着，可谓诗人的知己。我有时候奇怪，像聂绀弩的诗，学院派的人为什么不去深究呢？一般学者不太去研究他的遗墨，是否是不中规矩的原因也未可知。民间的热与学界的冷，映照了今日的世态。聂绀弩写文章也好，作诗也罢，看似嬉戏笔法，实则大的哀怨于斯。读书人默然于此，实在也是积习所然。麻木的神经是不能触摸到圣洁的灵魂的。

我对聂绀弩的了解都是皮毛。读过他的文集，印象深刻。他年轻的时候写下的作品，都有一点火气。文字是火爆的，而且很激进的样子。比如，和曹聚仁的关系紧张，不喜欢非左翼文人的那些腔调。曹聚仁那时侯和鲁迅、周作人的关系都深，是自由人的身份，不喜欢单一的价值判断。而聂绀弩则有确信的东西，绝不骑墙，那就离自由主义者远了。他的文章都是爽快的声音，绝不伪饰自己。杂文风骨很硬朗，真有点鲁迅的意味。那篇《韩康的药店》，嬉笑怒骂之间，是忧思的闪烁，好玩与悲愤都有。读后真的让人喜欢。

二十世纪五十年代后他命运多舛，连他自己都没有想到，沦落之苦使其和旧体诗连在一起。右派与反革命的生涯，刺激了生命的体悟，遂有奇句飘来，血泪之迹里是飘忽的梦幻。好像是钟敬文曾说他是“人间地狱都历遍，成就人间一鬼才”，真是切中之言。聂绀弩不是悲观绝望的人，喜欢在日常中发现诗意，在一般人看来不可能入诗的句子都能神气地呈现出来，南社之后的诗人，大凡写旧诗，多没有这样的本领。

早就有人说，旧体诗已经难以翻出新意了。但聂绀弩却创造了奇迹。他随意翻动句子，许多俗语经由他的手而生出新意。在此方面有才华的还有启功、杨宪益等。启功是以幽默的口语入诗，白话的背后是雅的东西。多少有点士大夫的意味吧。杨宪益则洒脱磊落，是大的智慧，可谓独步文坛。聂绀弩比他们多的是底层的诸多受难的体验，他的旧体诗里没有旧式文人的那一套，词语都是现代的。借着古韵来说今人的思想，且反转摇曳，嘲人嘲己，明末文人的那些飘逸、放诞之举，我们在此都可以看到一二。

聂绀弩的不凡乃是其目光锐利，不为俗事所累。他在苦难里的自语，很有意思，大气得很。《北荒草》写劳动的诗句，真的妙如天音，如有神助。比如，《搓草绳》描绘的场景本来枯燥得很，可是经由其笔，神乎其技，有天地气象：“一双两好缠绵久，万转千回缱绻多。”真乃绝唱。他在雅士们所说的不可入诗的地方，发现了诗意，我们看了只有佩服。他经常有些奇句入诗，都非生凑，而是随口涌出，水到渠成。《归程》有句云“文章信口雌黄易，思想锥心坦白难”，在世间流传很广。“归从地狱无前路，想上天堂少后门”，有笑里的无奈，刺世之音暗藏其间。《无题柴韵诗八首》之八云：“也曾几度上吹台，张吻学吹吹不来。从此改途吾拍马，一躬到地为背柴。道逢醉汉花和尚，口唱猥歌倘秀才。我喊姐夫他不悦，贫僧尚未惹尘埃。”此诗诙谐多姿，反讽的地方和戏耍的因素都在，是作者真性情的刨示，不似市井的俚俗，却有智者的闪光。书斋中人，真的写不出这些诗来。

人在放逐里，倘还有自由的心绪，一旦写下什么，总要有些别样的意味的。我的父亲和聂绀弩有相似的经历，在农场的十几年的生活里，早年创作的灵感都淹没了。那原因是思想不能起飞的缘故。但聂绀弩却没有熄灭心灵的火，在逆境里还能笑对天下，自如往来在精神天地间。他的诗句是飞起来的，人被囚禁，而灵趣种种，万千心绪跳成彩色之舞，其诗见证了一个通达之人的心魂。有骨气和睿智的人，才能有此奇音。与六朝人的诗句比，“聂诗”绝不逊色。

历史真的巧合，十七年前也是这个时候，我在雪日里读到“聂诗”，今日重温旧句，不禁生出感叹。现在我们总算有了一部详细的“聂诗”诗解。为这样的诗人作品作注，要有广博的学识才行。后代人接触这些，没有注释要费力气无疑。侯井天先生集多年之功，写下这本笺注，可谓详备已极。对人物地图、时代因缘、文化沿革，多有心得。如果不是他的辛勤搜求，考释探究，现代的年轻人大约不易理解这些诗句了。我们看这本诗集，会想起许多事情。历史的恩怨，沦落的烟尘，四散在这里，给我们久久的感怀。我有时看到一些雅士写下的旧体诗，觉得多是无病之吟。总是在想，把旧体诗搞死的正是他们，无病之音有什么意思呢？聂绀弩以喷血的声音写下的妙句，那才是艺术，而旧体诗也由于他，重新活起来了。只有精神飞起来的人，才会抵达思想的圣界。在我们疲劳的人生里，能飞翔起来的人，真的让人羡慕。

在表现主义风潮里

要是没有看过鲁迅的藏画，想深谈他的审美趣味，总还是隔膜的。我当年第一次阅读《引玉集》《凯绥·珂勒惠支版画选集》《死魂灵一百图》，就惊奇样式的超常和内容的鲜活，传统西洋绘画的影子几乎淡去，完全是别样的存在。印象最深的，大约是那些先锋作品。流动的线条里跳跃的情思，尼采式的斑斓之色烫醒了眼睛。思绪被一次次放逐，又在旋转里窥见灰暗里的光亮，一切仿佛在注释鲁迅内心未曾敞开的部分，也将某种底色展开着。

一个作家如此深地与美术思潮纠葛在一起，自然会引起读者的好奇。鲁迅眼里有趣的美术品很多，汉代造像、浮世绘、明清绣像、西方版画，都曾陶醉过他。周作人谈及青年鲁迅的爱好时，就专门介绍过其美术活动的片段，为我们深入认识他提供了诸多线索。这是颇为诱人的话题，无法言说的美和冒犯感官的图景，一直存在于他的笔下，诸多作品引导自己去体味未曾有过的存在。细心的学者早就说过，鲁迅的美术活动是不能孤立言之的，它关联着驳杂的内容，与翻译、整理国故，写作和社会活动都在一个空间里。一面是词语的翻新，一面有色泽的迭出，古风里带着现代的爽意，在反映现实的时候，又能把我们引入陌生的灿烂之地。

这些年一些青年人注意到了鲁迅的这一特点，并潜心于其间，有了诸多的发现。友人崔云伟认为，鲁迅审美观中最为重要的部分，就有表现主义元素。他的《鲁迅与西方表现主义美术》一书，系统阐释了自己的思想。读他的书稿，觉得在寻找鲁迅内心深层的存在，从飘忽易逝的瞬间，定格了灵动的情思。但又不是以静态的视角看待问题，许多看似不相关的存在，被一一提示出来。描述表现主义艺术传播史，要有很好的美术史的训练，这样的写作在挑战着以往的思维，方法论上颇多心得。许多片段散着热力，匆匆读过后，内觉涌动，思绪被引入幽敻的世界。就视野与趣味而言，这样的思考把朦胧的感受条理化了。

我们知道，鲁迅翻译的文学作品和收藏的美术品，构成了其知识结构的多棱面。除了中国传统艺术外，域外艺术是激活其审美意识重要的资源。他所译的文学作品，不都是写实的，印象派、现代主义和象征主义的元素皆有。从尼采到陀思妥耶夫斯基，看得出反逻辑的方式的特别。安德莱夫、迦尔洵、阿尔志跋绥夫、勃洛克等，有着外在于我们世界的奇思异想。阅读或介绍他们的文字的时候，先生感受到了精神突奔的愉悦，他自己的写作，分明也有这样的余音在。而他的杂文写作，从未有枯萎的老态，因为内心有流动的幽思。联想起他那么喜欢蒙克、凡·高、罗丹、珂勒惠支，彼此并非没有内在的逻辑。美术元素刺激了他的表达，那是自然的。这些逆俗的画家，撞碎了精神的屏障，从曲折之径直逼朗然之路，我们突然从混沌之中进入澄明之所。

显然，鲁迅欣赏的域外艺术品有许多偏离了古典主义的路径，部分存在着表现主义的特点，崔云伟将其视为激活鲁迅审美意识的重要资源。关于表现主义，一直有不同的界定，它是一种先锋的行为，每个艺术家在体现先锋意识的时候，特点并不统一。按崔云伟解释是有广义说和狭义说之分。他认为“广义的西方表现主义美术是指在绘画、雕塑等美术中许多采用了各式各样的表现手法并具有强烈的表现特征的现代美术流派。狭义的西方表现主义美术则专指在二十世纪初期德国画坛上甚为活跃的一种现代绘画流派”。崔云伟是从广义的表现主义角度来分析鲁迅思想的，这就将视线拓展到更为复杂的领域，由此可以说清许多的不明之物。在这个领域思考鲁迅的精神背景与话语的审美特质，就将文学家的思维与美术家的内觉一体化处理了。

从青年时代起，鲁迅的审美就带出反常规的特质，一是恪守古人某种元气的神思，二是一直存在着摸索新路的渴念。所以其路径往往与时风反对，冒险的意识背后，有厚重的传统艺术的精灵的跳动。鲁迅后来亲近表现主义艺术，这大约因了自己的经验。只要我们想起他的经历与时代的轨迹，就看出思想与时代间的张力。那些不正规的表述里中正的爱意，是激起了自己的想象力的所在。留日时期欣赏摩罗诗人拜伦、雪莱等人，那些作家的文本就有飞扬的一面。这些人的写作确立了个性的价值与自我意识的独特表述，是从古典主义过渡来的奇思。到了表现主义那里，思想热流一般飞溅，一切古老的程式都打破了。凡·高绘画的凌乱感中，却疏散出奇特的美，他的笔下的画面里却有最为宁静的超然的美。蒙克的线条虽然变形古怪，而撕裂的时空被遮掩的存在逼真地走向我们。这些表述与鲁迅内心的感受多有重叠，他自己的文字不是也存在着类似的美意吗？对比他们的不同环境中相近的表达，看得出审美的快意常常是在世俗感受之外的一种发现。

现代西方艺术一直在寻找精神的突围点，那些艺术家不满于金钱社会的庸常思维，在批判中不乏孤独的流浪意识，有时便被抛弃于社会边缘。这种孤独中产生的匪气和诗意，也在社会革命的风潮里得以回应。表现主义艺术家有许多带有左翼的背景，早期苏联绘画与诗歌中的先锋性，连带出革命性的内容。鲁迅在《〈新俄画选〉小引》中说，“十月革命时，是左派（立体派与未来派）全盛的时代，因为在破坏旧制——革命这一点上，和社会革命者是相同的，但问所向的目的，这两派却并无答案”。所以，在他眼里，革命性与先锋性，有时候并不对立，彼此亦多交叉的地方。只是先锋的存在颇为个人化，大众不易理解。磨合这种对应性的存在，对于个人是一个挑战。

但那时候中国一般的左翼艺术家，是被一种固定的概念牵制的，他们因信仰而将审美之门闭上，精神只聚焦在有限的领域。鲁迅的左翼是草根式的，他从现实和精神领域都呈现着生猛的特色。而俄苏艺术中先锋的元素，也给了他诸多幻觉，认为革命虽然是血腥的，但未尝没有精神攀援与创造。他后来在珂拉普琴科、法复尔斯基那里，就发现了自己喜欢的求索之光。这些与勃洛克、马雅可夫斯基的诗歌以及梭罗古勃、康斯坦丁·斐定的小说的幽玄之美，都能触摸到人的鲜活的灵魂。

有时候翻阅他的书，就会感到，思想日趋左倾的鲁迅，依然保留着极为个性化的审美偏好，不像那些高喊口号的青年那么简单化地理解社会与人生。西方左翼资源不都来自革命理论，还有非革命的思想者的遗产。那些漂泊于社会的愤怒的知识人的独创性的书写，在鲁迅看来并没有过时，就思想的猛进与艺术的灵动性而言，还可以启示着改造社会的人面临精神的突围。他高度赞扬乔治·格拉斯的达达主义的作品，以为使用的是一种非资产阶级的艺术语言，从被物欲化的符号里解脱出来，创立了表现生活的另类词语。那些夸张的人物形象与不规则的抖动的线条，鞭子般抽打着生命里的黑暗之影。这种写意与展示，属于别一世界的别一语言，读者由此感到了莫名的快感。同样，在珂勒惠支笔下，战争之痛与死亡之苦，海雾一样卷来，空中弥漫着血腥之味。而那些不屈于命运的人们眼里流出的神色，覆盖着被谎言撕裂的都市，存在被重新命名和书写了。由此可以领悟到，鲁迅理解的现代主义和表现主义，乃现实批判的一种艺术突围。它们冲破了精神牢笼，被压抑的爱意和醒世的目光，重返人生舞台。

许多杰出的作家都与表现主义艺术有过神遇之乐。张爱玲在西洋先锋派的图画里，就唤出了潜在的情思，精神因之被打开。夏目漱石欣赏那些变异的美术作品，自己的写作也偶染此风。我们看谷崎润一郎关于色彩与国民性格的描述，笔墨里恍惚之思，倒照出时间的真相。鲁迅与这些人比显得更为复杂，他将西洋的新兴艺术与本土的木刻运动结合起来，不再是个体生命顿悟的事情，而成了社会的改造的实践。艺术里的革命与革命中的艺术，完成的是生命的自塑。

这些在他晚年的杂文里表露无余。我们看他《死》《这也是生活》《我要骗人》，说是有表现主义的光泽的流溢，也并非夸张。他的不安的心绪与广远的爱意在灰暗与明快间忽隐忽现，凡·高的纷纭和珂勒惠支的幽玄都有，有时跳动着蒙克式的惊异之魂。但这些都没有归于死灭的大泽，而系着无边的神思，涂染着未明之地。这时候你会感到，他就是光，是黑暗的决然的挑战者。所有的这些，既有前卫探索者的余影，也带马克思主义的神勇。在左翼作家中，鲁迅开辟了一条反写意的写意之路，那是表现主义画家。在《写于深夜里》，我们看到这样的文字，表现主义画家凯绥·珂勒惠支的作品似乎传染了他：

野地上有一堆烧过的纸灰，旧墙上有几个画出的图画，经过的人是大抵未必注意的，然而这些里面，各各藏着一些意义，是爱，是悲哀，是愤怒……而且往往比叫了出来的更猛烈。也有几个人懂得这意义。

一般来说，现实性与先锋性是不易融合的存在，有趣的是，鲁迅在自己的实践里，是忠实于现实精神的，现实性在他那里一直是最为主要的精神，但有时候又带着超越现实另类的东西。崔云伟也注意到“鲁迅欣赏表现主义美术有其特殊的嗜好和选择性，即鲁迅最喜欢的是凡·高、高更、蒙克、罗丹、珂勒惠支等这些具有相当扎实的写实功力的大师级的表现主义先驱者和同路人的作品，并和他们发生了精神上的甚深融和”。这抓住了问题的核心，也看出其精神的多面性和立体性。以先锋的方式表达现实的内容，他比一般的作家走得要远。因了坚实的写实功底，才能在表现主义艺术中寻到可以腾飞的资源。而他自己也就在这种反写实的写实里，拥有了自己的生命。

简单地从鲁迅藏品里看其美术世界的原色，还是远远不够的。崔云伟知道，只有在其创作和编辑生涯里寻找内在的精神联系，才可能解释鲁迅精神本然的存在。他从鲁迅的作品流露出的诸种意象里，看美术的影子，又在所提倡的版画运动里，寻找精神内面的动因。创新的艺术家总有内心相似的地方，他们有巨大的献身精神，但规则是被超越的，这也是天马行空的意识。作者从“鲁迅作品中的表现主义版画（木刻）感”“鲁迅作品中的表现主义油画感”“鲁迅作品中的表现主义漫画感”几方面去探讨相关的话题，都有水落石出的感觉，作为美术思想家的鲁迅也由此呈现出来。

喜欢鲁迅著作的人都会感到，文字里的画面感和画面里的诗意，在鲁迅那里是无法分割的。许多画家在鲁迅那里获得的灵感，不亚于专业美术作品。林风眠、徐悲鸿都重视鲁迅的美术观念，他们生前对于鲁迅的尊崇，一部分来自那感觉的亲昵性。现代版画运动由一位作家发起，且长久影响着那些青年画家，说明了文学与美术的渊源。而且重要的是，现实的生猛性与思想的超前性，那么一致地交织在一个时空里。大凡杰出的艺术家，都是世俗的逆行者。文学与美术，在“五四”之后都面临着走出新径的焦虑。但这新径并非热闹中人的专利，而常常在孤独的夜行人的脚下。鲁迅在那时候，就表现出与西方诗人与艺术家相近的一面。我们看他的沉思里的孤傲之语，亦如现代派诗人的面孔，绝不屈服于流行色的样子。梁宗岱在讨论兰波的创作时说：“他孤零零地没入灵魂的深渊，把自己的回忆和梦想，希望和感觉，以及里面无边的寂静和黑，悸动与晕眩……织就了一些闪烁的异象。”这其实也注释了许多前卫艺术家的特征。鲁迅给我们留下的经验，并不亚于那些出色的洋人。

突然想起我过去接触过的几位美术界的前辈，他们的著述里每每有神圣的感觉，那是研究对象深深感化了自己的缘故吧。张望、张仃都有好的著作流传。最为难忘的，是一些画家的言说，有着一般学人没有的感觉。比如，吴冠中、陈丹青就发现了鲁迅审美世界的底色，这些也传染给了他们，或从技巧上，或在气韵上，呼应的地方也是最为动人的地方。鲁迅在美术界的影响力，不亚于他在文学界的辐射，那是因为在审美的基点上，有开拓之功。不是教会了什么方法，而在方向感上，引入了创造的可能。既存古意，又带新风，思想不拘于旧趣，格式往往出奇。这可以说有表现主义的内因，但也有别的元素。而表现主义之于他的创作，是十分重要的。

我在崔云伟的书里感受到了作者的快意。描写这样的话题，看得出鲁迅世界的广阔中的深远，纯粹中的驳杂。表现主义是对于庸常思维的碾压，未尝不是一种精神的革命。崔云伟在写作中沉入其间，又跳出文本，瞭望到更为广阔的空间。他的许多思想都是从艺术的特质里升腾出的，对于艺术品内在的美做了哲学式的分析。从那些与鲁迅相关的美术品里，读出审美的对话性，也于鲁迅文字中，寻找刻在词语间的美学之影。结论是恰当的，论证亦讲究学理。从美术的角度看鲁迅的世界，如同文学世界一样，有无数的对话的可能。

每一代人走进鲁迅，都有不同的背景和精神需求。近四十余年，鲁迅研究成果丰硕。人们越来越深入到文本的幽微的地方，透视我们未曾见到的风景。不仅仅细节多有亮点，宏观把握上亦多气象。鲁迅遗产是敞开的存在，每一点都有被重新激活的可能。它等待我们去对话、思考，由此引导于创造的神路上。百年来的中国文章多已睡着了，唯鲁迅的词语还像流水般奔涌着。最有魅力的艺术在于它拥有不断出新的内力，历史上这样的存在不多。但鲁迅这个特例改写了艺术史，这不仅是中国的奇迹，也是世界的奇迹。现在的我们，还远远没有将他说尽。

汪曾祺的语言之风

汪曾祺先生晚年的走红，大概是他也未曾料到的。二十世纪八十年代初，人们开始注意到他，先生却笑而对之，旧态依然。印象里他越到老年，越有古风。第一次见到他，像是早就熟悉的父执，有着天然的亲切感。那时候我也住在蒲黄榆，和他家距离不远。蒲黄榆属于丰台区，环境乏善可陈。《蒲桥集》写到这个地方，给人的样子是有一点野味儿，仿佛世外桃源，以至有人专去造访蒲黄榆的那座桥。在没有意思的地方写出了美，看得出他笔底的神奇。

我年轻时有幸认识了他，念之而感怀至今。不过那时不太敢惊动先生，造访汪宅的次数有限。最初的交往，便感叹他的博学，气质里有俗人没有的东西。沙哑的声音，有点麒麟童的苍劲之韵，很强的磁性弥漫在客厅里。聊天的时候，常常涉及民国的人物。因为我那时候正在研究苦雨斋主人，便问他怎样看周作人及其弟子的文章。他对于周作人、废名颇为佩服，说了诸多感慨的话，其余的几位如俞平伯、江绍原、沈启无等，他兴趣不大，评价偏低，以为只学到苦雨翁的皮毛，辞章有些生涩。具体说到俞平伯的散文，他直言有点矫揉造作，没有放开手脚。至于沈启无，过于仿效周作人的文章，就不太出息了。

李陀曾说汪先生平和的背后，有点狂狷之气，不是没有道理。同代人的作品引起他的兴趣的不多，那些流行的作品在他看来多禁不起阅读。但也有入他的法眼的，比如孙犁、黄裳、阿城等。倘有好的文章家出现，他会欣然不已。有一次我给他带去赵园的新作《北京：城与人》，内中有谈京味儿的片段，涉及汪先生的地方不少。许多天后再到汪宅，他对于赵园的文笔颇为喜欢，让我转告，写得真好。在他眼里，当代学者还有以这样笔法为文的，的确不多。那时候赵园还在关注当代的一些作家，却未能有暇见到汪曾祺，真的有些遗憾。倘他们有些交流，当有一番风景吧。

我觉得晚年的汪曾祺有点寂寞，虽然约稿的人多，求画的人众，但能够与其深度对话的人殊少。林斤澜是他的老友，可彼此的差异带来思想的不同。他们喝酒的时候无话不谈，多是文坛掌故、学林笔意等。但关于人文学术、文化史，只能独自咀嚼，周围的人不能与其在学识上有所互动。他虽欣赏林斤澜小说的味道，但有一次对我说，可惜老林的章法有点混乱，过于混沌是不好的。他也不太关注当代的批评家，那原因可能是缺少学问或别的什么。更主要的是，与他交往的人，对于文章之道和母语隐秘，木然的时候居多，于是只能自己与自己对话。显然，我们这些喜欢他的人，都不能跟得上他。

汪先生喜谈语文，也就是他年轻时候所云的“语体文”。但他的视角和那些京派的文人不同，雅言有之，俗语亦多。记得朱自清在《雅俗共赏》一文里，也颇为关注雅俗问题，但朱氏只能在儒雅的语体文里自营氛围，却与人间烟火颇为隔膜。废名的文章很美，不过也是士大夫语言的改造，不太有烟火气。至于周作人，那是书斋里的走笔，俗言俗语还是多少被抑制的。但汪先生不是这样，他是语言上的出新者，厌恶绅士之调，亲近民间的超然之韵，周氏兄弟的辞章爱之，村野的小调也很喜欢，博雅的学问落在泥土地里，遂有了《世说新语》般的意味。读汪曾祺，每每不忘其语言之趣，古调与今语，台阁与山林，都不是对立的，好似彼此在一个调色板里了。

我们看他的小说和散文，是很注意语言的，留下谈艺的文字，关于语言的话题最多。汪先生谈论语言，不像前人那么拘于作家的身份。他看重各种语体，古今中外的句法都曾留意，摄取的语汇都融到自己的文章里。他在议论文学史与批评史的时候，鲜谈那些观念性的东西，非不能也，乃不愿也。由此上溯旧的时光，也发现历朝历代的流行文字，存在类似的问题。在汪曾祺眼里，语言是精神的存在之所，也为生命的血脉。思想的有效性如何，其实是语言的有效性的有无。视语言如生命，且以一己之力对抗粗俗的文风，在他那里形成了一个内力。他到美国讲学，谈语言问题；去鲁迅文学院授课，也讲语言问题。而在自己的集子的序跋里，辞章的好坏成了衡量文学的标准。坦率说，汪先生讲这些话，有自己的“语言政治”。

有人说他是一个隐逸式的人物，有一点旧派文人的气味，这大概是皮毛之见。汪先生虽然是京派人物，对于左翼思想并不隔膜。他对于旧戏的看法，对于民俗的认识，对于性心理学的把握，都是“五四”派的，不太喜欢那些遗民之调，和士大夫的暮气。先生讥讽过京派中人，也嘲笑过极左之士。有时甚至还造了某些“五四”先驱者的反。这使他不拘泥于京派传统，也不裹在“五四”遗风之中。我觉得他的视野上承六朝遗绪，下接晚清余风，又染有苏轼、张岱的神采，是个打通古今的人物。他讲语言，也是讲历史，讲存在，更讲意义，其间隐含着改革的冲动。与时风看似很远，心却在现实之中，焦虑之情隐隐，责任之感深深。汪先生有自己的抱负，那情怀，比起伤痕文学、寻根文学的作家，是要更为宽广的。

在为《晚饭花集》写的序言里，他说：

> 我的作品和政治结合得不紧，但我这个人并不脱离政治。我的感怀寄托是和当前社会政治背景息息相关的。必须先论事，然后可以知人。离开了大的社会背景来分析作家个人的思想，是说不清楚的。[1]

1《汪曾祺全集》第9卷，北京：人民文学出版社，2019年版，289页。

汪先生所说的政治，不都是题材、主题等显在的东西。他的价值判断不在一般意义上的曲直忠邪里，而是暗含于人性深处不可名状的存在。对于风气、人心、世道的感悟，非以观念为之，而存在于叙事的语态里。这是深隐的东西，他将复杂的体味结晶于文字里，在他那里，有趣味的语言，是人性的表现，否则，乃异化的躯壳，那样的形体是没有温度的。俄国的诗人曼德施塔姆在《词的本质》一文认为，一个民族一旦“失语”，是一种危险，拯救母语的表达，其实是恢复民族的智性[1]。汪先生要提升的就是一种智性。

大凡熟悉他的人，都能感到有种超然的东西藏在深处，与流行的话语，是格格不入的。在他看来，极左的话语方式，偏离了人性的航线，那是一种僵死的存在。二十世纪八九十年代正是文化生态恢复的时期，一般作家对于过往的生活认识，还在简单的好坏层面。他却从辞章、语体、章法等层面，重返母语世界。汪先生的语言观，有点不同于“五四”后主流的作家，他赞同闻一多的观点，语言不是工具，本身就是目的。以汉字为本位的书写，有其表述的特殊性，离开这些特殊性来谈文学，多不得要领。他对于胡适的文学观是有微词的，因为《文学改良刍议》其实是没有文学本质特点的议论，乃实用主义的浅显之作。新文化的先驱者中，只有周氏兄弟的表达有精神的分量，无论语言还是思想，都跨步高远，引

1 ［俄］娜杰日达·曼德施塔姆《第二本书》，陈方译，桂林：广西师范大学出版社，2016年版，17页。

领了精神的攀缘。余者则一部分有审美的弹性，一部分带着思想的闪光。后来大众语的提倡，成绩卓异的是赵树理，一般作家对于生命的表达，其实是弱化的。

汪曾祺以为语言有文化性，所谓文化性，不是思想的单面表述，乃对于古今中外文明的摄取。他很喜欢六朝文人的辞章，简单里有幽深的东西。那其实受了佛经的某些影响，还有上古思维里的质朴之味。中国好的文章，多不是靠词采为之，而是简约里散出幽情，贵在传神。柳宗元、欧阳修于此颇多会心，他们的文章好，乃文史修养很深的缘故。六朝以来好的文章家也是学问家，在审美上也自成一路。学问可以提升境界，却非生硬替代，而是天然形成。大凡用力去写的文章都不好，苏轼“渐老渐熟，乃造平淡”，在他眼里是高明之论。

语言的暗示性，也是他重视的一面。他说：

> 国内有一位评论家评论我的作品，说汪曾祺的语言很怪，拆开来每一句都是平平常常的话，放在一起，就有一点味道。我想任何人的语言都是这样，每句话都是警句，那是会叫人受不了的。语言不是一句一句写出来，“加”在一起的。语言不能像盖房子一样，一块砖一块砖，垒起来。那样就会成为“堆砌”。语言的美不在一句一句的话，而在话与话之间的关系。包世臣论王羲之的字，说单看一个一个的字，并不怎么好看，但是字的各部分，字与字之间“如老翁携带幼孙，顾盼有情，痛痒

相关”。中国人写字讲究“行气”。语言是处处相通，有内在的联系的。语言像树，枝干树叶，汁液流转，一枝动，百枝摇；它是“活”的。[1]

这是夫子之道，说出了自己的审美追求。他所说的暗示性，是有多种维度的存在，有古文的复制，方言的安插，还有口语的嵌入。他行文的时候，往往点到为止，不画蛇添足。但背后有无边的背景，那里有人间世的风风雨雨。《星斗其文，赤子其心》，看似回忆文字，但桐城派的简约，苦雨斋式的淡雅，以及沈从文式的清秀，都在不动声色里出来，静水深流的特点，于此得以伸展。《金岳霖先生》是一篇趣作，叙事、写人，从容得很，写到漂亮的地方，便戛然而止，留下空白。但字里字外，余味儿袅袅，一时让人叹然。

汪先生还谈到语言的流动性。写作的人，倘被一种语境囚禁，当会止于生涩之途。他的笔触轻轻落下，没有声响，但却触动了读者的神经。这流动性有大雅到大俗的起伏，空漠与实有的散落，以及正经与诙谐的交汇。有时候是韵文的思维下的片段，有时是谣俗之调，有时则白若开水的陈述。他的一些小说，语言几乎就是口语的铺陈，但偶尔夹杂文言，又冒出戏曲之腔，拓展的是一条词语的幽径。一语之中，众景悉见，转折之际，百味儿顿生。他取韩愈的节奏之美，剔

---

1 汪曾祺：《中国文学的语言问题》，载《晚翠文谈》，郑州：河南文艺出版社，2017年版，201页。

除了道学的元素；得张岱之清越之趣，却有凝重的情思。那些流传在民间的艺术，在神韵上影响了他词语的选择，幽怨流于平静里，这在百年文学中是少见的。

“五四”新文化运动，对于桐城派的作品是排斥的。章太炎的弟子黄侃、周作人、钱玄同等都拒绝桐城派的散文，许多理念被扬弃了。汪先生是喜欢桐城派的一些辞章的，比如，他就受到归有光的影响，那种干净利落，留有空白的审美意识，在其文章里多次折射出来，且有所改造。刘大櫆的“文气论”，从汉字规律入手，以字句的节奏、神气的布局，实在道出文章的玄机。汪曾祺对于古今的文学，取有益者用之，不以流行的观点为然。二十世纪五十年代后，作家对于古文比较隔膜，几千年汉字书写的经验被切断了，写作者不知古训，鲜见学问，这在他看来实在是可惜的：

> 传统的语言论对我们仍然是有用的。我们使用语言时，所注意的无非是两点：一是长短，一是高下。语言之道，说起来复杂，其实也很简单。不过运用之妙，就可存乎一心了。不是懂得简单的道理，就能写出好的语言的。[1]

他在总结自己的老师沈从文的经验时，特别提到了古文修养，言外是，优秀的作家与传统有分不开的血缘。沈从文的文体的隐秘，他体会很深，短短几语，便道出天机：

1《汪曾祺全集》第9卷，北京：人民文学出版社，2019年版，359页。

> 也像鲁迅一样，他读了很多魏晋时代的诗文。他晚年写旧诗，风格近似阮籍的《咏怀》。他读过不少佛经，曾从《法苑珠林》中辑录出一些故事，重新改写成《月下小景》。他的一些小说富于东方浪漫主义的色彩，跟《法苑珠林》有一定关系。他的独特的文体，他自己说是“文白夹杂”，即把中古时期的规整的书面语言和近代的带有乡土气息的口语糅合在一处，我以为受了《世说新语》以及《法苑珠林》这样的翻译佛经的文体的影响颇大。而他的描写风景的概括性和鲜明性，可以直接上溯到郦道元的《水经注》。[1]

除了古语，他也重视方言。小说里就用了高邮话、北京话、张家口话。每到一地，最感兴趣的是方言。这一点与赵元任颇为接近。赵先生从几十种方言寻觅语言特质，品玩的地方也是有的。汪先生则从各地语言那里，看出地域的气质来，内里有谣俗的美质。语言单色调是有问题的，方言可以疗救普通话渐渐呆板化的病症，与民风原态的存在息息相关。他自己看重老舍和赵树理，就是因了那作品里对于方言的雅化的处理，以及雅言的通俗化表达。老舍的高明在于，以京味儿的特质，藏古人的章法。表面是胡同人口语，但内中有文言的节奏。所谓俗语雅化就是这个样子。至于赵树理，

1《汪曾祺全集》第9卷，北京：人民文学出版社，2019年版，423页。

于山西土语里见出民风的美质，土语的运用里，却有经营，有缠绕，有寄托。于是民间的风情历历在目，精神也活了起来。这种语言，是从生活里来，也从学问中来。但二十世纪五十年代后，许多作家没有这样的技能，汪先生从语言的滑落里，看到了思想的衰微。他在文章百弊丛生的年月，写出美的文字，无疑也有革命的意义。

汪先生不喜欢革命这个词，但他确实是在做语言的革命。“五四”那代人谈谣俗之美，多还是纸上谈兵，并不能做到此点。京派的文人，过于雅化，周作人、废名都不太会使用土语，那文章都有绅士和象牙塔的一面。汪先生经历了革命文学的经验，又保持了苦雨斋式的学问、趣味，遂将古语、语体文、戏文、方言有机地排列组合，创造了新的艺术。新文学一百余年间，语言有弹性和韵致的唯二三子，而汪曾祺崛起于浮躁的文坛，激活了古老的母语，又能在空白之地拓出新绿，实在是一个奇迹。

我们今天看他的小说，多回忆性的画面，远去的灵魂被一点点召唤回来，凝视之中，爱意暖暖流着，那些曾有的存在，被一种悲悯之情涂抹到时空的深处。词语呢，是天然成趣，毫不做作。他以这样的方式，对抗伪饰的文学，那些外在于生命的概念、命名，对他都是虚假的东西，不足为道。他写《受戒》，像是淡淡的山水画，色调里有天然之美。他作《大淖记事》，以古朴、自然之语说人间凡事，就找到了底色的对应，我们仿佛看到民国初期的文学，表述里没有沾染一丝泛道德化的影子，真的是经验里的超验之思。那些逝去光阴里的存在，只能以非强制性的方式为之，他的用心，不留意者难以看到。

对于他来说，小说有无数种可能，可惜人们被几种模式困住了。即以小说的语言为例，他就有多种笔法。传统笔记小说，就被借用了许多，有时能够看到《聊斋志异》的痕迹。他还用佛经体实验作品，自己承认，《螺蛳姑娘》就有讲经的味道，在他眼里，古印度的叙述智慧，有无量的光泽。但更多的时候，他的语态从儒家的小品那里流出，《论语》的温情，《昭明文选》的词句，无意中与己身的冷暖叠合，也好似明清文人的谈吐。年轻的时候，他的小说有种现代派的感觉，句子系欧化的一种，伍尔夫与阿左林都激励了风格的选择。不过后来放弃了这些，寻的是中国气派。这大概受到了谷崎润一郎的启发，不都在欧化中模仿别人，而是回到母语之中。谷崎润一郎的小说与随笔，讲究文体，汪曾祺在什么地方与其颇似。许多日本人的眼界开阔，却没有在欧化的路上走远，乃知道自己是东洋人，血液里有江户时代的元素。汪曾祺很早就注意到日本人的经验，他的写作，至少在风格上，是保持东方的气派的。

读他的作品时，从来看不到宏大叙事，文本是静谧而纤小的，凡人的谈吐居于多数。“化大境界为小景”是他的追求。因为自己就是平民百姓，何必去装成圣人口吻指点江山呢？他厌恶太监念京白之类的表演，那是主奴文化里的表达，乃阴阳怪气的东西。人被阉割了，却装腔作调，并不知道自己的可悲。汪先生欣赏健康之语，陶渊明就一片朗照，沈从文何等自然。他从孙犁那里看到未被污染的语汇之美，也在阿城作品里读出非媚态的气韵。好的作家，往往用非流行的语言写作，策兰的诗以德语为之，但德国人把他看成外语式的写作；辛波斯卡乃波兰人，使用的却是外在于祖国的另类母语；卡夫卡在语言的运用上，是颇为犹疑的，他自己在德文、希伯来文、捷克文之间游荡着，有着不同于奥匈帝国的风气。这些人的写作，有自己的政治。他们以不同的方式表明与时代的不同。汪曾祺不懂外语，他自以为是一个遗憾，也是重要的短板。但他却从异于时代的另一种辞章里与时代对话。那些封存的辞藻、遭弃的句子，在其笔底渐渐蠕活了。他让我们知道了母语遭到了多大的伤害，汉字遭到了多大的劫难。只要看看《字的灾难》一文，就可以明白，他以微弱之笔独对苍生的可爱。而我们的母语也因为他，获得了自如的弹性。

于是，旧里出新，新旧交汇，在他那里成为可能。我们看他写下的剧本，很好地解决了雅俗问题。戏曲对于他是一个很大的资源，他的小说与散文好，和懂得戏剧也有关系。我们知道，他并不满足中国旧戏的传统，在基本点上，和鲁迅、周作人的戏剧观接近，以为观念旧，形式呆板是一个问题。但他不像周氏小兄弟那么远离剧本写作，而是用现代的眼光，改造戏剧。将唱词、念白写出另一种味道。古老的唱词被一种鲜活的民间意味所置换。而旧戏里的程式之美，也刺激了他如何在语言里寻找变化。他说：

京剧有一套完整的程式，唱、念、做、打、手、眼、身、法、步。这些程式可以有多种组合，变化无穷，而且很美。京剧的念白是一个古怪的东西，它是在湖北话的基础上（谭鑫培的家里是说湖北话的，一直到谭富英还会说湖北话）形成的一种特殊的语言，什么方言都不是，和湖北话也有一定的距离（谭鑫培的道白湖北味较浓，听《黄金台》唱片就可发现）。但是它几乎自成一个语系，就是所谓"韵白"。一般演员都能掌握，拿到本子，可以毫不费事地按韵白念出来。而且全国京剧都用这种怪语言。这种语言形成特殊的文体，尤其是大段念白，即顾炎武所说的"整白"（相对于"散白"），不文不白，似骈似散，抑扬顿挫，起落铿锵，节奏鲜明，很有表现力（如《审头刺汤》《四进士》）。[1]

能够这样总结京剧词语的内蕴，非有语言天赋者不能为之，这是齐如山这样的剧作家才有的敏感。我们看他的小说，起起落落之间，闲游似的自如，都分明戏剧里的幽魂的再现。齐如山论述京剧艺术，看重文人气和市井气的流转，说："杂剧及传奇中的句子，都较为文雅。其实梆子、腔皮簧戏中虽然较俗，但幽默隽永的更多。"[2]戏剧的文学性，有时候靠这样的元素完成。汪曾祺对此，深有体味。有趣的是，他

1《汪曾祺全集》第10卷，北京：人民文学出版社，2019年版，364页。

2《齐如山文集》第5卷，石家庄：河北教育出版社，2010年版，307页。

在研究民谣与曲艺的时候，也发现了叙述智慧，像《读民歌札记》《“花儿”的格律》《我和民间文学》等文，探究词语的用调与用韵，有语言学家般的睿智，他的学问与专业语言学家虽有深浅之别，但那些心得对于他自己的文学书写，都有诸多的暗示。

除了对于语言的敏感，先生还对于色彩、旋律、舞蹈颇多趣味。他的绘画、书法作品，也是一种色彩语言，有许多暗示的东西。而戏曲里的姿态、节奏和造型，也折射到了他的表述里，于是文章的行文有非语言的语言，非色彩的色彩。如果不是精通书画和京剧艺术，他的小说、散文不会那么有趣。这种综合的存在，于他那里形成合力，精神的维度是丰富的。

他逝世十周年的时候，我在鲁迅博物馆策划了他的生平展。整理他的手稿和书画作品时，发现了一些趣事。比如，如何修改文章，书法的品类，还有关于草木虫鱼的许多展示，牵动着生活中的诸多记忆。他的许多画作，都是即兴的，有些颇为幽默，好像孩子般的微笑。有些乃对于前人精神的回应，某些“八大”的笔意，和齐白石的野趣，都在其画面有所体现。开幕式上，林斤澜、邓友梅和铁凝都来了，面对其笔墨，众人感慨万千。

宗璞先生讲汪先生的画，有文人的气质，对于那笔意颇为称许。她说：“汪曾祺的戏与诗，文与画，都隐着一段真性情。”[1]语言不得者，画中得之，乃审美的代偿，或者思想的移步。汪先生画画，有消遣之意，与写书法一样，是其小品文的另类翻版。中国的文化是在笔墨间流动的，汉字的千变万化，与诗文的迂回曲折，都有一个东西支撑着。他的书法，和他的文章在气韵上有点相似。恰如清代刘熙载《艺概》所云："书之章法有大小，小如一字及数字，大如一行及数行，一幅及数幅，皆须有相避相形、相乎相应之妙。”汪先生作画与写字，都有静气在胸，心定意闲。挥洒之间，弥漫着深趣。这与他的小说、散文一样，出乎法度之外，笔底流出神气。他用特别的方式抵抗着庸俗与无趣的袭扰，画外之音与字外之喻，不知道醉倒了多少读者。

有一次我去他家，先生正在作画。那时候他已经搬到了虎坊桥，有了很大的房间，有人给他搞来一张大桌子，条件改善了许多。他嘲笑地说，自己要辞去作协会员，以后多参加画界活动。二十世纪九十年代，他对于文坛的某些风气，有些微词。他的牢骚背后，有许多另类的意识在。那次他给了我一幅新作，上面是徐文长老屋里的青藤，藤枝稀疏而叶子鲜美，简约里有无边的春意飘来。这是典型的汪氏风格，和他的小品境界庶几近之。上面写着：

青藤老屋，老屋三间，寒士之居也。青藤贴墙盘曲，

1 宗璞：《三幅画》，载段春娟、张秋红编《你好，汪曾祺》，济南：山东画报出版社，2007年版，71页。

下有小石池，即天池。丁丑年开春忆写。汪曾祺记。

特赠孙郁。

一九九七年三月

他以弱小对抗着高大，用安宁直面着粗俗，在悠远里觅出世间的一种亲昵，见之者无不心动。于是吹动了语言之风，沉闷的空间为之一变。这已经不是“五四”文人的狂飙突进，乃是润物的细雨，一切幽微之点都含有隐趣，催开的是簇簇新绿。语言不都是迎合什么，摄取那些逝去的遗存，揉进现实的经验，或可柳暗花明，辟出新径。他在诗的语言、散文语言、小说语言和绘画语言里，完成了对于母语重塑。中断的气脉，因了他而获得生命。这是“五四”那代人未竟的工作，今人能承其余绪者，真的寥寥。在词语表达变得单调的时代，先生辟出自己的园地，将光引来，将风引来，将天地之魂引来。由于他，我们有了久久驻足的地方。而那精神的美，一时是说不完的。

三十年的群像

一九七七年年底，我们一群在乡下插队的知青，参加了恢复后的第一次高考。从入学至今，已三十余年。对于逝去的光阴里的人与事，值得留恋的自然很多。但倘放到人类的大平台来看，则是否有留存的价值还很难说。有心人已注意到了这一代人，毕竟经历了不平凡的年代，精神的痕迹有浅有深，曲直之间可看出思想里的问题。这一切在复旦大学出版社推出的“三十年集”系列丛书里可看得清楚。

看丛书作者的队伍，各种色调的均有，不同的文本聚集于此，南音与北曲，东腔与西调，生出的是一种热闹。真的是群像的陈列。许多人是不太读同代人的著作的，他们觉得过去的文献值得关注，而同代的书籍则不好判断无疑。我粗略看了一下这套丛书，有许多陌生的表达，恍然有新的发现，才知道我们同龄人做了那么多的事情。不妨把它当作思想的档案对待，其可阅读的理由大概也在这里。这些不同性格的人在三十年间留下的文字，有一种命运的悲曲在，至少在认识历史的层面，还是有参考性的。我年轻的时候看老人的丛书，就想起暮色里的古树，在残照里肃穆的样子，庄严里还有一点悲苦。这状况，如今也降临到我们这一代的身上，只是难及前辈的厚重罢了。

因为好奇，我最关心的是自己专业之外的人的结集，神学、社会学、国际政治的那些选集，透露的信息是完整的，可了解三十年间的变化之迹。思想解放，社会进步的过程，纠缠着许多东西。一些淡忘的往事，一点点浮现了出来。比如二十世纪八十年代时候讨论异化的问题，关于资本的问题，那时候都觉得是禁区的突破。现在的读者不会感到这些常识在当时确立的艰难，那时候的行路之苦，至今想来都有点不可思议。

想起二十世纪七十年代末的思想碰撞，到二十世纪八十年代的冲破牢笼的选择，可观的文字是众多的。我那时候注意的是思想解放的途径，喜读李泽厚等人的书。经由他的思路，去阅读康德、弗洛伊德等人的著作。记得还阅读了周国平译的尼采的《悲剧的诞生》，激情也被焕发了出来。第一次读到西方马克思主义的书，心甚神往，有精神的沐浴的快慰。因为厌倦了斯大林主义的模式，回到斯大林之前的革命文本的重要，怎么估量都不算过分。三十年间的学人要做的根本性的工作，可能就在这里。

七七级与七八级学生，在那时候既是阅读者，也是书写者。那时候的文字是初升的太阳一般，喷薄着朝气。直到二十世纪八十年代末，这种热情一直弥散在字里行间。三十年间，思想一方面在不断突围，也有不断退化的危机。一些论争也在此出现。国家主义、个人主义，民族主义和普世精神交织在议论的空间。有新闻工作者的谈吐，有象牙塔里的学者的沉思，派别也相应出现了。这种分分合合的现象，隐含的意识恐怕一时难以说清。至于是非曲折，说起来也是一言难尽的。

我自己对现实政治变化的反应很迟，很晚才从惯性的思维走出来。我们这一代有早慧者，也有顽固不化的人，思想的变化不都是一下子出现的。直到今天所讲的一些价值观，都是从二十世纪七十年代后期的思想觉悟那里一步步走过来的。这里有对域外的摄取的渴望所形成的冲动，“五四”的声音又回来了。也有新儒学影响下的复古的声音，以及新马克思主义的独语。现在活跃的学者有一些来自这个队伍，虽然大家已不可能再聚集在一个旗帜下了。

涌现的新人相当可观，各个领域几乎都有新奇的面孔。我因自己的兴趣，关注的是文学与哲学队伍里的人，他们的审美里的哲学，读起来有益智的效应。钱理群、赵园、陈思和、陈平原、夏晓虹的书，都是文笔出色的一类。我记得第一次读到钱理群关于周氏兄弟的论文，感受到了一种冲击波。这样的论文，过去不易读到，这里的内在性因素，是精神解放的前导，沉闷的精神之天，终于要有亮色在了。印象深的还有赵园的《艰难的选择》，以美文的方式表达思想的隐喻，在我看来是一种精神的愉悦。我才知道我们对文学和社会，还可以如此书写。而我们文化资源的梳理，还远远不够，她们多沉睡在荒野里的。二十世纪八十年代新的批评群体和学术群体在表达的格式上，与二十世纪六七十年代的切割是显而易见的。我自己从这样的切割里开始了思想的变化。

如今重翻这些人的三十年集，真的是温故之感，其实也发现了新的学术之径。比如，我阅读夏晓虹的《燕园学文录》，关于晚清文人与妇女的文章，都很好看，史家的博雅和文学的内觉均在。她沉浸在晚清的史料里，却不觉乏味，在人与物之间穿梭的时候，有读人的惬意在里面。我在她对黄遵宪、梁启超、林纾的描述里，感觉出转型时的文人的内心的复杂。其实我们这个时代何尝不是一种转型，夏晓虹自己的研究有一种己身的追问也有可能。学术中的生命之感，可能与经验有关。那经验与历史档案的相逢，所升腾的思绪，真是蔚为大观的。

文章观念的恢复，也是二十世纪八九十年代时期从事学术思考的人的特点。赵园、周国平、止庵的文章，都有文章家的特色。我注意到止庵的文章集，也特别能说明一些问题。他起初受父亲的影响写一些新诗，词语都很清新，调子也是明快的。但是后来兴趣转化，喜读杂书，涉猎甚广，尤以书话为乐，谈论书籍与文人，都是个性的路子，毫无学院派的样子。他对时代的隔膜主要基于几点：一是拒绝浪漫的抒情，思想在周作人的世界和欧美文人的王国。二是远离专业的阅读，在任意而随性里讨论问题。三是博览的快慰，喜欢精神的独白，节制感情，倡导科学的严谨精神。止庵选择的路，和许多学院派者相反，以反雅的方式对待世界，乃为了保留内心的雅致。周作人式的文本的复活，乃读书人自我意识的重新的确立。博识、独思、自乐，比那些喧嚣的文字多了的是少见的宁静。

与止庵不同的是陈平原那样的写作，既保留了周作人式的趣味，也带有胡适科学研究的严谨。他的学术史意识里的奇思，在格局上显得比较大气。他的写作始终被一种学术史的眼光所笼罩，甚至认为自己就在这样的学术链条里。陈平原在学术理念上承接王瑶的理路，在方法上取法于胡适、周作人为多。他关于现代学术的建立以及小说史的勾勒，是有上几代学人的思路的。从他的三十年集看，都是有意与二十世纪五十年代的学术理念保持距离，恢复的是二十世纪上半叶学人的一种传统。

上述几个人在文风上是直接到二十世纪上半叶的话语里的，苦雨斋式的流盼含在其间，有很深的承接意味。但民间一些思想者则表现了另一种格局，他们不屑于做学院派的儒雅的文章，也反对单纯的文人腔。这种选择在林贤治那里显得颇为充分。林贤治是山林派的独行者，与象牙塔里的人几乎没有关系。他是鲁迅的追随者，思想不失激情，有浩茫的情思在。其文章有诗人的味道，每每与论敌交手，词语含有杀气，不屈不挠的一面历历在目。影响林贤治的除了鲁迅之外，俄国的知识分子是他的精神来源之一。我们在其文章里能够体味到俄国诗人与斗士的忧郁与激情。他蔑视周作人式的儒雅，对胡适的温暾亦保持警惕。这些形成了一种新的文体，但也因为价值判断中的绝然，受到了温和的自由派文人的批评。不论你喜欢他与否，林贤治的民间性与诗人的激情，显示了生命力的高强。他的不同流俗的歌咏，成了我们时代的独异的存在。

陈平原在著述里不断强调章太炎所云的“学在民间”，其实是对私学的神往与官学的厌倦。而林贤治的独自歌吟，自成曲调的神态，才是章太炎式的狂傲的遗响。只是林贤治无心去做章太炎那样的学问，或因能力，或因趣味，在路径上则紧追鲁迅的路了。中国近三十年的学术，渐渐被体制化和格式化，思想不得舞之蹈之，精神被流水线的操作所覆盖，如此看来，林贤治式的存在，真的弥足珍贵。这是新民能否出现的标志。我自己喜欢林氏的率真与才华，但不认可他单值的价值态度。我觉得他学到了鲁迅的一面，遗漏了鲁迅杂学背后的暖意的一面。不过，在学术日趋的僵化的时代，他带来的清醒，是重要的。戴着镣铐舞蹈的体制内学人，可选择的空间有时候会受到限制是无疑的，我们需要的还有不被外界所累的存在。

由此我还想起学术边缘里的人的写作，也是难得的景观。这可以列出许多的名字。比如，李辉、李庆西等人的作品都很有韵味。前者是记者，后者乃编辑，他们是活的史料的收集者和编辑人，对学术自然有另类的眼光。述学的方式很感性，是自由的游走，观点在不经意间慢慢流出。李辉对老艺术家的采访很有功力，写出许多有趣的篇什。李庆西则由当代文学进入古典文化，兴趣略带杂家的意味，是自由阅读与书写的，多有己身的困惑和解惑的快慰，与那些学院派人比，真的洒脱而有趣的。

我自己觉得，三十年间的学术与思想，不过是对斯大林时代的告别的开始，仅仅是一种精神的修补，如果和前几代人比，显然还存在着盲区。像述学的语言，有魅力的不多，似乎难以调动母语的潜能。在知识的驳杂上，我们没有钱锺书那样的人物，在专门的知识上，金岳霖式的学者也是少的。在史学界，与陈寅恪比的能有创见者亦很有限。中国的学术进入了断裂的修补期，众人的沉思与劳作，不过新的起飞的准备。三十年间的起起落落，其实是思想的重启。其间的苦乐，青年人未必都能了然吧。

学术要求专门化，也应有通人在。可是至少在人文领域，这一代人还不易做到。我们的思考者现在离现实越来越远，有的沉潜之功亦颇为不足。我自己就有这样的问题，显然还在门外徘徊着。我偶读龚自珍的书，看到他对古人与今人的态度，学问里有生命的力度。即使是阅读古碑，文字里也有苍冷、遒劲之风。他的文章，有忧世的苦楚，还有与古人对话的贴切与机敏，学问与人生是一致的。这样的人，我们今天不易见到。当然，现代的学术，不都应要求古人的样子，像康德那样的人，也是急需的。可是做到他们这样的状态，依然大难。所以说，我们这一代给后人留下的教训，可能比经验还要多的。

在这些人中，张汝伦的文集给我很深的印象。他的跨度很大的文章，包含着对古典哲学和现代哲学的多样的态度。张汝伦谈论海德格尔、尼采和哈贝马斯等人的思想，总能找到一个入口，有中国学者的忧思在。他对儒家文化的判断和自由主义文化的理解，都脱离了极端主义的立场，是对“五四”精神的回归。比如，对资本主义的看法，就非自由主义的旧调，他对近代哲学的诸多点评，有历史的眼光和历史的同情，校正了许多单一思维的缺陷。他对王国维、谢无量的学术思想的感悟，有卓越的见识，有一种永恒的追求的态度，是一种跨越种族与体制的超越性的思维。从他的文本里，我读出了我们这一代人的思想的一种有意味的方式。这就跨过了二十世纪五十年代以来泛道德化的语境，直接与胡适、鲁迅的精神对接了。

人类只有进入困境才会学会思考，三十年间，人们不断追问各种困境带来的不幸。检讨半个多世纪以来的悲剧原因，只在狭小的圈子里是不行的。一些学人在自己的领域里不断敲问神秘的精神之门。这些与“五四”的学人比，有更大的难度。因为不仅要挑战自己的知识结构，也要与各类的舆论环境周旋。二十世纪八十年代的时候，知识界还在一股力量里团结着，后来因现实的陡然巨变而发生分裂。这带来了精神的碰撞。西方理念与东方哲思各显姿容，一些挑战者每一次飞跃都以超越旧的认知体系为起点，精神不再囚禁在牢笼中。这一代人以非学者的姿态进入学界，又用学界的资源反哺民间社会。很难说已经回归到了“五四”的原态之中，但这种努力的悲壮，也是可以慨叹万千的。

我有时觉得，学术不都是在进化里滑动的，有时还在旋涡里，甚至出现回潮。就精神的分量而言，我们至今没有超出鲁迅的那样的人物。量的增长有时与质的存在没有关系。百年的动荡与文化巨变，用短短的时间不可能恢复元气，学术史的高峰似乎不在我们这个时代。当我们进入和平的时代的时候，另一种力量开始左右世人。中国的学术正面临着被实用主义覆盖的危险，“五四”那代人的精神要坚守下来，实在太难。不过依现实的眼光看，我们的学术毕竟出现了多种可能，这是可以欣慰的事情。从事研究的人其实都知道，我们必须清醒我们的盲点太多，众人的群像里，有光彩照人色调的甚为寥落。看看域外的学术史，以及我们邻国的文化生态，现在还不是高兴的时候。

散文六十年

六十年间的散文流派纷呈，谈清它并不容易。二十世纪五十年代的整体风气不同于六十年代，六十年代和七十年代的审美标准也有微妙的差异。二十世纪八十年代后，散文开始多样化，成绩不俗，出现了诸多新型的作家群。近些年散文的活跃，队伍庞大，比小说创作要更有强度，那是世人公认的。

一九四九年中华人民共和国成立以后，中国的散文发生了很大的变化。易代之际的风尚荡涤着旧物，新的、微笑的文字在占据舞台。作家们把自己的心向大地倾斜，产生了诸多有影响的作品。杨朔、刘白羽、秦牧、吴伯箫等人形成的风格成了那个时代的标志之一。以杨朔为代表的散文，从普通纪事里展示时代的风貌，把小我与民族命运联系起来。这带有一种隐喻色彩，他不久就成了一种样板，直到二十世纪六七十年代，这样的写作变成了一种重要的模式。

审美风格的整体转变，在暗示着一个新的历史话语的到来。知识分子自觉摈弃以往的表达，深入工农兵生活，于是关于私人话语的表达，渐渐被置换为一种集体精神。魏巍的《谁是最可爱的人》、陶铸的《松树的风格》、曹靖华的《素笺寄深情》的流行，在于把人的真挚的情感与国家荣誉与命运结合起来。文章气韵流畅，一面又把当下中国热点的东西呈现出来。

浏览那时候的作品，语言朴素，韵律单一而神圣，纯情的东西被提倡，但也把复杂的生活简单化了。曹禺的作品已不像先前那样复调，老舍的幽默消失了大半，茅盾的文字在才学中已失之洒脱。赵树理纯粹的乡下语言倒显得得心应手；孙犁的短章虽有文人气，但因为是写着农村的生活，读者并不感到小资气。这些从旧时代走来的人，积习使其依然保持着文人色调，但当年的散发性的思维得到修正，美学理念已与先前略有差异了。

一九七六年以后，散文出现了繁荣的局面。它充当了思想解放运动的武器，沉闷之气为之一扫。冰心、巴金、叶圣陶、胡风的复出，大大拓展了写作空间，他们的文字带有儒雅的韵致，加之人格的魅力，深受欢迎。他们的特点是向内心倾斜，注重良知的表达。典型的例子是巴金，他在《随想录》里对己身的拷问和对历史的反思，给人留下了深刻的印象。但这一类的写作还是一种道德对另一种道德的反叛，在根底上没有消除旧的痕迹，模式还是旧的。与“五四”新文学比，依然有单调的感觉。

只是到了二十世纪八十年代后期，散文出现了各类样式，张中行、汪曾祺、木心出现，才有了新的气象。不再是工具理性的体现，而是个性化的书写，张中行的文字颇有周氏兄弟风骨；汪曾祺的随笔有明清文人气；木心是游走在世界的过客，把东西方文化打通，连接着精神的四野，很像钱锺书的个性，将思维延伸到东方之外的地方，文章的气象就非常人可及。不仅注重学识，还有智性，而智性的攀缘，吸引了众多读者。这时候的散文，已在“五四”写作的基础上，向前滑进了。

分析六十年的散文，大概有下列几种印象：

诗性文字

诗性是心绪化的，其实指的是片刻的感受。他们不追求写实，但对内心的世界是遵从的。杨朔、蓝灵、柯灵、碧野都是这样。比如对故土的描述，很有情感，文字是讲究的，内蕴里是诗意的存在。柯灵写都市生活，多系心性的抒发，有诸多闪光的思想。即便到老年，文字依然漂亮，说其有唯美意识也是对的。只是有时过于华丽，失之朴素，就没有味道了。郭风的散文有内美，读后如春风扑面。有的简直是诗，是飘动的花絮，四处流溢着香气。至于林贤治，把诗人的语言用到作品里，思想性的波光荡人心魄。他注重对内心隐秘的发掘，但绝不使用平庸的句式，文字跌宕起伏，妙趣横生。

有许多作家在表现内心的苦乐时充满力度。高尔泰、汪曾祺、张承志、史铁生的文本大可回味，那些一唱三叹的词语，我们读了感动不已，在这类作家那里，思想的拷问异常深切，要么是神性的低语，要么是对极限的跨越。他们从伧夫俗子的语境里解脱出来，直面大地和上苍时，精神是无尘的清洁与美丽。

这个特点后来在年轻的作家冯秋子、马丽华、祝勇、彭程等人身上亦有表现。祝勇的文字如锦缎的闪光，在对历史的扫描里不忘对人性美质的勾勒。彭程在平和的叙述里不乏无奈的感伤，他对命运的捕捉透着无边的伤感。他们从历史深处与潜意识的王国，打捞着诸多思想。二十世纪七十年代后的一些作家也展示了他们的姿容，周晓枫、马莉等人文章的内力的散发，已大大不同于前人了。

学人随感

学人散文其实多种多样。总的来看是杂体的，以述学为主，兼杂情趣。费孝通、季羡林、王力、启功等都是。这些人的文本自然地流着学术的眼光，费孝通写东吴大地，儒雅里隐含着文化期待。学理与见闻，加之微妙的感受杂糅其间。启功的文字从不刻意，举重若轻之间，谈出万千气象。季羡林晚年的随笔，老到自然，平民意味和智者的风范是有的。他的文字没有张中行灵气，在章法上亦不及汪曾祺。但他和平、多爱，感伤的东西渗透到精神现象中去，境界之高是别人不及的。

在学人队伍里，还存在着杂家的作品。这些杂家或是藏家，或是鉴赏家，比如，唐弢、黄裳、邓云乡都是。其涉猎广泛，有杂学基础。明清文人的趣味和日本小品的精神，加之英法散文的特质都暗藏其间。黄裳的随笔有版本家的趣味，对明刻本与清刻本看法奇异。行文从容委婉，古风可见。那些专一写散文的作家，往往不及其深切，在他的文章里，旧文人气和现代人的忧患感精神四射。余秋雨把学术笔记与游记结合起来，使散文形态为之一变，一时大散文概念流行，王充闾、林非等都有诸多作品行世，文坛的多样化渐渐形成。

青年一代的学人在近三十年的创作异军突起。李零、陈平原、汪晖、止庵、刘绪源、谢泳都有好文章问世。这些学者思维活跃，在理性与感性之间找到很好的平衡点。他们的论文与散文几乎没有界限，把文章的学理和趣味很好地结合起来。谢泳的考据文章是一种小品形态，在方寸间见到历史的诸多烟云。张鸣的随笔，刀尔登的杂感，缪哲的文字，含思想与趣味，随意之间可见到思想者的卓识。

智性文章

以钱锺书、王小波为主。张中行的一些文章也可纳入此例。钱锺书的《诗可以怨》《林纾的翻译》都可作散文读。《管锥编》奇异的文本让我们叹为观止。他的作品是没有东西方界限的，所谓“东海西海，心里攸同；南学北学，道术未裂”

正是。张中行把罗素精神与庄子境界引入文本里，殊多警语。在他的作品里，哲人的苦思历历在目，是面貌一新的。他从知堂那里出发，又衔接了西洋逻辑学与古典哲学的意绪，遂成一体，扩大了小品散文的内蕴。木心的文章是有自觉的文体意识的，他在西洋文学史与美术史的参照里看人看事，一语双意，一声两调，《即兴判断》与《哥伦比亚的倒影》，一扫文坛旧习，焕然新姿。到了王小波那里，是天马行空的走笔，一会儿是俯瞰众生时的咏叹，一会儿乃狂士的自语。他灰色幽默，也身带悲悯，没有逻辑修养的人无法写出类似的文字，《沉默的大多数》中傲世与戏谑的语句，为六十年间所罕有。

智性散文有一种向思维极限挑战的意味。他们的文章常常出其不意，行文不以旧的套路为然，但精神反俗，多有奇蕴。比如，钱锺书对历史宿命的感叹，对专制文化的批判，都能从历史的高度为之。所阐发之语，非一般儒生可为，其思维的高远，将文章的内蕴扩大了。张中行对时空存在的诘问，王小波对历史必然与偶然的思考，都在一般理性逻辑之外，言他人所未言。精神的独步遂成妙意。像木心这样的作家，文章多是警句，他的俳句差不多都是好的。许多文章在反逻辑里生出新意，旧传统文章难见此状，日本散文的温润与西方诗歌的机智都在一个调色板里诞生了。此外，刘小枫、周国平都有佳作传世，他们的学术随笔的散文意味，在精神的高度上是跨越旧俗的。

传统意义上的哲理散文往往是精神的演绎，多是象征性预示。但在钱锺书、张中行、木心、王小波那里，思想是他们生命的一部分。他们在自然的叙述中流淌出精神的美和理趣的美，文章不再是载道的闪现，而为强力意志的升华。写作乃陌生的攀缘。他们带着读者从众声喧哗里走出，孤寂地在旷野行走。但收获的却是无量的欢喜。

乡土笔记

孙犁、贾平凹、刘绍棠、韦岸、刘亮程的散文是有乡土意味的。许多文章是泥土里升腾的声音。远离象牙塔，内中有乡下的温情与纯朴。在孙犁的文章里，对土地与绿色的爱，对没有污染的人情的打量，有着素朴的美和平淡的美。贾平凹写陕西乡下的文字，是酣畅古朴的，古老的遗存在那里获得可爱的展示。他在民风里捕捉到神异的诗意，那是在书斋里没有的东西。刘绍棠笔下的运河，是宁静而清俊的。他大概受到孙犁的影响，在自己的文章里不断礼赞都市之外的野趣。似乎觉得，都市里龌龊的东西过多，还不如青纱帐和泥土房里的人生更有趣吧。

乡土散文是个不确定的概念。它是“五四”后出现的一种文学形式。赵树理、柳青、梁斌的某些作品，都有一点这样的痕迹。后来一些青年作家受到域外文学的影响，把自然描写的笔法用到乡土里，散文的内涵就从故土性与现代人文的理念结合起来了。韦岸、刘亮程的一些作品，就有这样的痕迹。已不再是乡情纯粹的扫描，而是藏着个性主义的风韵，对生命的内在性的拷问与追索，都在文章里出现了。那是对时间流逝的叹惋，还有个体生命的玄学的凝视。鲍尔吉·原野、迟子建、阿城的一些短章，也延续了这样的意境。只是因为彼此的经验不同，格调大不相同而已。

中国是农业大国，乡村生活多样，精神是多元的。对乡土的发现始于知识分子。他们在怀乡的时候意识到了风俗的意义。把乡村记忆与谣俗的审视变为一种美学的关照。沈从文发现了故土的异于中原文明的情调的内蕴，他写下的文字把儒家的那种诗情完全颠倒了。汪曾祺对江南水乡的表现，多见诗意，民风、遗俗、信仰都得到诗意的表达。丰子恺在勾勒浙江小镇的人与事时，笔触是里巷的神韵与禅的柔风，风俗图被栩栩如生地展示出来。他们在那些平凡的日子和被遗忘的角落里，发现了弥足珍贵的存在。在世风日益功利主义的时候，那些未被污染的纯粹的形态，对于我们的民族来说实在是重要的。

纪实篇什

纪实性的作品从来就是散文的重要一翼。一些人物速写、报告文学都可以算是重要的方面。抗美援朝时期，大量的前线事迹被报道，引来读者兴趣。即便是二十世纪七十年代，许多文章记载了乡村的变化，留下几丝特别的记忆。二十世纪七十年代末，纪实文章突起，涵盖了社会生活的方方面面，一时间读者甚重。这类作品最活跃的时期还是在二十世纪八十年代。好的作品多以直面人生见长，良知未泯者的忧思历历可见。何为、冯牧、徐迟、邵燕祥、牧惠、章诒和等，用优美的文字写现实的片断，类似杂文与速写，传神之语多多。更年轻的一些杂感家摒弃象牙塔里的雅态，以百姓之苦为苦，以百姓之乐为乐，鲁迅传统得以延续在沉郁的文字里。

媒体的活跃，给百姓的写作带来好的机会。尤其网络的存在，许多百姓的文章被广泛阅读，造就了一批有趣的作家。他们其实是业余写作，也无登堂入室的祈求，只是想表达自己而已。安妮宝贝、韩寒等一代新人的走笔，被广泛阅读。网络语言也渗透其间，新人新作已大大不同于前人，语言在他们的作品里显得飘洒而灵动。只是历史感弱化被一些老读者所疏离，但这些新式青年的创造性我们是不可小视的。

二十世纪九十年代初，报纸副刊的周末版纷纷亮相。各地小报的流行也造就了新的写作群体。有的写作者以生活的丰厚引起读者的注意。汪曾祺就在阅读一个副刊的女工的文章时发现了人才，并组织人写了评论。《南方周末》开辟的“百姓记事”栏目，常常能发现好的作品，关于历史记忆、底层生活、社会公正等，是人们内心问题的流露，在社会学的层面和审美的层面，都有不小的价值。

上述描绘只是一瞥，汪洋大海般的散文世界，岂可简单言之？二十世纪八十年代以来几次的散文热，给了读者精神的洗礼。中国是散文大国，载道派与言志派文章已经成为一种传统。我们的文学史在经历了几度低潮后，开始寻找到自己的路径。汪曾祺说，小说、戏剧可以现代化，但不知散文如何现代化。这是对的。人类的情感有时是在一种特殊境遇下的一种喷吐，中国人在跌宕起伏里发现失去了本我，而宁静里的思考，给我们更多的是本原的闪光。散文乃精神的独语，自然也是心性的外化。在嘈杂声四起的时候，沉潜于思想之海的文字，像珍珠般含着无边的精华。而这些精华的存在，才使我们的世界变得有趣起来。

另一种文学教育

今天的文学史教学与历史的实物感受渐渐脱离，其状已经司空见惯。教师的授课变成一种纯粹的书本的宣讲，自然失去了诸多审美的角度，那结果是文本接受的历史感的下降。触摸历史的现场感的缺失，已经使人才培养的模式出现盲区。

大学的文学教育的目的之一，是对学生鉴赏能力的培养。但文学鉴赏，并非简单的词语领悟，其实也存在着文本之外的审美因素的熏陶。目前的教育未必都注意到了此点，问题可能与内部的结构有关。具体来说，一是缺乏有文学感觉的师资队伍，二是文学概念的理解的窄化，学科设置遮蔽了文学的空间。我个人以为，在诸多原因里，旧的话语环境被单一化处理，可能是更重要的缺陷。文学的场域如何被直观地，甚至立体地呈现出来，这是文学教育不能脱离的一个环节。

而进入这个环节，提供文学生长的环境体验，则显得颇为重要。这里我们不能不强调的是，大学的文学教育，应适当地与博物馆开展学术互动。在旧的历史语境与今天完全脱节的时候，与文物的对话，可能使学生有另类的感受，也许它会提供进入文学文本的另外的入口。

中国真正意义上的博物馆才一百零九年历史，章太炎那代人之前，学问之道与文物研究的关系不大，而那时候的环境，多不必靠文物来印证文本的问题。但是现在的语境已经难以与古人沟通，了解文学遗产，仅仅靠文字的温习已不能得其全貌，与博物馆教育的互动，不仅仅是手段的问题，乃文学史教育的重要内容。

这个思路在二十世纪上半叶的学者那里已经出现。胡适、鲁迅、郭沫若、闻一多、陈梦家都喜欢从文物、书本的对读里发现历史的情境。说起来，中国文学的历史悠久，但文学里所指的实物、生活形态，几乎没有多少可见的遗物能够对照。这是中国文化传承里的问题。民间已经难以看到周秦汉唐的文物，唯有博物馆有着些许遗存。我们夸赞汉唐气魄，诗文是一个例证，倘若到博物馆看那些实物，则会增加直观的感受。现存在博物馆的大量石刻、造像的拓片，较为生动表现出那个时代的精神面貌和气象。所留的残垣断壁，有令人惊叹的气韵，可引发思古的幽情。这些与文人的诗文对读，则看出生命内蕴的流动之美。

国际博物馆协会对于博物馆自身的功能有过界定，其中大众教育是附着在实物功能、学术功能之后的重要方面。与博物馆业务相关的考古报告和考古新发现，是修正传统历史观与文化观的佐证。以往的史书与文人作品遗漏的存在，在此以令人惊异的方式呈现出来。博物馆的价值一是提供大量的信息，有助于对远去的历史的多维的把握。二是见证真实的存在，可以纠正我们对历史场域的误判。我们现在的许多历史观，是建立在新的考古发现的基础上的。一九七二年，国家文物局拟出国举办展览，策划者想画一张商代城市的地图。要不是考古挖掘与研究，无法复制出这样的地图。这些在博物馆里已经被呈现出来。有了这个实物为例证的地图，我们对商代文化空间才会有一种直观的认识。同样，一九二五年前后，鲁迅收藏了大量汉代画像拓片，给他巨大的冲击。他后来在《汉文学史纲要》里谈汉代文学“不假雕饰，而意志自深”，都与实物的阅读有关。他在厦门大学举办汉代造像展，其实是希望学生瞭望到词语之外的世界。鲁迅的教学理念的文与物的对接，都给我们留下诸多的启示。

文学教学涉及的话题甚多。其中，文人的生活方式乃作品的一种背景形态。了解这些背景，对学生是极为必要的。懂戏剧者，不能不一窥梨园场景，士大夫情调与民间趣味在此有着深切的痕迹；了解文人趣味，则有许多途径，比如，明清时代留下的藏书楼，能够一窥文人的形影。前者在一些城市里还可以看到，后者则需在特定的地区方可接触。藏书楼是体察旧时文人书趣的课堂。看古人的藏书以及版本目录，能够嗅出文人的气息，对诗文背后的故事可得一解。认识藏书，懂得宋刻本、明清刻本的内蕴，则不仅对文学史的温习有参考价值，同时也是文献学的一次体味。范氏天一阁、刘氏嘉业堂、孙氏玉海楼，及故宫博物院所藏的珍贵版本、字画，都颇有价值。在这些遗物面前思前人之形，想未来之影，则别是一番体验。

由于中国古代文物信息的封闭性管理，公众获取历史知识的渠道有限。到博物馆现场体验历史的氛围，显得颇为重要。学习传统戏曲的同学，要了解旧戏，不能不读旧书。故宫博物院里有大量清宫戏剧本，在戏台和版本中，可得诸多旧时语境里的画面。倘若学生能够亲临这些文物旧址和藏书场所，古人的音容笑貌便会从物理的时空里出来，与文字间的韵致相交，悠悠然有无量妙意。

柳宗元在《报崔黯秀才论为文书》里言及词语与事物之关系，对于过分拘泥于词章的文人略有微词。那旨意是，词语之外的存在可能有文人的本真。这虽然不是文学教育与文物关系的论述，但可见文学研究并非都拘泥于文字理解的道理。沈从文当年对历史学与文学研究中轻视文物的问题一直耿耿于怀。在二十世纪六十年代就多次提及学术研究与博物馆文物对应的重要性。他对《红楼梦》注释里不涉及文物的办法甚为不满，对旧诗文研究里从意义到意义的阐释视角亦持批评态度，由此与王力等人还有过交锋。大学中文系统的学者拒绝文物系统学者的视角，其实影响了文学研究的深度。近年来孙机、扬之水、李零等先生的学术研究，开始打通文学与考古学界限，在文献与出土文物中重新建立自己的诗学路径，深化了历史与文学的研究。扬之水关于《诗经》

名物研究的著作，其实就是沈从文学术理念的延续，就《诗经》研究而言，是有自己的特点的。

除了古代文学外，新文学教育运用博物馆的资料也应是良好的措施。但因为城市改造破坏了时空语境，要真正体会那一代人的内心也并非易事。白话文运动产生的原因，新文学书写的方式，沙龙的环境，都是与那些词语相连的存在。让学生在新文化发生地感悟历史的场域，对于青年人身临其境是一种真切的体验。新文学作家的手稿、版本、藏书，对于今人都是陌生的存在。陈独秀的字有狂狷之气，钱玄同的尺牍会看出其性格单纯、学识通达的一面。胡适的墨宝乃翩翩君子之道，文人的儒雅之气弥散其间，虽然主张西化，而审美里的孔夫子式的敦厚、平直，也透出几许。在新文化运动纪念馆里，李大钊工作的环境会唤起青春写作的神往之意，而在鲁迅讲授《中国小说史略》的课堂联想先生的幽默的神态，自是一番趣事。历史是可以根据物理空间重新演示的，它会抑制后人对于以往的人与事没有边际的想象。

从新文化运动纪念馆与鲁迅博物馆、中国现代文学馆留下的遗物看，“五四”新文人带有浓厚的旧学气味。他们的审美中依然保留了士大夫的痕迹。喜欢书法、篆刻，对音韵训诂颇多留心，故读解古文充满了别样情调。只有看到他们的藏书和手泽，才知道白话文不是天上掉下来的，乃古文的自然分支。而从事新文学写作的人，国学修养深深。这也是白话文在不久大放光彩的原因之一。

这样的文学史教育连带出有趣的思路：文学史与学术史

是紧密相关的存在。新文化运动纪念馆告诉我们，新文学的产生与现代学术的建立有关。了解文学史的过程，也是进入学术史的过程。比如，小说家鲁迅写出《中国小说史略》，诗人胡适有《白话文学史》传世，画家陈师曾也是《中国绘画史》的作者。这些新艺术的开拓者，同时又是新的学术精神的奠基人。博物馆的遗物将打破文学史教学的单一思路，学生在多种语境里感受到作家的丰富的存在。早期白话文作家多是书法家、金石学专家、翻译家、藏书家。倘若从不同门类瞭望历史人物，时光深处的精神之光则会把我们认知的暗区照亮。

多学科的交织，也导致多种教学方案的出台。博物馆与大学文学教育的互动，有多种途径。一是走出去，到现场观看；二是引进来，让流动展览进入高校；三是教师在本校的博物馆自己制作相应的图片展与实物展。中国的大学老师很少有博物馆陈列设计的意识，这浪费了许多资源。从自己的学科出发，以学识与思想激活博物馆的文物，历史就由静态方式走向了活态的时空。

与博物馆互动，涉及与多学科的对话。博物馆是消解学科界限的最好的平台。在那里，文史哲的资料与实物融为一体，有形遗产与无形遗产里有着我们文明里固有的形态。这一定程度还原了历史的真形，对整体认识历史与文化多有帮助。做好这个工作不仅仅是大学教员的事情，博物馆自己的空间的拓展也异乎寻常的重要。目前许多博物馆的社会教育的领域较为广阔，但尚缺乏与大学教学方案的衔接。不能到博物馆的边远地带的学生，在博物馆网站还不能看到馆藏的丰富物品以及与所学课程的相应资料。由于高等院校与文物博物馆系统的隔膜，没有在科研层面形成互助的网络。彼此的合作一旦建立，将会产生较好的效果。

现代以来的教育因西学理念而形成一种模式。但面对中国传统文化，可能破坏其整体性的接受，丰富的存在被切割成无数的精神碎片。博物馆不是学科里的碎片，而是文明过程的整体性的片段式的展示。文学只是这整体性的一部分。而没有对整体性的了解，就不会对文学的发生有一个立体性的了解。当博物馆仅仅以接纳观众为目的，而不能深入校园、社区的时候，自己的功能可能受限。教育系统与文物系统的交叉化合作，应由双方共同打造方能完成。

一般说来，博物馆里有形遗产占了主要成分，大学的文学史研究者对无形遗产多有心得。按照流行的博物馆理论，只有二者的结合，遗产的整体性才能呈现出来。而高校与博物馆的彼此互动，恰恰可以使文化遗产的丰富性得以实现。二〇〇〇年，国际博协博物馆学委员会针对无形遗产的专门讨论，其实已经把博物馆之外的学术资源与其的整体互动作为一个重要的课题加以研究。这个思路在许多国家已经引起注意，正在影响大学的某些教学理念。

在强调大学的传统文化教学的时候，利用博物馆资源深化审美体验和知识训练，不仅可能，而且有着良好的前景。目前国内许多大学文物、博物馆专业在深入发展。北京大学、复旦大学、南开大学、浙江大学、中国人民大学、厦门大学等都建立了自己的博物馆，且各有特色。但文学类的博物馆甚少，一些与文学、历史、哲学相关的博物馆还尚不完善。不过一些学校已经开始意识到此点，与文物系统的联合与合作正已经出现。

文学教育的非文学化实践，可能是接近文学的良好的办法之一。中国许多优秀的作家和学者，都是在多种学科的驰骋里丰富了自己的表达。那些看似无用的知识与生活体验，都成了他们审美维度里不可或缺的因子。博物馆是人—物关系的特殊空间，物里有人，人中有物，仿佛一个虚拟的空间，但把人类活动的现场再现出来。在看似远离文学的地方，我们更能激发对远去的人与事的诗意的想象与体验。验之以往的摸索模式，这是一条可行之路。我们且思且行，当不会空手而归。

第二辑

走出迷宫

鲁迅小传

他的个子不高，说一口浓郁的绍兴话。一撇胡子很有威风。他笑的时候很好看，但严峻的时候又有点锐气。说话很幽默，把别人逗笑了，自己却还是平静的表情。我们看他的文章，和这个人的面孔似乎无法联系起来，那样丰富和苦楚的文字怎么是出自这个温情的人之手呢？一位中国的画家形容他是他那个年代中国最好看和最好玩的人，不是夸大之词。

鲁迅在中国是个不断被叙述的人物，关于他的争议从未停止过。不过没有一个现代中国作家的作品像他那样受到读者持久的阅读，今天他的著作在中国依然发行甚广。而且在他死后，各种文化思潮之间的论战，都和对他的遗产的不同读解有千丝万缕的联系。

这给人一个错觉，以为鲁迅是政治化的人物。其实，早在二十世纪初，鲁迅已经在中国读书界被广泛热议。他给人的冲击力，在新文化阵营里是罕见的。日本、俄国的出版界很早就有了他的作品的译本。他在艺术领域的色调都是别人不易重复的。不仅对古代文化有相当的理解，整理了大量文献资料，就翻译介绍域外文化而言，也形成了独有的语体。他在诗意的劳作里呈现出创作的欢愉。那些曾对中国人是无价值的存在，经由他而变得有趣了。

鲁迅只活了五十五岁。他的一生没有多少传奇的色彩。在从事自由撰稿工作之前，曾有过十六年的小官僚生涯。在大学教过几年书，此后成为自由撰稿人。他以文字吸引了读者，但这些文字常常偏离了传统的语态，很逆反又很中国，那些平凡的故事间非凡的情思，把古老的书写习惯颠覆了。

一八八一年，鲁迅出生于浙江绍兴一个地主的家庭。他起初的名字叫周豫才，后改周树人。鲁迅是他后来发表文章时使用的笔名。他出生后不久，就因为祖父贿赂考官案事件，家境开始衰败。一八九八年，他考入江南水师学堂，一九〇二年到日本留学。在日本留学的七年间，思想发生巨变。最初在仙台医专学习医学，可是由于幻灯片事件改变了他的医学救国的主意。在课堂上，看到日俄战争中的场景受到刺激，那场战争发生在中国的旅顺，中国百姓却显得异常麻木，他才知道医治思想比医治肉体更为重要，于是转向他喜爱的文艺事业了。

在最初的几年里，他的业绩并不好。所翻译的外国作品没有什么市场的呼应。但那时侯他已经对科学哲学、文学史、思想史发生了很大的兴趣。他喜欢上了尼采、克尔凯郭尔、斯蒂纳等人。对摩罗诗人拜伦、雪莱、显克微支、普希金等人都很有好感。此时正是中国革命的前夜，他受到了排满意识的影响，觉得反抗意识对人是多么重要。解放中国，推翻满族统治，进入汉文明的新时期，对他是一个梦想。

他在日本留学时期留下的几篇作品，能够反映出他的精神面貌。《人之历史》《科学史教篇》《文化偏至论》《破恶声论》被学界看作是他思想的逻辑起点。针对中国知识界重物质轻精神、重众数轻个人的现象，他提出了自己的主张："剖物质而张灵明，即任个性而排众数。"并且说，文化的希望"其首在立人，人立而后凡事举；若其道术，乃必尊个性而张精神"。这里他接受了尼采的超人的理念，从无政府主义理论中也吸收了自己的思想。而且最有意思的是，在审美的层面上，他那么倾向于陀思托耶夫斯基式的智慧，在所喜爱的安德列夫、迦尔洵的作品里，现代主义的色彩是极为明显的。

日本时期的鲁迅精神是处于亢奋的状态，那些文字尚没有抑郁的痕迹。可是回到国内后他的思想开始消沉，中国强大的惰性使其对未来持悲观的态度。虽然一面也进行启蒙与支持反清的运动，而一面被肃杀的精神所俘虏。他沉潜到思想的海洋里，开始整理乡邦文献与野史札记，辑校典籍。这个工作很苦，寂寞像夜色般弥漫在他的四周。这些感受，他后来都记载在自己的小说与杂感文里了。

一九一二年他来到北京在教育部工作，直到一九二六年才离开这里。他的工作很平凡，负责美术馆、图书馆、博物馆的筹建，和文物的保护工作。这期间陈独秀把《新青年》

编辑部搬到上海，新文化运动开始了。这个运动是从精神上强调民主与科学，主张平民的文学，用白话文取代文言文，以个性精神驱逐奴性文化。陈独秀、胡适的这些思想鲁迅在日本期间多少有过，并不觉得新鲜。开始的时候与诸位启蒙者是有隔膜的地方的。对胡适等人也并不都全部认可。后来在他的同学钱玄同的鼓励下，终于写出了系列小说，一发而不可收。

《狂人日记》是他的第一篇小说，也是首次用了“鲁迅”的笔名。小说的调子暗暗的，以一个狂人的口吻，讲出了传统文化吃人的寓言。小说极为幽暗变形，隐喻里的寒风凛凛。后来他在《故乡》里写到了人与人之间的隔膜，《祝福》里展示了妇女的苦运。尤其是《阿Q正传》，刻画了游手好闲的乡下人的劣根性。这后来被人看成中国人性格的象征的作品一直给人留下深刻的印象，也获得了广泛的声誉。他的作品几乎没有重复的。每一篇都表现了格式的特别。在大量的作品里，他主要表现了两类意象，一是知识分子问题，二是底层民众的问题。前者主要表现出无路可走的知识者的绝望、无奈，这是那时鲁迅内心的写真。后者则是对民众的哀其不幸、怒其不争的哀鸣。自然，也有对民俗的关注，对历史幽魂的把握。小说对中国社会进行了入木三分的呈现，其精神的回环往复之力，及语锋的特别，能窥见出他心智的底色。

除了一般的小说写作外，他大量的经历是翻译外国作品。一生留下了无数的译作。他的兴趣广泛，对东欧的被压迫的民族作品情有独钟。很少去译世界一流作家的作品，而是关注病态世界的问题，看那些国度的文人如何处理这些问题。他把引来外国的文艺，看成普罗米修斯盗来天边的火，用来煮自己的肉。最为有趣的是，他在翻译中不是按照中国人的“信达雅”的理念去处理文章的语义转换，而是坚持硬译。严格地从外语结构里对换词语。这招来一些批评，认为是死译。而鲁迅认为，汉字是有缺憾的，要改变中国人表达的不周密，就得学习外国的语法与句式，或可以改变自己的狭窄的表达空间。他自己的文章，就竭力摆脱士大夫的写作方式，用新的形式和新的语体进行尝试。这很重要。在他看来，没有文化的混血和再造，是不可能诞生新的艺术的。

在他文化活动里，编书、编刊占据了许多精力。《语丝》《莽原》《奔流》等杂志都曾经他的努力得以流行。编刊的过程里主要是从事外国文艺的介绍，一面也对中国的现实进行毫不留情的批判。他经营的报刊是主张“文明批评与社会批评”的。对社会的丑恶现象绝不留情。而他的杂文也就是在那时候显示了自己的魅力。这些被视为“匕首与投枪”的文字，是他个性的彰显。那些百科全书式的智慧，也就是在这个世界里显现的。

所有认识他的人都感到他的睿智与幽默。在个人生活中，他是很有趣的人物，并非一些攻击他的人所说的都是金刚怒目的样子。他厌恶文化老人，晚年身边一直是围绕着可爱的青年人。这个绍兴人不喜欢导师这个词，因为他知道，这是不平等的象征。在人生的路上，大家都一样，在黑暗里摸索着，挣扎着，除了在没有路的地方走路，还有希望吗？

晚年他所做的一件大事是领导了现代版画运动。新生的版画是在他的暗示下发生的。对于美术，他的看法和一些重要画家不同。他喜欢塞尚、凡·高、罗丹，对日本的浮世绘也有好感。经过多年的摸索，他意识到，艺术的问题和哲学的问题一样，是存在着无限种可能的。而中国除需要对现实的写实外，还要有精神的拷问与思想的追问。他在珂勒惠支、麦穗莱勒、格拉斯、比亚兹莱这类画家那里找到一种精神的呼应。在中国，是他最先把这些人的作品介绍到文坛的。

鲁迅的作品和他欣赏的艺术品在精神的深处是有相似的地方的。那就是充满了虚无和空漠的感觉。但这种感觉不是把他引向消沉与无我之中，而是走进出离虚无的决然的对抗里。鲁迅一方面直面虚无，在无词的言语里面对世界，一方面在超越极限的想象里，创造了个人主义的阳刚之美的文字。他的文章对那些陷在绝望的人们来说，是黑暗中的一缕光明。在与丑类的捣乱里，他的文本疏散出的力量与光线，灿烂而迷人。我们在他的文字间能够体味出版画的明暗对比的色调，大悲大乐，大黑大白，在音律的颤动里，是一片晦明不已的所在。

很难概括他的思想的特点。他拒绝对孔夫子的认同，和儒家的传统是隔膜的。在情感方式上，他也不同于别人，对流行了几百年的八股文章深恶痛绝。不过他有一点庄子的智慧，和韩非子、墨子的一些思想有点交叉的地方。可是在根本点上，是不同于这些古代先人。他欣赏汉代画像，对六朝的文章颇有心得。明清文人的激越也是有的。在“五四”之后，他完全是一个新人的面孔。自己创造了全新的文本。这使他与古代文人区别开来，也与现代的一般文人区别开来。他的思想一直在随着时光的流逝而变化。虽然一直有不变的精神，可是在对世界的看法上，他对突发事件的判断，现在看来大多是有不变的立场的，也经得起历史的考验。

鲁迅是个有诗意的人，他的文章充满性灵而有智慧。在许多枯燥的地方他发现了趣味。一些死亡的形影经由他的点缀，有了人的气息。他回答问题从来不是“对”或者“不对”。而总在肯定着什么的时候，又否定着什么。他不相信先验的理念能够解决所有的社会问题，人只能在没有路的地方走路，才有希望。所以他不仅和自由主义文人战，也与左翼作家战。与古老的幽灵战，也与自己内心的鬼气战。他常常一个人站在旷野里，看飞沙走石，独对着大漠惊沙。他孤军奋战的样子，很像尼采，与陀思妥耶夫斯基也有相似的地方。他在对待灰暗的存在时毫不留情，而面对自我的内心也表现出无情拷问的勇气。这是中国文化史中极为罕见的现象。他在思维方式与想象力方面，给人的冲击实在是大的。

在审美的层面上，鲁迅留下了骇世惊俗的文字。他的杂文的力之美，是继承了汉代画像的雄放的特点，明代文人的幽默也是有的。可是从他的小说来看，还有着与比亚兹莱相似的一面，就是魔鬼的美，那些从地域边上飘来的意象杂以幽暗的旋律，跳动着不死者顽强的灵魂。在《野草》里，他那么习惯于在黑夜与鬼火间寻找寄托。复仇与赠予，遗弃与眷恋，无望与肉搏，惨烈地交织在一个精神的天地间。他远离中国士大夫的优雅与静穆，总在不安和反抗里显示着灵魂的伟岸。他拒绝回到过去，也不相信虚幻的未来。在他看来，生死之间横亘着荒原，绿色只能自己浇灌。于是上下左右，天地四合，在他那里展现着混沌与血色。他快慰于对黑暗存在的捣乱。他甚至觉得自己的意义就在于对黑暗的对抗之中。

在他写得最多的杂文文本里，意象与爱欲那么深地交织在一起，也是他贡献最大的领域。鲁迅的杂文有相当大的张力，不仅把小品文的精华吸收其间，重要的是把诗的意韵、哲学的低语、史学的眼光，都集于一体。他的文章多不长，有的甚至像信札。可是都有味道，有旧式文人把玩的意味，但尼采的独白和日本小品文的力量也是有的。重要的是他们都从现实里生发的一种感慨，在对现实的对话里构成了一种审美联系。幽默、反讽、归谬等手段，都那么好地结合在一起。许多杂感有小说的意味，画人的面目都十分形象好玩。勾勒政客与绅士阶层的文人时，漫画的痕迹很浓，夸张里是严肃的思索。打动人的常常是这严肃里的思索。他对社会问题涉猎深广，许多棘手的话题都在其笔下展开。于是其杂文就呈现出五光十色的面目，完全带有百科全书的气象。古代文明问题、西洋文化问题、东亚问题、男女问题、婚姻问题、战争与和平问题等，都在其间出现。在所有的作品里，鲁迅都没有进行过宏大的叙述。他那么真实地展示着内心的感受，都是一点一滴、一枝一叶，可是却厚重、扎实、有力。精神飞扬着，把一扇扇窗户打开，一个个盲点被照亮了。并以无词的言语，直面着一个个荒诞的存在。鲁迅在最平凡的文本里，写出了前人无法写出的史诗般的作品。用中国优秀的小说家老舍的话说，他创造了前无古人、也许后无来者的奇迹。

晚年的鲁迅十分寂寞，然而又是他最为活跃的时期。一九三〇年，他加入了左翼作家联盟组织，并大量翻译外国的文艺理论和作品。这个选择来源于他对中国自由主义知识阶级的失望，他对中国的政治是敏感的，可是又不愿意像一些左翼文人那样空喊口号。即使被看成左翼作家的领袖，而实际与一般的左翼作家是有别的。他对左翼文化的理解与中国的左翼领导不同，于是发生了冲突。这个有着强烈个性的绍兴人，对左翼的失望使其重新进入痛苦的境地，早年的虚无与灰色的体验重新地袭扰着他。不过晚年的他在精神上显现出比一般文人更强悍的一面。他的对对手一个也不宽恕的姿态，使那些在苦难中寻路的人显得十分亲切。他在青年那里引起的反响是巨大的。乃至一九三六年在他辞世时，上万人为其送葬。他的棺椁上覆盖了一面白色锦旗，上面绣着三个大字：民族魂。

无论从哪个层面看，鲁迅都是现代中国一个精神的隐喻。在他短短的一生里，中国社会的难题都集于他的世界里。他进入了那个世界，也打开了自己的世界。他从来不满足自己的现状，害怕染上士大夫气。人们都说他攻击黑暗的存在不遗余力，其实他对自己的鞭笞从未停止过，在直面现实的时候也常常拷问着自己。希望所写的文字和所攻击的现实一起消失，那么强烈地缠绕着他的世界。《影的告别》说：

“我不过一个影，告别你而沉没在黑暗里了。”他以自己的丰富性显示着我们这个人类选择的多样的可能。在他的背后是一个死去的王国，与那个肮脏的世界一起消亡，且不属于那里的一切，灵魂永远在“无地彷徨”着，这是怎样的骇世惊俗！不安的、痛楚的、充满幽默和爱欲的鲁迅，颠覆了古老的存在。像耶稣与释迦牟尼一样，其悲悯的渡苦之思，绕于天地，散于四野，真的是泽被后人的。

《野草》研究的经脉

鲁迅的《野草》是可以意会而难以言传的文本，其间的美对读者一直有不衰的引力。作家们对其境界的暗仿，时断时续，有不少佳作呼应着它的主题，这已成了批评界关注的现象。就学者的研究而言，早已形成规模，研究专著相当可观了。对一个谜一般的文本进行关照，不得不在难言之处而言之，那挑战可以想见。一个有趣的现象是，这个诞生于二十世纪二十年代的文本，对它的研究是从二十世纪五十年代开始的。一九五四年，卫俊秀出版了《鲁迅〈野草〉探索》，开启了对该文本的研究之风。那时候李何林在南开开设鲁迅研究课，在《野草》研究上颇下了些功夫，二十世纪七十年代有《鲁迅〈野草〉注释》以内部发行的方式流传。二十世纪八十年代孙玉石等在北大开《野草》专章研究，遂有《〈野草〉研究》的问世。此后关于这个领域的思考者不乏其人，有诸多的成果出现。观点的差异很大，不同群落的人思路迥异，也因之使《野草》的研究史，披上了玄奥的色调。

汪晖当年的博士论文，写到鲁迅小说的艺术性时，就从《野草》里吸取了灵感，以其间的哲学意象去反观鲁迅的小说世界，的确也可以得到些启示。钱理群对鲁迅心灵的探讨，最有参照价值的自然也是《野草》里的思路。二十世纪九十年代后，许多鲁迅的话题在《野草》那里生长出来，王乾坤探讨鲁迅的生命哲学，在这本书中找到诸多隐喻性的文字，有了阅读海德格尔式的快慰。我们总结几代人的研究历史，就会发现思维方式的变迁，研究史里的话题与文本的话题同样丰富。这个现象，在现代作家那里，是颇为少见的。

许多研究者意识到了这一点。对鲁迅的述说的变化，是知识界自我意识与经典文本对接的过程。我们看近几年的学风的多元性，也能够证明鲁迅的经典价值多种阐释的空间。比如，陈丹青在鲁迅的文字里看到色彩里的学问，汪卫东以交响音乐的调式来研究鲁迅文字的音乐性。还有的学者在佛教的语境把握《墓碣文》《死火》的特色，杂学层面的智慧也成了关照鲁迅文本的参照。这里值得一提的是张洁宇，她近年在中国人民大学给学生开设了《野草》研究课，颇受欢迎。我一直没有目睹她的讲稿，细节知之不详。直到看了她的新书《独醒者与他的灯》，才体味了作者风格。从阐释学的角度上说，她的思路，有了另一种鲜活的感觉。

从前我读《野草》，喜欢那种暗淡里的微火，在明暗之间跳动着哲思把人引向幽玄之所。那是中国文章里从没有的意象，生命深处的美被一种阔大之力召唤出来了。但让人说清那美的特质，又茫然而不知所云，这也就是觅而无踪的现象之谜吧。缪哲先生说得好，诗文乃“非诗”“非文”，那是不错的。鲁迅的文章好，大约也在这种“非正宗”的叙述里。从文章学的角度看，鲁迅不仅扬弃了士大夫的笔意，也把新文艺腔颠覆了。好的文章在于“忤逆”的维度的大小，龚自珍《定庵文录序》说，文章之道在于“逆”，“小者逆谣俗，逆风土，大者逆运会。所逆愈甚，则所复愈大，大则复于古，古则复于本”。鲁迅文章的“忤逆”，有龚自珍所云的复古之思，亦多西洋文学的理趣。佛经与《圣经》的遗绪，近代欧洲诗文的反俗之气均汇于此，斑驳如印象派之绘画，幽微如德彪西之小夜曲。新文学的审美高地，是在这里出现的。木心先生说鲁迅有一支雷电之笔，那也是看到内在之意的。

《野草》的难解之处，在于晦涩处有逻辑无法解析的存在，而且语言被撕裂了。这也让读解它的人可以从不同角度切入内在的肌理，看那微明里的隐含。卫俊秀、李何林、孙玉石都做过一些尝试，对后人一直有一种影响力。张洁宇是在这个基础上前行的人，却又显示了更为开阔的视野。她的特点是，论从史出，不涉空言。而叙述中又不乏审美的呼应，所谓以小见大，微妙里见真精神正是。比如，对《秋夜》中鲁迅自我形象的体察，对《墓碣文》文里的“另一个自我的审视”，对《颓败线的颤动》“双重梦境将自己隔离开来的作者”的描述，有着史笔与诗笔的功力，文章全不见八股的演绎，其灵动之气也分明染有“五四”式的清俊，阅之有散文的美质在。鲁迅研究倘不敏感于文体的内在性问题，大概总有隔膜的地方。这著作在审美体味的深切上，有别人所没有的特质在。

如何看《野草》的本质，世人观点不一。张洁宇说，《野草》是鲁迅的自画像，且从这个角度进入那个丰富的存在，有考据，有追问，许多疑问就涣然冰释了。那是对鲁迅精神形象的一种勾勒。我们看鲁迅喜欢的作家夏目漱石、陀思妥耶夫斯基等人，都有自画像类的作品在。那些自画像，多是一种变形与自嘲，还有放逐自我的一面。这就涉及真实性的问题。完全从现实中印证那文本的隐含，可能词不达意。张洁宇认为，这个真实里，包括了“现实的真实”“内心的真实”和“文学的真实”。她从上述层面穷原竟委，维度就开阔多了。而从这三个层面考察文本，就避免了阐释时的单值思维。面对“非文”与“非诗”的“真文”“真诗”，可行的解释理念能否建立，也是能否进入鲁迅内心的考验之一。

这一本书的价值是细读得深，作者没有满足在一般的线索上，而是发现了许多新的相关资料，又没有因袭前人的思路，而有自己的诸多心解。在面对这些文字时，她常常从鲁迅同期的译作里寻找意象的对应，就把一些精神来源说清了。从具体文本出发，放开思路，厘清背景，把时代环境与人文地理还原出来，文章背后的宽阔之地历历在目。现实的还原可以窥见背景的原貌，而思想的梳理则可以找到逻辑的线索。最难是那意象的透视，那里其实是一种智性的表达，乃对麻木的“忤逆”。这里，丝毫没有苦雨斋文人的幽然的士大夫之调。鲁迅写《野草》，许多篇章发表在《语丝》上，其实也在文体上故意与周作人式的悠然作对，彻底把自己从文人的圈子放逐到荒漠里。雅趣、恬淡、静穆统统消失了，代之而来的是死火、丛葬、沉夜。鲜活的语言，是只有穿越了死灭之地后才可以诞生的。那些带着朝露与野草气息的文字，抖落了千百年的士大夫的陈腐之气，于无光之地忽见烛照，灿然于世。读其文字，内冷外热，那灰暗里流出的暖意，我们何曾能够忘记?

作曲家王西麟曾说鲁迅的《野草》像肖斯塔柯维奇的旋律，在不规则的惊悸里有突围的伟力。画家赵延年则在鲁迅词语的黑白之间意识到冲荡的气韵，这是在欧洲版画里才有过的隐喻。艺术界对《野草》的接受史，已是一个话题，可惜文学研究者不太注意。鲁迅的文字能够提供如此的色彩和音符，在先前汉语的表达里是罕见的。周作人、废名的文章只有东方的安宁的思想，却无《圣经》式的浑厚灿烂。而独鲁迅有之，幽微里的洪荒处，绿色得以生长。人在无路时的突围，不仅要踏过荆棘，也要经历死灭的清寂。张洁宇讨论《过客》时，看见鲁迅一音多调，一身数形的隐含。解析《希望》时，从荒谬里看到真，对扭曲的真的描述有突兀之笔，那是鲁迅的策略还是自然地流露，都不好说。我觉得《野草》的许多篇章都是失败的硬汉的独白。在希望丧失的绝境中，无希望的希望因为燃烧而转化为强力意志。在这强弱的转换里，身边的黑暗大而广，挣扎者的存在小而强。这个对比使对象世界黯然失色，我们记住的不是地狱般的惊恐，却是那微弱的死火的光泽。在无所希望里诞生的生命的强力，是鲁老夫子在审美上的胜利。

在这个意义上讨论《野草》，看得出真是具有挑战意味的选择。张洁宇说鲁迅“写作几乎是与他的人生同为一体的，他的写作也就是他以生命的心血进行灌溉的过程”。读解鲁迅，也是随其穿越认知极限的过程。在陌生化的词语里受洗的片刻，才知道士大夫的表达是多么有限。汉语的潜能火山一般地喷发着，也由此，鲁迅的文字照亮了那个时代的天空。

《野草》在许多方面印出鲁迅的特异性。他借鉴了六朝的语汇，也有西方诗歌的意象，还有画家的笔意。许多词语打破了逻辑秩序，但精神的力量感是超强的。慈悲、恶心、无望、渴念、牺牲、主我等意象，以反常规的方式呈现在我们面前。在这里，汉语思维的基本点，被一种旋风般的逻辑颠覆。词语在地火里重新洗刷了一遍。对于一个灰暗的世界，要有背叛的话语逻辑才能证明背叛者的世界。所以，鲁迅的词语召唤出被压抑的王国的生命之流，那些被扭曲的词组和句子，才有了一种不可思议的美。

许多优秀的作家在文本的表达上有类似的特点，国外的小说家与诗人有此气象者可以举出许多。陀思妥耶夫斯基、卡夫卡、马尔克斯，都有这样的天才。卡尔维诺在讨论文学文本的时候，强调过语言的轻重问题。他看到了词语背后的强弱变化在审美层面的作用。伟大的艺术家常常与词语进行较量，卡尔维诺认为从文艺复兴起，艺术家就显示出这种高明的技艺。在论及达·芬奇时，他说：

> 他的手稿是与语言进行斗争的绝妙文献。他与粗糙

的、结结巴巴的语言进行斗争，寻求丰富的、细腻的、准确的表达方式。弗朗西斯·蓬日把思想形成的各个阶段都发表出来，因为他认为真正的作品不在于它的最终形式，而在于为了逐渐接近这个最终形式而采取的各个步骤。

只有敏感的作家，才能够感受到文本的隐秘。鲁迅当年在阅读迦尔洵、安德烈、尼采的文字时，就感受到词语背后的幽敻之美。在这样的词语里，一切都在开始，没有终点的跋涉在召唤人们向未知的世界挺进。《野草》在精神上是一种超常的速度，词语的强弱之变改变了认知的图式。我们可以和欧美的现代主义气质明显的文本相比，它们深层的幻觉所牵涉的意象，把视觉、听觉的感知逻辑更为强烈的诗意化了。

如果不是从鲁迅式的表达入手，我们对文本的把握可能有些问题。鲁迅厌恶学界的语言，以为有酸腐气和暮气。与鲁迅的文字相逢时，倘以士大夫与道学的词语对话，终究会词不达意。所以，研究鲁迅的文本，没有诗人气质与哲思的对应，也是不得其妙的尴尬。可以说，鲁迅写《野草》，是一次自我再生的过程。他在无路中走路的绝然，带来一种脱俗的冲动。旧有的时空在岩浆般的激情的冲击下坍塌，代之而来的乃创世纪式的轰鸣。我们的古人在泼墨为文之际，即便是沉郁极点的时候，词语依然有温润的秩序，辞章的转化都在规则之间。鲁迅的《野草》，全然没有这些，词语在不规则里转动，却直指内心的隐秘。当环境使自我的表达不适的时候，当陈词滥调充塞文坛的时候，《野草》式的表达，就有了一种自救的可能。鲁迅在无词的言语里救出自己，后人也于其间被救。我们在阅读它的时候，时时感到了这样的内力。

这或许就是一代又一代人对其文字颇感新鲜的原因。每一代人进入《野草》，就如同被电击般地感到一种振颤，在没有意义的地方发现了意义。而且情思是如此浩大，如同不绝的光源辐射到我们的内心。张洁宇这一代进入鲁迅世界时所呈现的心境，已远不同于孙玉石那代学者。但她所表达的精神的幽微与冲荡感，与前人并不隔膜。我在书中读出了历史的回音。鲁迅传播史中动人的环节，在这里是可以找到的。

想起李何林先生当年关于《野草》的文字，感到几代人思维方式的变化。二十世纪八十年代的《野草》研究，是有一个对话的场域的。李何林、许杰、孙玉石彼此在默默攀谈，他们之间的争论，可以看出学术语境的差异。但现在的学术探讨，似乎都是独自面对文本，自言自语的时候多了。关于《野草》研究，是有过争论的。李何林就写过《〈野草〉〈故事新编〉的争鸣》一文，言及不同思路的交锋。我印象最深者，是关于鲁迅文本的解析应“实”一点好，还是“虚”一点好呢？他列举许多看法，给研究者的思路是多样的。《野草》最难办的地方，其实就是如何面对虚实的问题。鲁迅的表达有时候是从现实出发，又远离现实，将精神以变形的方式呈现出来的。周作人就从鲁迅的文字中，看出诗的因素大于史的内容。所以对文本的分析不能过实，将诗与史对应起来看，不以史害意，非因词乱史，是可行的办法之一。鲁迅的复杂性，随着文本的细读，能够体味得更加明显。

所以，进入《野草》，一方面要弄清鲁迅与现实对话的语境，一方面要理解其撕裂词语的用意。过于切实，可能把诗意的隐含搞得无趣。而过于空灵，则与生命体验的纠结远了。理解鲁迅的难度在于，他和现实对话时，把流行的汉语颠覆了。我们以现实的语境去衡量他的词语，往往有南辕北辙的错位。鲁迅研究史中，这样的错位一直没有消失过。不懂得他对现实判断的复杂性以及表达的隐曲性，我们可能离他更远。

是否可以这样说，《野草》研究，是有一种经脉在的，这里涉及词语与哲思、爱欲与复仇、慈悲与反抗诸多问题。而核心的，则是历史与审美之间的张力。这个张力是在冲突里完成的。雅斯贝尔斯在一篇文章里引用尼采的观点说："衡量大哲学家的标准乃是看在他们内心之中究竟蕴藏着有多大规模的矛盾。"鲁迅的文本，就是多种无解的矛盾的纠结。一方面在回答现实的问题；另一方面，在面对心灵的问题。当这两方面问题都无解的时候，他以无所希望的坦然抵抗了现实与精神的难题。这种抵抗，不是自恋地告知读者他能抵达何处，而是直面自己的有限性。恰恰是这种对有限性的凝视中，才敲开进入无限性的大门。他在极为不可能之中，实现了自己的可能。有人说《野草》有鲁迅的哲学本色，无疑是对的。只有经历了与鲁迅近似的体验，对其文本才会有亲昵的感觉。而能于此得到一二心解，则幸甚至哉。

普希金的艺术

我在十几岁的时候，曾有很长的时间，在迷普希金的作品。普希金是黑暗王国的一盏灯火，那其间可以看到多么明亮的人性和诱人的智慧！他身处封建农奴制的国家，却唱出了自由的诗句。睡意蒙眬的苍穹、滔滔的涅瓦河水、不眠的西伯利亚囚徒、无底的沧海，还有那俄罗斯乡村的少女……在他的笔下宛如高傲的精灵，那么神异地敲打着倦怠的人们。你在他的诗句里可以嗅到女神的气息，还有那旷远的人道的歌咏。他所有的诗句都远离着伧父俗子，像一个圣洁的使者，给灰暗而蒙羞的土地，带来祥和、热情的灵光……

普希金的伟大无须证明。那些从奴役之路走过来的人，只要吟诵过他的诗句的，无不懂得其中的价值。直到今天，我仍然敢自信地说，中国的新式诗人，尚无和他媲美者。我们没有他那样的博大、深厚和浪漫中的凝重。我们诗人的想象空间，似乎被什么罩住了。普希金是一个迷人的人道主义者，即便在他的缺点里也依然渗透着我们中国诗人少有的亮度。我每读他的诗就想起直面流俗的英雄，以自己的诗句而影响了一个民族的文明进程者，在我们的今天，可曾有吗？

亚历山大·谢尔盖耶维奇·普希金生于一七九九年，他的家庭在莫斯科属于贵族。十一岁的时候，他被送到贵族子弟学校——皇村学校读书，在那里开始了自己的写诗生涯。一八一四年，十五岁的普希金写下了著名的《皇村回忆》，诗中幽深的境界，飘逸的词句，磅礴的气势，给人以深深的印象，连当时俄国著名的诗人杰尔查文也对其十分首肯。那时的普希金，深受法国文明的影响，诗文中跳着一种俄国文化少有的东西。但那情思、语句，又深染着俄国人的精神气息，一看就会被其俄罗斯式的丰满、典雅的气韵所感动。他的一生非常短暂，只活了三十八岁，但却给后人留下了丰厚的遗产：大型诗体长篇小说《叶甫盖尼·奥涅金》、长诗《高加索的俘虏》《强盗兄弟》《巴赫奇萨拉伊的喷泉》《茨冈》《青铜骑士》《波尔塔瓦》，以及短诗《自由颂》《致恰达耶夫》《致西伯利亚的囚徒》《我为自己建立一座非人工的纪念碑》等，普希金的诗作像俄罗斯上空光芒四射的太阳，以它的无穷的光源普照着苍生。他唱出了该民族未曾有过的声音，又弹奏了属于人类共有的奇音：那么高亢、辽远、炽热。它烧烤着你，冲击着你，让你进入神圣的燃烧里。人们说他是俄罗斯诗歌的泰斗，不是没有原因的。

在普希金的诗里，纯情的东西与自由的神往永远是在一起的。《冬天的早晨》写冲破苦难的心境，沐浴着神性和温暖：

严寒和阳光，多么地晴朗！
我俏丽的朋友，你还在梦乡；
美人儿，该起身了，醒醒吧
放开你被愉悦遮蔽的目光，
你变成北国的一颗晨星吧，
出现在曙光女神的身旁。

曾记否，昨夜风骤雪乱，
在昏暗的天空到处逞狂；
月亮宛如苍白的斑点，
从云端透射黄色的冷光，
你也满怀忧伤地坐着，
可现在……快向窗外探望。
在那蓝莹莹的天穹之下，
白雪上闪着艳红的阳光，
犹如一条条华美的地毯；
只有透明的树林黝黑如常，
枞树透过白霜泛出翠绿，
河水在冰层下闪闪流淌。

这一首诗写得毫不晦气与萎靡，在寒冷里流动着信念之光，那结尾如射出的响箭，在寒雪中嗡嗡作响：

滑过清晨的茫茫雪原，
好朋友，让我们纵马前往，
驱赶着不慌不忙的马，
去把空闲的田野拜访，
拜访不久前还茂密的森林
和河滨这块亲切的地方。

一个在厄运中漂泊的人，面临人间的苦涩，仍充满着信心，这是普希金特有的魅力。诗人的谈吐从不取悦于权贵，他的响亮的诗句其实正是植根于民族的自由里。那首广为传诵的《致西伯利亚的囚徒》，就曾以逆俗的意识感染过成千上万个读者。为政府的敌人们祝福歌唱，在那样的年代确需要一种胆量。诗人从黑暗中站了出来，终于唱出了千古的绝响：

在西伯利亚矿坑的底层，
望你们保持着骄傲忍耐的榜样，
你们悲惨的工作和思想的崇高意向，
决不会就那样消亡……
沉重的枷锁会掉下，
阴暗的牢狱会覆亡，
自由会愉快地在门口迎接你们，
弟兄们会把利剑送到你们手上。

全诗一气呵成，落地有声，是十二月党人的一曲祝歌。在沙皇控制下的俄罗斯，唯有十二月党人，表现了民主的活力。普希金从那些殉道者的身上，看到了祖国的一线光亮，俄罗斯诗歌最动人的部分，响在这叛逆者的群落中。诗人由此而成了那片土地的歌喉。

没有谁的诗作会像普希金那样唤起了俄国人如此的共鸣。他发现了自然、历史、人性，还有那精神的神秘的天空。他的视野是那样的广阔，犹如无边的草原，伸展着明快的精灵。在《叶甫盖尼·奥涅金》里他礼赞了卢梭式的情感；在《波尔塔瓦》中他绘出了渺茫的缪斯的声音；《茨冈》中的篝火飘着流浪者的情歌；《青铜骑士》浩渺无边的波涛间跳动着智者的思考……普希金在自己的诗句里不仅礼赞了自然、历史和人性，而且勾画出无数鲜活的人物。《波尔塔瓦》里的高楚贝、马利亚、马塞帕的性格，在短短的几行诗里，就闪现出来；《叶甫盖尼·奥涅金》的主人公，其文化内涵里的哲学，常咏常新，魅力无穷。而他短诗中跳跃的思想，用庸俗的文艺学的方式，是难以穷尽其境界的。普希金的诗是人性与神性的结合，他把那么明丽的精神奉献给了我们，那丰厚的存在，在别一类诗人中，是难以见到的。

作为一位中国的读者，普希金对我的意义在于，他在没有自由的年代书写了自由。普希金影响了多少代中国读者，我们已无法数清了。记得鲁迅就曾在《摩罗诗力说》中，礼赞过他，我至今还感动于先生谈他时的冲动：

> 普式庚于此，已不与以同情，诸凡切于报复而观念无所胜人之失，悉指摘不为讳饰。故社会之伪善，既灼然现于人前，而及泼希之朴野纯全，亦相形为之益显。论者谓普式庚所爱，渐去裴伦式勇士而向祖国纯朴之民，盖实自斯时始也。尔后巨制，曰《阿内庚》（*Eugiene Onieguine*），诗材至简，而文特富丽，尔时俄之社会，情状略具于斯。惟以推敲八年，所蒙之影响至不一，故性格迁流，首尾多异。厥初二章，尚受裴伦之感化，则其英雄阿内庚为性，力抗社会，断望人间，有裴伦式英雄之概，特已不凭神思，渐近真然，与尔时其国青年之性质肖矣。厥后外缘转变，诗人之性格亦移，于是渐离裴伦，所作日趣于独立；而文章益妙，著述亦多……俄自有普式庚，文界始独立，故文史家芘宾谓真之俄国文章，实与斯人偕起也……

鲁迅看普希金，非唯美的性灵，有的却是“文界始独立”的雄起之力。普希金的诗不是懒洋洋地躺在床上的，那里沐着光，流着火，而情思又那样阔大。《我为自己建立一座非人工的纪念碑》写己身的苦乐，乃民族自信的咏叹，他以为一生中最重要的工作，是“我用竖琴唤起了人们善良的感情，因为我歌颂过自由，在我的残酷的时代，我还为倒下者呼吁同情”。中国的读书人，自古以来，能站在皇权的反面，并为生民歌哭的不是很多。鲁迅当年引介普希金诸人，旨在以“摩罗”精神，唤起众人觉醒，以那些跳跃的旋律，催促铁屋子中的人们。在他的诗里，人永远是高贵的，皇权、金钱、恶俗，不过尘土而已，唯有精神的美，才可以丰富我们的世界。他描绘了那么多美丽的森林、河流，但最动人的却是那些圣洁的灵魂。《暴风雨》写岩石上的姑娘，是如此感人：

你可见过岩石上的姑娘，
身穿白衣，脚踏海浪，
当大海在茫茫烟雾中汹涌，
和它的海岸戏耍不停，
当闪电用红色的光柱，
把姑娘的身影一次次照亮，
当海风狂吹，在浪尖飞舞，
把她那轻盈的衣裳卷扬？
风雨蒙蒙的大海无限壮丽，
不见蓝天的苍穹布满电光；
但请相信我：比海浪、比苍穹、比暴风雨
更壮丽的是站在岩石上的姑娘。

熟知俄文的人，知道这美妙的旋律是很难译出的，但我们从这译文里，难道听不到那跳动的脉搏？难道体味不到炽烈的人性之火的烤灼？诗人的文笔是灿烂的，犹如西伯利亚的广袤的森林，那里流动着无穷的清香。在明暗交织、冷热相间的叙事里，灰暗的魔影渐渐远去，呈现给我们的却是毫无杂质的明媚的光泽！鄙琐、阴郁、媚眼、世故等，在这里一个个埋葬掉了，而唯有朗然的生命之火，不停地燃烧着。一个人，当他穿过漫漫的长夜，投入黎明的怀抱时，那心境，是何等的爽快呀！普希金给了俄国人，不，应当说给了一切受压迫的人们，带来了希望。只有在阅读他的时候，你才会感到，原来这个世界，还有这样的存在！我们有什么理由，不去寻找她呢？

许多年过去了，当我华发沾头，重读少年时代曾熟悉的诗文时，依然按捺不住内心的激动。我相信今天的青年，照样能从他的诗句里，找到使自己怦然心跳的词句。普希金的艺术之于我们，不是远去的经典，而是常新的存在。你要懂得黑暗世界里的窃火者的伟大吗，那不妨读一读他。只有在那个世界里，才会昭示出美的可贵和圣洁的可贵。

托洛茨基余影

波兰著名学者伊萨克·多伊彻曾写过一部沉重的书《流亡的先知》，描述了俄国的托洛茨基的悲壮一生。那书偶尔谈及了托氏在中国的知音陈独秀，可惜因材料有限，语焉不详。托洛茨基与中国的复杂关系被省略了。中国人最早知道托洛茨基，不仅是作为革命家的形象，而且还与文学批评有关。他在文坛的影响力，并不亚于后来在政治层面对中国社会的辐射。

鲁迅在二十世纪二十年代中期就注意到了这位俄国人，不过进入他视野的并非关于俄国革命和马克思主义哲学问题，而倒是艺术的理论。一九二六年，他最早译了托氏的《文学与革命》的部分章节，他到厦门、广州的时候，在致友人李霁野的信中，多次提到《文学与革命》。那时候托洛茨基已被流放到阿拉木图，成了斯大林的死敌。但中国的文人们，大多不知于此，对托氏的著作还颇有感情。不久，李霁野、韦素园合译的《文学与革命》在北京出版，鲁迅索去了多册。他在一九二七年到一九三〇年间言及文学与生活的关系时，就多少借鉴了托洛茨基的主张，钦佩与赞扬，是常挂在口中的。那时候许多苏俄革命方面的书籍进入中国了。鲁迅就亲自译过普列汉诺夫、卢那察尔斯基的文学理论，但在我看来，就气质与看事的目光而言，鲁迅更接近于托洛茨基，他在这位哲人的文本里，好似感到了自己急需的东西。托氏对颓废派、未来主义艺术以及“同路人”作家的勾勒，诗人气质后的哲学张力，鲁迅是颇有好感的。

托洛茨基是俄国革命的元老，对马克思的学说有相当的了解。他与列宁曾是并驾齐驱的人物，在哲学、经济学、美学诸方面，有着较高的修养。他曾与列宁有过诸多的争吵，但后来成了列宁的友人，一起领导了十月革命。读过他的书的人，普遍以为其文学上的魅力，远远在列宁之上。他内心深处极富个性化的情愫，常常带着一股热流，温暖着周围的人们。他的知识面广阔，著述颇丰，在哲学、政治、军事、文艺诸领域，见识不俗。托洛茨基一生都是在论辩中度过的。所以其著作每每遇到反对者的攻击。不过连他的对手后来都承认，这位理论家有着罕有的冲荡之气，看待事物有着犀利的目光。其著作对社会问题与人文传统有着特别的主张，从来不简单地理解棘手的现象。《文学与革命》那一本书问世于二十世纪二十年代初，很快就有了英译本和日译本。它的思想四射，并不给人金刚怒目的单一印象。在苏维埃政权建立之后，文学艺术应是什么样的形态，此书的论述和后来的斯大林主义是完全不同的。这一本书不久就在苏联引起轩然大波，作者对文学艺术的理解是那么的通脱，完全没有泛道德化的痕迹。伊萨克·多伊彻在谈论这一本书时认为，它是宽容的、自由的，“字里行间洋溢着他对艺术和文学的亲切感情、独到的观察、令人陶醉的神韵和妙语，而且在书的结束语中想象力达到罕有的崇高诗意的境界”。我想鲁迅当年初读此书，也会有相近的感受吧？托洛茨基在书中论述了相当广泛的问题，倘不是谙熟俄国现实，又通晓历史，其论述不会那么切中要害。托洛茨基对形形色色艺术派别的宽容与理解，使他的文本充满了亲和力。比如谈论“同路人”作家勃洛克，就有着一种史家的智慧，他说：

> 勃洛克的不安的混沌状态，倾向于两种主要的方向：神秘的、革命的。但是无论在哪一种方向上，都到底没有分解。像他的抒情诗一样，他的宗教是不清楚的、不固定的，不是革命命令式的。
>
> 诗人似乎要说，他在此中也觉到革命，也觉到革命的急扫，心里的可怕的激动、觉醒、勇气、危险，并且说即使在这些讨厌的、无意义的、血腥的显示中，也反映着革命精神，这对于勃洛克，是腾跃的基督精神。

托洛茨基对“同路人”作家带有理解性描述，显示了他温情的一面，他以为各类艺术是应自由地发展的，当局者不必急于对其扫地出门，应当了解其历史的延续性。同那些唯意识形态主义的文人比，托洛茨基以为文艺有一个生态学的问题，鲁迅立刻就感到了他与“那巴斯图”派的区别。托氏对各类新兴文艺洒脱自由的描述，让人读出他对人的创造性的理解，以及其间史家与哲人的风范。鲁迅在一九二六年为《十二个》中文版写的后记就说道：

> 在中国人的心目中，大概还以为托罗兹基是一个喑呜叱咤的革命家和武人，但看他这篇，便知道他也是一个深解文艺的批评者。

鲁迅对勃洛克《十二个》的读解亦很精彩，大约也看到了其间的神秘、怪异、冲荡的气韵。他对勃洛克的看法，受到了托洛茨基的暗示，连观点也是接近的：

> 旧的诗人沉默，失措，逃走了，新的诗人还未弹出他的奇颖的琴。勃洛克独在革命的俄国中，倾听“咆哮狞猛，吐着长太息的破坏的音乐”。他听到黑夜白雪间的风，老女人的哀怨，教士和富翁和太太的彷徨，会议中的讲嫖钱，复仇的歌和枪声，卡基卡的血。然而他又听到癞皮狗似的旧世界；他向着革命这边突进了。
>
> 然而他究竟不是新兴的革命诗人，于是虽然突进，却终于受伤，他在十二个之前，看见了戴着白玫瑰花圈的耶稣基督。

对于像勃洛克这类“同路人”作家的偏爱，大约能看出鲁迅精神中的一个要点。他关心的是知识群落在社会动荡中的内心变化，即人如何在变革的世界面前，直面内心的苦难。易代之际，文人的堕落或挣扎，大概能看出文化的深层危机。鲁迅透过俄国革命中诗人的冲动、苦楚，寻找着新式文化的更生点。而那时能在理论上给他带来提示的，也许唯有托洛茨基。

但是因为条件的限制，加之不懂俄文，鲁迅对托氏的了解毕竟有限。他是通过日文，而李霁野、韦素园是通过英文接触着托氏，对俄国的真面目，还是模糊的吧？不过在鲁迅看来，中国社会也正同苏俄一样，经历的也是动荡的年代，文学艺术自然也会相应地变化。托洛茨基关于革命时代的文学艺术的论述，对其有着不小的借鉴，他知道，唯有了解知识群落挣扎的渠道，才有看到新路的可能。人怎样才能驱除自身的毒气和鬼气呢？相当长的时间里，鲁迅被这一类难题所困扰着。

直到一九二八年年底，鲁迅对托氏的印象依然很好，他在《奔流》编校的后记中还以肯定的口吻叙述着托洛茨基“博学”“雄辩”的特点。他形容这位斗士演说时“恰如狂涛，声势浩大，喷沫四飞”。这样的理论家，中国何曾有过呢？那时候的托洛茨基正在受难，受着斯大林的残酷压迫。但中国的鲁迅，却在暗自接受着那颗自由之心喷出的光泽。我相信鲁迅对苏联情况的了解是含混的，他还不知道个性主义在苏维埃政权中的厄运。直到他死，托洛茨基的存在对他也仍是一个疑障。虽然他受到了瞿秋白、冯雪峰传递的信息的干扰，知道了托氏的流放、受挫。可他对这位多才的斗士的理解，多基于中国社会的经验，而不是俄国的经验，于是在晚年，终于与托洛茨基疏离了。

我一直认为，鲁迅在艺术层面上对托洛茨基的理解是深切的，有着心心相印的一面。在斯大林与托洛茨基之间，两人孰是孰非，鲁迅的目光是游移的，他毕竟缺少陈独秀式的经验。这个问题可以解释鲁迅晚年的一个疑团，他何以最终对托氏做出了相反的判断，和联共（布）的理论搅在了一起？他对托氏前后矛盾的评价，是固有的审美意识倾斜了呢，还是认识视角发生了偏差？

回答这一问题是困难的。在我看来，描述鲁迅与托洛茨基的关系，必须还原鲁迅当时的个人环境。一九二六年，当他盛赞托氏的文学观时，作者正期着自己以及同代文人的一次精神的蜕变，由旧式的灰暗的人，变为真正有亮色的人。而托洛茨基对两种文化和新旧文人的描述，给他的引力是巨大的。托洛茨基并不认为艺术是全能的，它在社会的变革中，有时甚至显得无能为力。鲁迅在一九二七年至一九二八年间，也多次谈到类似的看法，以为文学有时是无用的，展示民族性格和一种文化，倒是真的。他在广州和上海的讲演中，就沿用了托氏《文学与革命》的一些看法，那论述颇有力度，对后来的文艺多少产生了影响力。托洛茨基那时候认为“每一种文学流派都潜藏于过去，并与过去决裂而得到发展”。鲁迅在二十世纪二十年代后期所思考的问题，与此是多少有着重叠的。他不正是一面整理古文学史，一面译书，一面创造新的艺术吗？而这一切并不是听自某一集团的命令，却完全发自于内心。鲁迅对自由的阅读与自由的书写，从来就是肯定的。

但是到了二十世纪三十年代，中国的白色恐怖盛行，鲁迅开始经历诸种避难、被通缉的命运。那时候国民党疯狂地镇压共产党人，鲁迅的环境也一天天恶化下去。他的许多青年友人走上了刑场，一个个天才的艺术家凋谢了。这给了他很大的刺激，思想也日益发生变化。当一九三六年六月，时任中央委员会委员陈仲山写信给鲁迅大骂中国的斯大林主义时，重病在身的鲁迅躺在床上口述，冯雪峰笔录，回答了他的来信，这封由冯氏录下的信件对托洛茨基已大为不恭，口气有一点强硬了：

> 这很使我“糊涂”起来了，因为史太林先生们的苏维埃俄罗斯社会主义共和国联邦在世界上的任何方面的成功，不就说明了托洛斯基先生的被逐，漂泊，潦倒，以致“不得不”用敌人金钱的晚景的可怜么？

这一段话是出自于鲁迅的深思熟虑呢，还是冯雪峰的提示，我们已难以得知。但以成败来论英雄，或以非此即彼的逻辑方式打量事物，不符合鲁迅一贯的特点。须知，鲁迅对托洛茨基的微词都是在别人笔录的信件中出现的（另一篇是《答徐懋庸并关于抗日统一战线问题》）。

当我翻阅托洛茨基在中国最早的几本译著时，便觉出了一丝历史的隐痛。中国人对域外文化的摄取，有时是带着自我的矛盾的。即以托洛茨基思想在中国的命运而言，它也经历了否定之否定的过程。这就是历史，有什么办法呢？我读托氏那本已经发黄了的汉译旧籍，好似感受到“五四”落潮后中国知识群落对新的精神理念的渴望。那是灰暗世界的一盏油灯，当年慰藉了和我现在一样年龄的中国人的心。革命不都是流血，它有微笑，有挣扎，用鲁迅的话说，亦有婴儿。倘把革命变为杀头、禁监，四处是“奴隶总管”，这不仅在托洛茨基那里被看作是罪过，在鲁迅眼里，也是卑劣的。

当下的一些学者，每每谈及革命文学，以为都是辱骂、叫嚷，没有看到还有托洛茨基和鲁迅那样暖意的存在，不能不说是一个遗憾。鲁迅曾说，革命乃为了人活，并不是为了人死。就道出了某些知识分子对革命的态度。这态度同样适用于他们的文学理念。可惜，这一逆俗的声音，现在某些史家们竟听不到了。

巴别尔之影

有时候看到域外作家的惊人的审美之思，会感叹虚构文本的妙处。这些人带来的陌生的图景，拽出了黑洞里的精神之光，盲态里形体便浮现出来，我们会随之而进入神异之所。比如，像伊萨克·巴别尔的小说，就让人如见天书，那些出奇的人间之思，一遍遍冲洗着我们日趋凝固的意识。

我至今记着最初阅读巴别尔小说的感受，摇晃的苦路上的马蹄声，起伏土地的流浪者和乌克兰小镇的喧嚷，跳动着血色的交响。而濒于死亡者绝望的眼，折射着暴力、凶悍的野气里的梦幻之影。一切都是那么诡异，时光过滤着无尽的哀怨，在无法解析的困顿里，却刻出作者直面人间的爱意。

最早介绍伊萨克·巴别尔的鲁迅先生，没有像对待俄罗斯“同路人”作家那么耐心，只是对于其价值做了简单的描述，余者则语焉不详。我觉得鲁迅对于这位俄国作家的存在有一种不确定的感觉，似乎不能够以卢纳察尔斯基和托洛茨基的逻辑审视对象世界，而后来文学话语中的巴别尔是另一个色调，他的形象还多是隐在迷离的历史之雾中。

但鲁迅之后的许多中国作家对于其看法日益清晰起来。王蒙、莫言的读书经验里，巴别尔的记忆连接着精神的解放之旅。他们不止一次谈到这位作家对于自己的影响，在这个犹太人那里嗅出智性的浓烈之味，这些无意中也影响了中国文学的生态的变化。《檀香刑》之于《骑兵军》，都在印证这一点。

现代的中国作家对于俄国文坛发生的一切，很长时间只能以表层的方式解之，看到了文本的奇异，惊叹十月革命后俄国文学的伟大。鲁迅在翻译《竖琴》时，体味到的只是小说里感伤、灰色的风景，但那深处的原因则知之有限。那些“同路人”作家的文本写出了战争的残酷，一面也哀怜失去的岁月。仅仅从没落阶层的不适感讨论这样的问题，可能流于表层，因为译者对他们具体的情形鲜为了解。关于苏联文学的描述，也多是从概念到概念的，其间遗漏的东西，恰现出流行理论的尴尬之处。

巴别尔的创作始于一九一三年，那时候正是俄国革命的前夜。他的文化记忆有许多非革命的元素，犹太教传统、马克思主义、法国近代激进意识以及东正教的遗产，都集叠在其审美的逻辑里。他带着复杂的历史记忆进入革命年代的时候，对于文学的表达，自然与流行的理念有别。他的奇异的小说和戏剧作品，都非革命观念的结果，而是革命观念的原因。这种别于常人的思考和创作，是逸出时代模式的一种精神演进。

作为革命队伍的一员，他有着政治家之外的神奇的思维。既是知识分子的一员，又讨厌知识分子；理解革命，但反对革命中的残暴；欣赏法国文化，但更加爱护苏维埃的实践。巴别尔在纵横交错的经纬里居于忽隐忽现的地方，但似乎又不属于身后的世界。难怪鲁迅在翻译“同路人”的作品时放弃了对巴别尔的深度打量，那可能是他的定位极为模糊的缘故吧。

巴别尔小说篇幅甚短，但内容的丰富超出常人。在短小的篇幅里往往有多致的调子，无数灵魂的震颤在瞬间弥漫开来，简约里的繁复，停顿里的奔涌，还有消失中的遗音，缭绕在文字的背后，让我们久久不能宁静。鲁迅曾收藏过一部德文版的《敖德萨故事》，那里的嘈杂、凌乱而高远的情致，都非简单的逻辑可以绘之。仅以《德·葛拉索》为例，一个剧团的演出引出无数的故事，“我”与老板的背后，竟是艺术里的虚构之影的魔咒般的力量，它竟在现实里发酵。巴别尔看到了现实之外的精神之力对于人性的辐射，而我们于此领会的不仅仅是词章之美，还有意境所带来的人间幻象。小说在片刻里集叠的无穷远大之影，带来的是一种审美的突围。

《敖德萨故事》是一部混杂着善恶的乐曲，不同民族的习惯和人生图画，有书斋里的理论不能说清的隐含。邪恶、粗俗、残忍和柔情弥漫于时空之间，人间的爱欲情仇在破碎的影像里晃动。这里展示的是两个世界的故事，一是江湖里的人生，一是童年的碎影。前者如《国王》中的火光中的报复,《父亲》中的一桩秘密的婚姻计谋，还有《日薄西山》中的父子之争，都流动着蛮气。后者像《我的鸽子窝的故事》《醒悟》《童年与祖母相处的日子》《德·葛拉索》，闪动着纯然目光下的凄苦，以及浪漫的感伤，犹太人放飞梦想和受难的故事扑面而来。敖德萨充满了扭曲的旋律和腥味的气息，巴别尔写出了不同人等的苦楚的人生。他在人们习以为常的荒诞性里看出人性的真色彩来。而又于粗野放荡的江湖人的选择里，引人们到思考的路径去，浑沌里的灵动的爱意之光，成了那作品里的灵魂。

给他带来巨大荣誉的是短篇小说集《骑兵军》，出人意料的精神维度，覆盖了一时流行的僵硬的话语体系。以一种反本质主义方式记录苏波战争，这给历史学家一种难堪的讽刺，它刻画的世界与后来教科书相距甚远。作者写的苏联红军，是鱼龙混杂的队伍，人们带着不同的记忆来到战争的前沿。不仅仅有战场的诸种痕迹，重要的是写出战场内外不同的人生轨迹。《家书》的片段极为惊恐，在儿子给母亲的信中，描述了父子的对立。父亲是反革命者，几个儿子是苏联红军。父亲曾愤怒地杀害了自己的一个儿子，而后来另一个儿子参与了对父亲的追捕，最后使自己的父亲受到惩罚。一个时代的不幸导致了家庭里的厮杀，在遥远的地方演绎着故乡里所罕见的悲剧。这一切对战争之外的旁观者而言，是一种颠覆性的书写，战争的本然露出人性的凶险。而小说描述“我”的行为与思想时，也极为震撼。《我的第一只鹅》的“我”进入哥萨克的营垒时，知道士兵往往会欺负弱不禁风的文人士兵，于是将自己变成匪徒般的人物，无理地杀死一只鹅，以粗暴的举止赢得同行的认可。这种撕裂造成内心的痛楚，“我的心教杀生染红”，久久不得安宁。小说的许多片段冷风习习，战场上杀红了眼的官兵，面对无辜的百姓，没有逻辑可言，《战马后备处主任》军痞式的傲慢，置苍生于不顾的残忍，让人倒吸一口冷气。在整个战场上，人已经失去温和与儒雅，大家似乎在变态的波浪里涌动。《寡妇》描写团长死前的惨景，自己的妻子的背叛，引来与其有染的马车夫的不满，他在亵渎了团长后还残存着一丝柔情，狠狠地教训了漠视遗嘱的团长的妻子。这仅有的人性的余光，将野蛮与恐怖的屠场另一种韵致托现出来。《骑兵军》是一曲绝唱，它在血腥的马蹄声中踏飞苍凉的梦影，画面碎片横飞，呼唤遥远的灵思抚慰着死去的冤魂。这是“同路人”作家也未曾有过的书写，难怪他的作品遭到苏联将军的指责，对于前线的报道，如此出格和不逊，也证实了彼时思想的混杂和认知的差异。

《骑兵军》给读者的教益远远高于同时代的许多战争文学。如果不是高尔基的支持，一些作品的发表当十分困难。这些简短的文字，流动着无穷的神思，也将现象界的多棱面呈现给读者。巴别尔的笔触不同于一般的作家，他的特点是在刹那之间而隐喻永久，思想的光泽在混乱之中冒出，不乏超常的笔致和颠覆性想象。许多惊心动魄的场景都在冷冷的叙述里完成，但回味无穷的地方处处皆在。这和《敖德萨故事》形成了一种对应，在面对世俗和革命的话题时，他都奉献了《真理报》所缺失的光景。

欧美的读者对于巴别尔有着持续的热情，研究著作已经相当丰厚。他欣赏托尔斯泰，但从未有过宏大的叙事；喜爱屠格涅夫，却没有田园式的隐逸。流行的解释是他通晓多门语言，对于不同风俗颇多心解，而思想又有马克思主义的部分。这是中国的作家没有的复杂性。中国的作家多是从感伤的人道主义层面进入革命文学的，但俄国的文学则有强大的十九世纪的惯性。巴别尔在自己的作品里就一再提及普希金、果戈理、托尔斯泰、陀思妥耶夫斯基，这些和犹太教以及列宁的思想混杂地交织相处，催生出的作品也自然是多种意蕴的叠加。在他留下的不多作品里，引人思考的远远不是革命文学的问题，我感兴趣的是其犹太人的文化元素和列宁的元素的衔接，以及旧俄传统与新俄思想的碰撞。对于中国的文学家而言，其提供的经验，并不亚于高尔基和法捷耶夫。

巴别尔文本的背后都有我们经验里没有的遗存，关于此，我们读过他留下的书信则会一目了然。近读刘文飞先生主编的《巴别尔全集》书信部分，就给了我一种全新的感受。苏联作家与革命的关系，和域外文坛的互动性，以及如何吸收自己的传统文化，好像都有了某种注解，他与友人的倾诉里隐含着时代的另一种回音，革命队伍里的杂色都可以看到一二。

翻阅巴别尔书信集会发现，在革命的年代，他的精神有许多革命话语所不能够涵盖的内容。比如，他的经济状态，和剧院导演的远近之交，以及远离文坛的孤独，都折射出那时候文坛的复杂性。我们在文学史里不易看到这些片影，它的深处的所指，是苏联流行的理论遮蔽的部分。

巴别尔的书信解答了我们中国读者的深深的疑问，内中的复杂性超出我们的想象。他是一个在悖论里思考存在的作家，从生命的体验里，看到了理性不能解析的人间，可怜的生命不是在先人预知的轨道里，大家原在精神的歧途上。我们看他的日常生活的困顿，以及在作家队伍里的尴尬，都能够感受到其作品的原型。或者可以说，他的文字，升华了自己的日常体验，赋予文本以哲思的可能。因为在那些不可思议的人间故事里，理性照耀不到的地方，方可以有我们需要的参照。

巴别尔认为自己处于一种"逻辑的怪圈"里，比如他在婚恋里的彼此折磨之苦，在工作中的自卑自贱的形影，周围处处是些"无用之人"，只有远离俗物的时候，自己的内心才得以充实。他觉得这个世界可以交流者不是很多，一九二八年，莫斯科出版了一本研究他的论文集，见此并非一般人的沾沾自喜，他给妻子的信里说："俄罗斯出版了关于我的文集。这些文章读起来非常可笑，根本让人读不懂，写文章的都是一些有学问的傻瓜。"他欣赏的人物都多少有一点瑕疵，那些正襟危坐者未必都能进入他的法眼。他能够以反向的思维处理自己的悖谬化的生活，一九三〇年，在致沙波什尼科娃的信中，他说："我一生中遇到过无数困难和挫折，但是我始终能够感受到生活的快乐。"革命胜利后，许多作家不能够生存下来，自杀者多是他熟悉或关注的人，但他却以另一种态度，面对绝望的环境，竟能不动声色地渡过难关。这原因可能是他有一种与“逻辑的怪圈”周旋的本领，看透而不厌透，在远离俗谛的地方观照日常。他认为“人应从错误中学习，在失败中成长”。既然处于一个大的时代里，进入而又能够出离，超然于旋涡之上，方能够体味创造的快慰。

今天的读者面对巴别尔，往往把他置于异端者的行列。但他的复杂之处在于，内心深处并不远离革命之路。在经历了可怕的混乱和无序的行走后，依然觉得俄罗斯在寻梦的路上。这给他的文本带来了歧义。而理解巴别尔，均不能够忽略此点。二十世纪末，他多次往返于巴黎、莫斯科之间，欣赏巴黎的自由，但更钟情于俄罗斯文化里的神圣。在远离俄罗斯的时候越发珍爱俄罗斯的精神探险。了解此点十分重要，因了这样的选择，我们才知道，俄罗斯文学至少在二十世纪三十年代之前，不是在封闭的环境产生的，而是存在着一种与域外文学对话的通道，恰恰这种远离了政治性的对话，才出现了逸出政治话语的文学。革命性与非革命性都有生长。而二十世纪八十年代后，中国作家从巴别尔那里得到的，恰是那些革命话语之外的资源。这也是这位作家在中国持续走红的原因之一。

因为有了巴别尔，俄国的革命文学的地图改变了。不同国度的读者对其兴趣不尽相同。十几年前我参加过一次巴别尔的讨论会，那天王蒙、莫言和以色列的几位学者悉数到场。我们讨论的是戴聪的译本，被其精致、深切的译文所打动。我那时候才知道，仅仅以革命的逻辑描述这位作家是远远不够的。较之于俄文版的作品，汉语译本存在一种无力感，巴别尔的多种语言的功底流露的气息，是不能转译出来的。即便这样，我们依然感受到了他的作品背后只可意会而难以言传的美质，它包含着隐微里的广大，悲楚里的圣明。这位短寿的作家流星般穿过东欧的精神的暗夜，却把智性的光永恒地刻在天幕上。虽星星点点，而其意绵绵。借着这曾有的光泽，我们分明对于未曾辨明的存在有所领悟。

文字后的历史

一

我这个年龄的人，曾经有个时期，不大注意前世的东西。在二十岁前，我对脚下的土地曾发生过什么，知之甚少。后来偶然读到了鲁迅的书，才知道文章还有另一类的写法，那文字的背后，隐隐地拖着长长的影子，似乎几千年来的苦楚，都集中于此了。而在同代人或父辈的作品中，永远看不到词语后悠长的时光，以及远逝者的灵魂。我那时便感到了鲁迅的神奇，最初的印象，不是斗士、勇者，倒仿佛看到鬼气和血腥。那森然的气息，几乎将我窒息了。

这感受一直持续了多年，伴着我度过了无聊的青春年月。直到三十一岁赴京，成为鲁迅研究室的工作人员，还那么强烈地挥之不去。没有一个人像他那样，以文字的方式，向我们暗示了那么丰富的历史。在和他碰撞的瞬间，我懂得了回溯过去的快意。鲁迅是中国的异类，昨天是，今天是，明天大概也会是。自二十世纪二十年代起，围绕他的争论，从未停过。我记得在编《被亵渎的鲁迅》时，翻看前人的资料，一个重要的感受是：他一直在世俗的话语之外，但又是世俗语境绕不开的存在。那些自命是鲁迅弟子的人，与其均有距离。鲁迅的寂寞，是必然的。

他似乎从未年轻过。读他最早写下的文字，虽不乏冲荡之气，但暮岁般的苍冷，尽入笔端，给人以悠远浑厚的感觉。这一切缘于他早期的记忆，家境的破败，世间的冷眼，甚至儒道释渗入民风中的苦涩，已把他少年仅有的快慰驱走了。我读到他中年时写下的随感，曾经感动于他的惨烈、沉郁。那仿佛从地狱里喷出的岩浆，恐怖里夹带着无边的热浪。在明暗交替之际，在高低起伏之间，身边的冷意似乎在慢慢消失。你可以在那儿读到一点章太炎，读到一点尼采，但仿佛又都不是，那是只有他自己才会有的声音。和那些仅会憧憬，只能呻吟的“五四”文人比，鲁迅的气象，是驳杂的。

没有谁像他那样在自虐中苦苦地书写着，好像蘸着自己的鲜血。他其实是一个很悲观的人，对家庭，对社会，自有一种绝望的看法。但他又不甘于沦入“前定”的苦境，而在灰暗的大泽里踽踽而行。但他的苦行又非顾影自怜者的弱态；那里流动的声音是那么强大，常常让人惊魂动魄。你读一读《孤独者》《野草》，当会惊异于它们的阔大。张承志与刘恒，都从中学到了什么。鲁迅的文字，直到今天还滋养着那些不甘沦丧的人们。

二

记得林贤治对我说:“鲁迅远远地走在前面，我们跟他不上。”是的，当我们无法与其并行的时候，看到的只是他的背影。而这背影，把百年间的历史罩住了，把我们的命运罩住了。我们命定在他的影子下生活。当向鲁迅说几句笑话的王朔直面生活时，与其共存的，不还是大大小小的阿 Q 们吗？

这也是一个怪事，研究鲁迅的学者越多，越说不清鲁迅是谁。围绕他的论战常常是政治式的。但在纯粹学理的静观者中，争执之烈，亦非外人可以想到。如果谁要了解近八十年的中国文学批评史，鲁迅研究，是个标本。各个时期的文化流行色，都涂在了那里。

鲁迅不是一个不可以说“不”的人，但也许是最经得起说“不”的人。他的隐秘似乎是揭示了人的有限性。而在颠覆正人君子的神圣、庄严的仪表时，他也颠覆了自己。他的一本论文集取名《坟》，用意正是埋葬自己，把与己身相关的人间什物，通通葬于深处，使之不复存于人间。我每读其抉心自食的文字，便暗暗地想，在拷打着黑暗里的生命时，他其实也在拷打着自己吧？谩骂鲁迅的君子们，其实很有点不着痛痒，倒是鲁迅煮自己的肉时，常常触动他的隐痛。他知道自己的痼疾在哪里，于是拼命地劳作，以翻译、创作、出版，来刺痛自己的灵魂，并唤起和自己有同样苦难的人，一同前行。《呐喊》《彷徨》，与其说是写给别人的，不如讲是自己心灵的自白。那其中昭示的，正是不甘于做奴隶的苦心。而这些，不仅与中国的近代化主题吻合了，也与人本的困惑吻合了。

他的带有痛感的文字，连带地牵动着他的周边环境，以及那环境映现的文化史。他有相当的时候在读古书、抄佛经、探赜野史。但他最初的文学活动是翻译而非创作。他和周作人在东京苦苦译书的时候，中国的文人们还在睡着。许寿裳后来赞叹他是介绍域外弱小国家文学的先驱，不是夸大之词，那些别国的反抗奴役的文字，正是中国急需的参照。这种努力，一直到他临终前，从未断过。

我一直认为鲁迅首先是个翻译家，其次才是作家。可惜世人一直将这颠倒了，以为先生把创作摆在了首位。鲁迅一生有六百多万字的书稿，其中一半是译作。而翻译作品，一直是其版税的主要来源。这些译作十分丰富，有小说、戏剧、美学著作、医药书籍，等等。这些一直纠缠着中国的现代史，直到今天，我们的文学里还闪着它的影子。而他自己的一些思想来源，也出自于此，其中一些重要的作品，也是在译完了书后，受到启发而创作的。

但是，你在他的文字里，看不到食洋不化的东西，文章很有魏晋的气脉和明清小品的余韵。他的杂文从经、史、子集中脱化而出，又多了现代人的智慧。“五四”之后，仅周作人带有此类风采，在别一类的作家那里，是看不到这样的气象的。鲁迅文字的背后，容下了太多的东西。我只是在阅读《红楼梦》时，方有过类似的快感。不知道当代的作家们，注意到了没有。语言的贫困，正是思想的贫困。那些轻薄地蔑视鲁迅的人，我以为他们并无资格。

三

一位友人说，假若鲁迅不把精力投到翻译中，全神贯注于文学写作，也许成就会更大些呢？这意思是，翻译的事别人能弄，而创作非人人都行。但其实鲁迅不屑于“永恒”“宏大叙事”之类的东西，他从未把自己看成超人。甘于小，甘于做从无到有的琐事，那正是他的本意。因此，除了翻译之外，他写的大多是些短文，或载于刊物，或见之报端，绝无高雅文士藏之名山的巨著。在生灵涂炭、文化凋零的暗夜里，寻什么缥缈的永恒呢？执着于脚下的泥土，以溅血的文字喊出奴隶的声音，正是他要做的事情。

他的文章中出现过许多颇有隐喻的词汇：“铁屋子”“死火”“地狱”“无物之阵”“孤坟”。而他的译作，几乎没有朗照的东西，除了阴冷与苦诉的东西外，便是反抗的独白了。鲁迅不希望自己的世界，都是些旧有的东西，他把目光，放到了对域外文化的引介上。但他不喜欢那些自娱自乐的作品，而是把许多悲惨的、战叫的艺术，转译给国民，用以吸引那些在苦海中挣扎的人们。他欣赏的安德烈夫、迦尔洵、珂勒惠支、比亚兹莱，都有点灰色的、偏执的东西，人物的苍冷，画面的阴郁，都给人以压迫感。但那里却丝毫没有颓废、隐逸之风，倒是多了一种在绝望中挣扎的调子。这些，对于那时的国人而言，是多么迫切的存在。鲁迅从域外的艺术中，找到了一种心灵的对应。

但是他并不迁就国人的阅读习惯，在他的大量的译介里，夹带着许多生硬的、不可理喻的东西。国民党宣传部认为他的译作乃赤色宣传，将其列为禁书。而文人雅士们又厌恶他的译笔，以为将东方人的阅读感破坏了。梁实秋就讥其是“硬译”，生涩、古奥，不可理喻。那挖苦，是很尖刻的。以鲁迅的智慧，不会不懂得“硬译”的冒险，但硬要逆俗为之，是有心中的苦衷的。他的翻译，经历了否定和否定之否定的过程。早期在日本所译的小说，受章太炎影响，文字佶屈聱牙。在北京时期所译的《爱罗先珂童话集》《苦闷的象征》《小约翰》等，已有了变化，和他的散文风格接近了。但到上海后所译诸书，笔调为之一变，宁“信”不“顺”，变得生硬起来。译作明显不及其创作那么畅销。晚年的鲁迅从事翻译时，对原句往往生硬移植，句法、语序保持原貌，尽力排斥了自我经验的暗示。这尊重了原文，摒弃了曲译。他知道这与国人阅读习惯多有不合，但所以这样，乃为了输进异样的内容和新的表达式。鲁迅觉得，国人心理结构，缺乏现代理性的投影，思想表达不精密。这大概是语言出了问题。“这语法的不精密，就在证明思路的不精密，换一句话说，就是头脑有些糊涂……要医这病，我以为只好陆续吃一点苦，装进异样的句法去，古的，外省外府的，外国的，后来便可以据为己有。”实际上，中国的语言，从先秦到两汉，就有变化。唐宋之间，亦有演进，这是佛经翻译的影响罢。鲁迅一再用“硬译”从事外来文明传播，希望的是创造出别一类的文体，可是他的同代人，很少有谁看到了此点。

在文学翻译上，是以我化外呢，还是以外化我，严复、钱锺书均有过论述，不过强调的是准确、通畅，所谓“化境”正是。

但鲁迅看重的是后者，用洋人的句法，再造旧有的语文，这很有一点堂吉诃德相。但因为艰难，便显得悲壮。语言这个东西，惰性很大，世风、人情可变，而改变它则是难矣哉的事情。能向母语挑战的，现代以来，不是很多。这“硬译”，不过是鲁迅抗争旧俗的一种，须知，他还赞同废除汉字，去走拉丁化、拼音书写的路呢。

四

在鲁迅的眼里，古文是永远地死掉了。那些被八股熏僵了的文体，已难再现人的鲜活的感觉，打破它，正是一种进化的必然。胡适倡导白话文，他是最早的响应者之一，虽然他们在人生观上，有着本质的差异。鲁迅感到，创造一种属于自我的，且又被大众接受的个性化语言，对他们那一代人，是极为重要的。一个不会独立言说的知识群落，正是没落的一族。我们从晚清许多迂腐文人的陈词滥调里，可以深切地感受到这一点。

词语这个东西，当被千百万次重复的时候，它的本意常常被磨蚀了。中国的汉字，最初不过是口语的记录，后来经过文人的润色，在书写的时候，一直存在着官方书面语与民间口语的差异。这种差异，直到今天不是缩小了，而是在渐渐地拉大了。一种人是在先验的语序中演绎自我，另一种人呢，则在苦苦地寻找自我的智慧表达式。但是不是所有的人，都能在语言中找到自我。我们看一些曾显赫一时的作家、批评家的文字，除了充当时尚化和流行色的传声筒外，词语中的自我是模糊的。

鲁迅一踏上文坛，就创造了一种属于自我的语言，那里闪着声、光、电，亦带着阔大的暖流，从人们眼前缓缓而过。《狂人日记》里的自叙分明像一幅木刻，在黑白之间，涌动着生命之流。他使用的都是人们再熟悉不过的口语，但组合方式，却是反逻辑的、超常规的。你在他的陌生化的叙述里，可以嗅出人本的气息，而这，已在世俗的叙述里被淹没了。鲁迅的语言颠覆了日常的幻影，他还原了一个原本的存在。读一读那些悲凉的字句，才感到以往的日常语言，与人本的东西已十分遥远了。《狂人日记》的最后写道：

> 不能想了。
>
> 四千年来时时吃人的地方，今天才明白，我也在其中混了多年；大哥正管着家务，妹子恰恰死了，他未必不和在饭菜里，暗暗给我们吃。
>
> 我未必无意之中，不吃了我妹子的几片肉，现在也轮到我自己，……
>
> 有了四千年吃人履历的我，当初虽然不知道，现在明白，难见真的人！

鲁迅的许多作品，都带有这类逆反的、多层隐喻的特征，但这一切并非故作惊人状，一切都是从灵魂中流出来的。中国的古代文人们，从未以这类的语序，昭示过存在的悖谬，这一切，大抵只能在白话文中存在吧？

二〇〇〇年的六月，我第一次去绍兴，站在兰亭的旁边，心里想：如果不是走出古镇，到异域去寻找过别类的人们，鲁迅也许仅仅是传统的一介文人。他至多不过写写徐渭式的小品、李慈铭式的日记，或成为旧文章的高手。但他并不眷恋这些，他知道古老的词赋、小品已走到了尽头；坐在祖先留下的破车上，自然完成不了长长的路程。绍兴诞生了多少文化名人呀：王羲之、陆游、徐渭、张岱……可鲁迅并不喜欢那里。自一九一九年全家北上后，他再未返回过故里。除了在记忆里苦苦咀嚼着过去外，他似乎不愿过多地驻足于绍兴，无家的漂泊，让人感到他仍在路上。那语言的调子，不像陈寅恪、王国维那样沉到过去，而是流向未知的明日。一种自昏睡中清醒后的激情，在他那儿蠕活了。

我们的文人们，在书写的时候，太在意别人的眼色了。鲁迅是个自由的书写者，他并不考虑别人说什么。只觉得周围的环境太寒冷了，他将一股股热风，吹给了人们。我在读他的作品时，常常感到一种庄重与冲动，不像阅读苦雨斋主人的小品那么安宁，似乎要沉静下去，被古雅的情趣所吞没。鲁迅的文字暗示了我们“被现代”的血泪史，那其中肃杀、悲怆的调式，是只有在血与火中苦苦寻路的人，才会有的。

五

他诉说的时候，文词常常隐曲，题旨并不明了。今天的青年，与其有着距离，是自然的。倡明“后现代”和“新新人类”的人，自然不懂得鲁迅何以使用那么多的曲笔，仿佛故意捣乱着什么。南方的一位学者，说“走不近的鲁迅”，我想也有语言的因素吧？

胡适认为鲁迅的语言受到了日文的影响，内中有着别人少有的陌生感。其实何止是日文呢，我觉得德文、绍兴方言、文言文，都流在他的血脉里，使你不知道他是脱化于袁氏兄弟呢，还是章太炎。总之，他创造了一种迷宫，让成千上万的读者陷入阅读的快感。即便在最明快的表达中，仍可以体味出多向度的深情远致来。忽略了鲁迅文本的审视，我以为走进他的世界，是困难的。

忘记他在哪篇文章说的了，题旨是：没有一定阅历的人，大概看不懂他的文字。鲁迅在这里袒露了他欲说而不能都说的苦楚，像一座冰山，他的语言的躯体，大多还隐在海底，露出的，仅仅是一部分。为什么隐曲晦涩、闪烁其词呢？鲁迅说，怕把自己的鬼气和黑暗，传染给读者，使其陷入同自己一样的绝境中。他常常感到语言的无力，那句“当我沉默着的时候，我觉得充实；我将开口，同时感到空虚”，正是其心态的写真。所以，他在行文的时候，省略和隐去了许多词语，将最苦的东西留在了心里，而以峻急和亮色的句子，温暖着别人。这些，在细细的揣摩中，是可以感到的。

在他最绝望和悲愤的时候，他依然不能把话说尽，文网的压迫、环境的险恶，使他只能吞吞吐吐地述说：“但我也在救助我自己，还是老法子：一是麻痹，二是忘却。一面挣扎着，还想从以后淡下去的‘淡淡的血痕中’看见一点东西，誊在纸片上。”《记念刘和珍君》和《为了忘却的记念》，是多么悲壮的文字啊，但你仍觉得先生把重要的话语掩去了。鲁迅的文本里，渗透的正是一部奴隶挣扎的历史。

当新潮的作家在奚落鲁迅的文本时，那其实正是漠视了不甘于做奴隶者的心。在世上还存在着“主奴”关系的时候，言说者自然不会冲淡平易与潇洒，尤其是为奴隶写作的人们。鲁迅曾嘲笑过林语堂对明清小品的沉醉，以为把文人笔下的苦楚漏掉了。在常人看似轻闲、“小摆设”的作品里，鲁迅看到的是另外一种韵味。《小品文的危机》就说：

> 而小品文的生存，也只仗着挣扎和战斗的。晋朝的清言，早和它的朝代一同消歇了。唐末诗风衰落，而小品放了光辉。但罗隐的《谗书》，几乎全部是抗争和愤激之谈；皮日休和陆龟蒙自以为隐士，别人也称之为隐士，而看他们在《皮子文薮》和《笠泽丛书》中的小品文，并没有忘记天下，正是一塌糊涂的泥塘里的光彩和锋铓，明末的小品虽然比较的颓放，却并非全是吟风弄月，其中有不平，有讽刺，有攻击，有破坏……

鲁迅看到了语言外的存在，他把看似简单的存在，复原到原本的形态里了。但是中国的读书人，常被遮在语言的幻象中，以为历史便是那样。而鲁夫子的“于天上看见深渊，于一切眼中看见无所有”，却揭示了存在的隐秘。我们这些苟活的人们，是从未打开这一面窗口的。

鲁迅在自己的著作中，呈现了无法言说而又不得不言说的冲突，那正是不甘于被奴役的苦涩的心。我还记得二十世纪七十年代读着他的杂文时的冲动，他把被压抑中的受难者的心绪点染出来了，但那宣泄之中，又给人带来丝丝的茫然。他其实不是一个被人描绘过的那种圣者，倒仿佛一个黑暗中的播火者，把我们昏暗世界的一隅照亮了。但那亮色之外，依然是广大的暗夜，他似乎也随时被黑暗吞没着。你看不清他的面孔，他给你的亮度是那么有限，而正是这有限的闪光，使我们懂得了另一种真实。在常态的大众叙述中，是没有这些的。

六

有一段时间，也就是二十世纪八十年代吧，非议鲁迅的文字忽地多起来了。我记得那时候的文坛，林语堂、梁实秋正在走俏，连陈寅恪、吴宓的声誉，也被抬到吓人的高度。谩骂鲁迅、疏远鲁迅，都非怪异的现象，鲁迅之为鲁迅，正是在与攻讦、诬蔑者的对立中完成的。但中国的鲁迅迷们，有时好像并不了解此点，动辄站出来，去保卫鲁迅。其实，鲁迅不存在去捍卫的问题，如果是那样的话，一切就太脆弱了。假若在价值评判上去纠缠历史，我们与先生的距离，确是遥远的。我曾不止一次在文章提及过鲁迅魅力的原因，但后来想想，大多言不及义，似乎是皮毛之谈。我们这些世俗之人，常常用既成的知识系统，去把握超越世俗、破坏世俗的鲁迅。这使我们陷入尴尬，理解先生，一切前定的语态，都是浅薄的。面对一个用自己的生命去解构、颠覆世界的人，怎么能用传统的目光去打量呢？

鲁迅在世人的眼里，一直是个斗士。至少过去中学语文书中选取的文章，给人这一印象。我在二十世纪六七十年代看大批判的文章，内中引用的，大多就是鲁迅的语录。匕首与投枪，几乎成了他的代名词。时光进入二十世纪九十年代，崇尚中庸、平和的人渐多，鲁迅自然便成了疏离的对象。但是一个奇怪的现象是，越是掉书袋的人，文中越时常出现鲁迅的名字。无论是“为学术而学术”者，还是高喊“告别革命”的人，在走进学术的深层结构中时，精神的深处，便投有鲁迅的影子。仿佛是个宿命，鲁迅在中国的学术界，其影响并不亚于他在文坛的声望。我们在他的同代文人中，很少看到这一现象。政客、诗人、学者都愿关注的人，本身就是一种精神之谜。

现在模仿鲁迅的人，大多止于一点，不及其余。以杂文为例，当下优秀的杂感家，锋芒或许不亚于先生，但文字背后的学识，殊难见到。即便有，也偶一闪光，成大气象者很少。鲁迅的文字，最通俗和最激烈的，都有无形的学理作支撑，只不过他跳将出来，或化为己句，不露痕迹罢了。细读他的《热风》《准风月谈》这类时评的文章，觉得亦有书卷之气，那不老的宝刀，滔滔的学识，在平易的言辞间翻滚摇曳，形成特有的风格。当下写时评的青年，多半疏于学理，成为口号和谩骂的书写者。做斗士，不是摇旗呐喊者即可为之，须知，丧失了学理的战叫，不过市井的斗架而已。

鲁迅说自己是从旧营垒中走出的人，身上自然有历史的余绪。我读先生的书，深觉其多文人的旧癖，此亦文章好读的原因吧。比如，他深谙古文，其诗赋很有造诣，那本《中国小说史略》便可窥其一斑。他对国画、汉砖、书法均有研究，其情趣不亚于迷恋古董的人。我们不妨去读读他为《北平笺谱》《游仙窟》写下的序言，嗜好之深，连知堂、郑振铎亦望之却步。旧时文人好的趣味，他多少有些，传统的精魂，被其摄取到了。但又不被陋习所囿，常常超然象外，不以古人是非为是非。其情感的达成方式，思想的走向，多为古人所无，有除旧布新的气象。茅盾、巴金、老舍，均未做到此点，这可见他的特别。

鲁迅对旧学和新学的兴趣，多数不是说教的东西，而是诗化的存在。《汉文学史纲要》谈古老的文学，每有发现，均带诗人的情思，气象是阔大的。引进苏俄的版画，亦多此类特点，联共（布）的哲理少了，但生命的冲荡之气却在此回旋，让人久久不忘。鲁迅自己看重的，是这种诗化的存在，它与哲思交融着，在其文字间形成特有的力量。

而另一个有趣的现象是，他很是主张汉字改革，主张使用钢笔书写，但自己却在宣纸上竖着写作，其旧文人的书写习惯，很深很深。文章的气韵，有时也在书写的章法之中。鲁迅的小楷，秀气柔软，绵里藏针，那其间流动的，恰是骚赋以来的诗文韵致。我们在李贽、俞理初、章太炎诸人的遗著中，可读到这些的。

但鲁迅的特别性又在于，这些古老的纸墨气息，不过是其情感的载体，他的兴奋点，却在异域里。《呐喊》《彷徨》《热风》等书，就很有尼采、安德烈夫、迦尔洵的影子，它们和古中国的诗魂搅动着，形成了别一类的文体。这样的文体，只在周作人等少数文人中偶能见到，而在其他作家那里，看到的只是单薄的存在。思想是文体之根，我不知道迷恋鲁迅的人，是否注意到了这一点。将东西方人的叙述方式，成功地融在一起，形成新的话语，我以为是先生的一个贡献。记得是李泽厚所说，中国只有两部书可以百读不厌，一是《红楼梦》，一是《鲁迅全集》。这道出了中国读书人的心里话。鲁迅的文字尽管面带血气，但浓浓的书香味，是内化于其间的。旧时的文人，因在故纸堆里陷得太深，不过匠气而已。而现在的“新新人类”们，才气和感觉，或许都有进化，唯独缺少纸墨间的精魂。“五四”之后，几千年的传统轰然断裂，其中消失的，便有古诗文的韵律。于是学者便是学者，斗士只是斗士，集二者于一身的人，很少看到了。我每读当下一些走红作家的作品，常觉得缺少了些什么。细想一下，便是学识与智慧的叙事语态吧？当代作家中，唯汪曾祺、阿城等人，注意了此点，可惜旧习过深，新锐不够，仿佛停在老路上。鲁迅的文字是动感的，它不拘泥于一点，仿佛从古老的荒野流来的巨浪，历千年风雨，且惊涛拍岸，让人为之心动。智者的文字就是这样，在凝视它的一刻，会感受到哲思的力量。

我对鲁迅的点点认识，大多是从生活与书本间的相互参照而来的。旧书中好的东西，与生活中原本的东西，他都抓住了，并且在自己那儿形成一个合力。而现在的文人，仅在一点上有所作为，缺少的，便是综合的潜能。我相信二十一世纪的作家，应出现这类复合型的人物，那样的文化，是有力度的。二十世纪的中国，造就了许多“单向度的人”，我自己便是其中的一员。我们总在狭窄的时空中把握实在，确属于“只知有汉，无论魏晋”的人。“单向度的人”，是现代社会必然的产物，但它异化了人的本质，把本属于我们的棱角，统统磨光了。鲁迅的可贵不仅在于他的勇猛、强悍，还在于他的博杂与大气。中国文化，需有杂家的目光，方可钩稽，单一的思维，只是管窥而已。鲁迅的文字，处处显示了它的丰富：古文、洋文、美术、文物……他的文字，像古雅书斋里吹来的风，又沐浴在夏天的日光之中，炽烈里透着沉郁、苍冷。我们在新文化的作家那里，怎么能看到这些呢？在当下走红的文人中，也难找到类似的感觉的。

有一次，赵园女士对我说，研究文学的人，不妨关注一下文字背后的历史。那其中，可找出许多话题的。我后来注意到了这一点，在细细地品味中发现，“五四”之后，能以自己的文字唤起读者丰厚想象的，唯鲁迅而已。而我们却很少在这个视角去审视他。中国人似乎没有谁把表达看成什么问题，但我们今天的人，恰恰在表达上出现了障碍。对照一下鲁迅，我有时想，我们这些自命清醒的人，其实离人本的东西是很远的。

走出迷宫

鲁迅谈到人的身后境遇时，言及谬托知己的现象，就感叹逝者被随意打扮的可悲。但他没有料到的是，自己也遭遇了类似境遇。细数一下鲁迅传播史，关于他的叙述多有附加的成分，仿佛在一个变形的空间里。而几代研究者进入其世界的时候，都不能不面临对一个异质的话语结构。这个难题考验着研究者的领会力与智性，走出话语惯性的迷宫也并非易事。鲁迅存活于非鲁迅的话语世界，或许是他自身精神构成的必然命运。

这是必须正视的话题，二十世纪一些重要的学者，已经触及了此点，但深入的论证不多。我注意到青年学者袁盛勇的研究，属于较为特殊的一位，他对于鲁迅传播史的描述，已经没有一般人的套路，许多文字都在溢出学界的常规，有着诸多反向性的沉思。那些在大量文献中的顿悟，迈出了传统的先验性的话语，就认知模式而言，是有自己的路向的。

袁盛勇这本《当代鲁迅现象研究》，集中体现了这些年的思考。我在阅读过程中，意识到对于前辈学者的一种深层的挑战。鲁迅逝世后，围绕其传统形成的风风雨雨，系统梳理起来存有许多障碍。我自己也在写同类主题的著作，然而我们的差异显而易见。在他那里，关于鲁迅自身以及遗产的叙述，有许多出人意料之笔。他以异样的眼光审视那段离奇的历史，给我们带来的是一个正误交错、晦明相间的文化之谜。

从以往研究的现状看，许多人囿于条件的限制，真正的突围者微乎其微。就细部的打量而言，袁盛勇走的可能更为深远。鲁迅之后，其实有一个去鲁迅化的鲁迅时代，不了解这段历史，我们可能会迷失在历史的岔道上。而这恰恰是今天的学者必须注意的环节。研究鲁迅，不能不思考鲁迅之为鲁迅的原因，后人对于他的塑造，基于一种复杂的思想脉络，这与鲁迅既有关系，又多含差异。从鲁迅传播史看中国文化的脉息，倒可以厘清一些文化变迁的历史，它提供的信息，比任何一位现代作家都更为丰富。

对于袁盛勇而言，鲁迅之后的中国面临着选择的冲突，在阶级对立与外族入侵的年代，鲁迅身上的反抗性与慈悲性都得到某些呼应。而现实政治在吸收其资源时，做了选择性的判断。袁盛勇意识到这种选择构成了鲁迅形象的政治化的基调，以致影响了世人对于他本原的认识。鲁迅自己的遗产也非没有瑕疵的所在，他的资源被后人摄取的时候，放大了曾有的局限。不看到这一点，塑造其形象就难以出现精神的完整性。

作者对此类问题的思考，可能有多重原因。阅读鲁迅原作和研究者的著作，可以感受到差异的巨大。假使跳出这个领域，从别的文化资源看这些遗存，也会感到光亮之后的暗影。那个资源里的紧张、痛苦、反抗，甚至绝望的声音，都易使人进入灰暗之所。在人们开始呼唤明快、多元、通透的文化的时候，这个遗产有诸多的成分不合时宜。但社会诡异、暗淡的时候，谁能够不承认鲁迅遗风的重要？面对一个亟待自我调整、更新的民族，鲁迅显示了自己特有的价值。

而我们的社会，常常就在这种复杂的形态里。一九三六年后的许多时光，恰是这份遗产伴随着无数寻路的人们。他们在这个过程刻下的精神痕迹，既延伸了相关的思想，也带来了新的困惑。鲁迅遗绪在多大程度还与鲁迅有关，这是一个疑问。

在我看来，对于鲁迅的叙述有多个群落，重要的几方面集中在意识形态领域。一是萧红、萧军等；二是周扬、茅盾等；三是自由派的文人，曹聚仁、周作人乃为代表，四是瞿秋白等。这些人对于鲁迅的叙述，各有特点，差异也是一看即知的。不过在中国当代史上，因为时代的原因，影响最大的是周扬、茅盾等人与政治人物对鲁迅的叙述，这成了传播的主流。袁盛勇要做的工作，是对于主流叙述的重新叙述。

显然，这里遇到了诸多的困难。对于战争状态的话语及冷战时期的思想如何表述？什么是鲁迅被意识形态化的深层缘由？袁盛勇在此显得小心翼翼，因为没有对于资料的细细梳理，可能会丧失描写的准确性。但也要大胆地质疑既成的思路，回到存在的原点上，这也是正视鲁迅遗产必须有的态度。

不能不承认的是，鲁迅在被传播的时候，日益简化的时间很长。一种是对于其知识结构的简化，在大中小学教学里，鲁迅只是一个文学家，对于他翻译、学术劳作，所谈甚少。另一种是对于其思想的简化，如只谈革命性，而鲜及尼采式心态和陀思妥耶夫斯基式心理，立体的鲁迅完全平面化了。这里还涉及鲁迅与苏俄文化的关系，以及左翼选择的两难。以往对于此现象的描述，都在列宁主义的话语体系里，但是我们认真分析则可以看到，鲁迅是在列宁主义之外的思想者，与其只有交叉的关系而非重合的关系。二十世纪四十年代后，人们一直在列宁主义话语中表达鲁迅的革命性，其实漠视了其左翼的鲜明特点。他与罗曼·罗兰、纪德一样，草根化的色彩更多。搞清此一问题，才能够窥见其身上的原本的形态。

《当代鲁迅现象研究》的价值也恰恰显示在这个话题里。作者沉潜其间，穷原竟委。他在那些沉睡的史料里，发现了鲁迅传播史敏感的一章。鲁迅如何被一步步政治化地处理，怎样进入革命的逻辑，都有细致的考量。书中涉及了大量的人物与事件，精神丛林里的生态一一出现。他笔下的陈涌、耿庸、刘雪苇、李何林的文本，提供了认识鲁迅的不同版本。而王富仁、钱理群之后研究历史，也得以说明。在这些标本里，作者窥见了时代风气与知识界自身的限度。鲁迅文本的歧义和研究者视角的差异，都使研究进入一种条理性很强的话语方式中。在研究者看来，只有直面这样的问题，才能够进入问题的核心地带。

《当代鲁迅现象研究》的深度在类似的话题里得到延伸。解析这些现象以单值的价值判断会失之于浅。如果不看到外在的话语环境的强大，就不能解释争论的缘起。但鲁迅自身的矛盾性、自我否定性的逻辑也是问题产生的原因。先前的研究者遇到这些问题时，会把责任均归于外部的条件。这样的研究在过去三十年司空见惯。袁盛勇的特别是，他面对鲁迅文本，不是依附其间，以鲁迅的是非为是非，而是拷问着自己的审美对象，寻找鲁迅自身的暗点。比如，他对于苏俄的判断的失误，他在尖锐的社会矛盾中形成的多疑的思路，都可能包含一种独断主义的元素。对此，可以认真审视的内容十分丰富，鲁迅传播史要认真梳理，非一两本书可以说清的。

不回避鲁迅的弱点，从其精神缺陷里寻找鲁迅身后的文化悲剧的深层原因，或可能进入话题的深处。袁盛勇把鲁迅的不足定位在权威性与一元论的层面，有自己的逻辑。因为鲁迅之后的文化相当长的时间在这样的悲剧性的结构里，而胡适思想就难以存在这样的逻辑结构。但我以为在紧张的阶级对峙中，鲁迅倾向也不无道理。只是在另一种空间里还继承其思想的余绪，就可能出现问题。讨论这个问题也应小心翼翼，抽象地处置也未必切中了问题的实质。战时或紧张的斗争时期，权威性与一元论或许有存在的道理。但脱离了具体语境，可能丧失有效性。鲁迅也认为自己的判断属于具体语境的一部分，他希望自己的文章速朽，也有其间的道理。将自己的思想扩大到日常生活里，他也未必能够同意。但不幸的是，后来的悲剧，还是在此产生了。

回望鲁迅的传播史和研究史，对于认识文化的内在冲突和自我调适都颇有意义。鲁迅一生卷在文化的冲突中，其言其行都打上很深的批判意识的烙印。袁盛勇以许广平、周建人的著作为例，从那些爱护鲁迅者的言行，看到了对于鲁迅背离的可悲性，又在这种可悲性里，发现检讨鲁迅精神结构的局限性的必要性。然而对于研究者而言，做到此点，需要有相当丰富的思想维度。就这个意义来说，袁盛勇的劳作具有不可忽略的意义。

所有的进入鲁迅文本的人都意识到，鲁迅的精神具有一个复杂的结构。但一个奇怪的现象是，他身后的中国文化主潮，则在一个简单化的平面上。而对于鲁迅的叙述的单一性一直存在于几代人的思想中。认识到这个现象十分重要，如果研究者不清楚自己的研究也存在历史的有限性，面对文本也会出现自身的盲点。鲁迅的价值是对于盲点所具有的消解的功能，在这个过程里，他自身的弱点也蕴含其间。鲁迅自己就曾坦诚其话语具有一定的毒性，承认自己的攻击性后面的阴影，也说明了那精神的通达。我们在这个层面讨论他的遗产，就可能脱离以往研究的局限。

不过，这里也存在着一种危险性，如果不是深入考量时代的语境的特殊性，以今人的价值观遥望其思想背景，可能出现新的误读。论述者自身的逻辑能否契合历史的原貌也是一个疑问。袁盛勇在这里也不忘对于自己的论述的界定，他知道讨论鲁迅的有限性时，必须注意表述的分寸，这是看到问题的两面的。作者说：

> 我倒认为在研究有关鲁迅现象的过程中，必须有意识地把无限扩大鲁迅思想之消极因素的文化人跟鲁迅本人区别开来，不能把鲁迅接受史上出现的种种弊端完全不加分析地归结到鲁迅身上，文学家和思想家鲁迅所内在具有的某些局限尽管客观地存在着，但是，由于后来者的功利性运用所产生的负面效应并不能简单地归罪于他。鲁迅并没有强求人们把他的某些观念尊为一个时代

的道统，他倒是多次希望人们更快地忘记他以及他所批评时弊的文字。鲁迅自我思想历程的沉沦和他曾在当代历史中的不断沉沦既有交集，也有本质区别。尽管如此，我们还是应该正视其自我沉沦的存在。不知何故，我们的社会中总有一些卫道士存在，他们在心底总是默默而坚定地诘问：作为伟大的文学家、思想家和革命家，鲁迅不是完美的吗，怎么会有缺陷呢？！

鲁迅之于当代历史，的确是一个特有的现象。“五四”之后，他与胡适、周作人形成的传统，对于后人的辐射一直没有消失。就复杂性而言，鲁迅超过了许多先驱。这不仅现代以来稀有，古代中国，除了孔老夫子，恐怕无人及之。而面对这样的研究对象，我以为应当有相当的知识准备和思想训练。袁盛勇其实意识到自己的判断的有限性。他极力避免论述的简单化和道德化的表述，都是有着深层的考量。在审视对象世界的时候，我们自己其实也是被审视的对象。我以为选择了这个话题，就选择了对自己的挑战。

直到今天，探讨鲁迅的有限性依然是不易完成的话题。所谓自由主义者攻击鲁迅，都不能说明精神的内在本质。鲁迅的同时代人，能与其对话者甚少。而身后八十年间的研究者，至少在知识结构上，尚无人达到同样的水准。鲁迅现象在今天依然是个带有困惑的复杂的存在，他之于身后的历史，有我们文化里宿命的元素，其思考与审视的问题，在今天不是弱化，而依然有着某种严峻性。在这个意义上说，鲁迅研究期待更多人的介入，从文本到历史投影，从鲁迅当初所处的环境到今天的语境，我们要拓展的空间依旧很大。这考验着我们文化里的基本性原理的认同是否可能，也预示着我们未来走向的可能性。走出鲁迅遗产的迷宫，其实不是告别鲁迅，而是重新回到其博大、温馨的世界。在鲁迅的语境消失的时代言说鲁迅，我们也肩负着再造新批评话语的艰难使命。

注：本文有删节。

在“文学改良”的背后

胡适《文学改良刍议》问世已经整整百年。现在的青年对于其间蕴含的深层道理，未必都了然于心。文学改良的观点提出，乃试图疗救汉语书写病态的一剂药方，或者说铲除灰暗记忆的一种手段。胡适那代人已经深深意识到，中国人在自我蒙骗的自娱性写作中深陷苦海，颂圣与自恋之作比比皆是，文章道弊已久。而改变此态，不能不做历史清理的工作。我们看他那时候的书信、日记，思考之细让人生叹。陈独秀看到了胡适的内在焦虑，那背后的幽思有催促文艺新生的冲动。不过陈独秀深觉胡适还过于温暾，以为改良恐不能奏效，他的“文学革命论”的口号，把胡适的本意更为立体化了。

从文学入手提出改良和革命，其实是放弃固有的文章学理念，把新的书写思路带到日常表达里。其中重要的一点，就是远离儒家经典的缠绕，道与文分离，注重精神的独立性。用刘半农的话说，“故必须作者能运用其精神，使自己之意识、情感、怀抱，一一藏纳于文中。而后所为之文，始有真正之价值，始能稳立于文学界中而不摇。否则精神既失，措辞虽工，亦不过说上一大番空话，实未曾做得半句文章也”。也就是说，把载道的功能换为写意的功能。而这里重要的一点是，文章与文学的区分。把文学从文章中移除。

晚清的文人从文章学入手，渐渐寻找文学的概念。文章与文学，本是不同的概念，前者包括了经、史的元素，后者乃感性的诗意的表达。不过周氏兄弟对于文学的理解与胡适不同，他们讨论文学的时候，有时也借用的是文章学的概念，范围显得很宽。《摩罗诗力说》《论文章之意义暨其使命因及中国近时论文之失》谈的文章，包含后来胡适所云的文学内蕴，只是概念极为含混而已。胡适谈论文学，一开始就撇开了旧的文章学理念，那就把与西方对应的 literature 引介过来。所以在看他讨论问题时，文学、历史、哲学是分开的。鲁迅的审美意识，也与胡适有呼应的地方，比如，他研究小说史，意识深处就是域外文学理念的一种反射。但鲁迅与周作人言及散文的时候，没有像胡适那么单纯，他们还残留着文章学的意识。鲁迅将自己的作品称为杂文，其实就是与纯文学的散文理念保持着距离。

这种距离感，不是为了回到纯粹的旧文章中去，而是借用各类文体创造新的艺术形式。日本的近代文学的变化，给周氏兄弟的启发很大，他们在日本人的经验里，意识到文学的纯和杂，各得其所。融汇各种艺术手段，对于词章的灵活使用大有意义。比如，小说家如果也是文体家，那作品就有了另类的美。但专门于随笔写作的人，则有不同的心解。学者李长声就从公元一千年前后的清少纳言的《枕草子》到十三四世纪产生的鸭长明的《方丈记》、吉田兼好的《徒然草》里，看出日本人在文字间艺术的处理心性与自然的审美路途，好似知道了东洋随笔的源头。丸谷才一的一句话颇得其心趣："写的和读的都必须有游乐之心，此心通学问。"这句话点到了随笔的要处，日本和中国现代的文人的笔记小品，基本从这个路子里来，乃学术论文的片段，从几点出发，敷成一片，遂有知识趣味的诗意化。周作人说这是古人的余音，而吕叔湘则以为宋代苏轼、洪迈的作品，才是这种形式的源头。不管怎样，东亚人在文体形式上，总还是有交叉的地方的。

胡适与周氏兄弟不同的地方，是从一种明白、晓畅的文体里建立现代人健康的思想和趣味。他把写作从过多的精神承担解放出来，形成朗健、直观、诗意的体式。不过胡适讲文学，不是从文学思维入手研究内在的韵致，而是在颇为理性的实验主义思维里考虑问题。他认为创造新文学要有以下步骤：一、工具；二、方法；三、创造。在工具、方法问题上，胡适的论述很是充分，但如何创造，则语焉不详。从他分析西方散文的写作看出，他对于中国旧的文章的批评并不过分，显得颇为中肯："西洋的文学方法，比我们的文学，实在完备得多，高明得多，不可不取例。即以散文而论，我们的古文家至多比得上英国的培根（Bacon）和法国的孟太恩（Montaigne），至于像柏拉图（Plato）的'主客体'，赫胥黎（Huxley）等的科学文字，包士威尔（Boswell）和莫烈（Morley）等的长篇传记，弥儿（Mill）、弗林克令（Franklin）、吉朋（Gibbon）等的自传，太恩（Taine）和白克儿（Buckle）等的史论……都是中国从不曾梦见过的体裁。”胡适看到了中国文学存在的内在问题，对于新文学的渴念也尽在言中。但文学的样式的多样化如何出现，是一个实践的问题，而非简单的理论问题，而解决了这样的难题的，倒是周氏兄弟和后来的许多青年作家。

胡适专注新文学理念的探索，与旧的文章进行切割，显出改良的决然，而周氏兄弟一直还是带着旧习。白话文通行不久，周作人就意识到，放弃旧的文章的观念，可能会损坏文学的丰富性。因为几千年的书写传统里，有许多好的经验，且可以与白话文互为参照。他在关于文言文与白话文问题思考上，开始以折中的态度为之，内中有诸多感慨。《中国新文学的源流》所阐释的思想，与胡适《白话文学史》的立意就不太一致了。

多年前在写《微笑的异端：胡适影集》时，我曾经这样表述过自己的看法：大凡留意文学史的人，如果不是有创作的欲望，多是有鉴赏的嗜好的。胡适早期喜欢读书，著述的冲动在其文字里也可看到。他在《竞业旬报》写下的文章，能看出不凡的才情。不过说理的激情大于意象式的思维，所以在年轻的时候就注定了他的未来的选择，倾向于学究式的境况，而不是作家的心态。学者眼里的文学和作家眼里的文学是不尽相同的。看他的文字就能发现和“五四”许多作家面目不同的一面。后来一些青年作家对其不以为然，也不是没有道理。

独异的文人是不太理会学者的文学史观的。他们会觉得那是纸上谈兵，离心灵的距离殊远。浏览胡适的讲文学史的文章，没有像看鲁迅文本那样的震动，像是和蔼的长者，坐在书斋里慢条斯理地谈天说地。再奇幻的作品，在他那里也不能掀起情感的涟漪，一切都转换成静静的风景。不是融化在其中，而是远远地站在画面的对面，情感的波浪都凝寂起来了。我印象里他的读解文学，不是审美的好奇，将自己从中剥离出来，而是抽象出什么道理，归纳规律性的东西。比如他阅读《诗经》，更看重的是社会学的隐含，而不是生命价值。即从社会学的层面颠覆传统的狭窄的道学的理论。《论汉宋说〈诗〉之家及今日治〈诗〉之法》强调：读《诗经》"当以二十世纪眼光读之"。"古人说《诗》之病根，在于以诗作经读，而不做诗读。"此观点是很有道理的。但怎么做诗读，他却没有展示，彼时的兴奋点不在艺术的神韵里，而是在社会内涵中。一九二二年四月二十二日，他在日记里再次讲到《诗经》的问题。大意是要用社会学与人类学的知识来解释《诗经》。其中民俗学的角度更为重要。诗对他意味着知识，还不仅仅是美的精神。这是典型的学人式的史的眼光，与自由诗人与作家的精神体验显而易见。

由于要在艺术之途寻找规律，他的思路急于在现象的归纳上行走，几乎来不及咀嚼"神思"一类的存在。作为归纳法的信仰者，胡适打量文学时的目光是锐利的。比如，他认为我国文学有三大弊端，一是无病呻吟，二是模仿古人，三是言之无物。其观点入木三分。这也是文学改良意识萌发的原因之一。不是讲不破不立吗？胡适要破的就是这三种流弊，继起的是新的文化理念。在他看来，文学有了问题，就必然发生革命。《吾国历史上的文学革命》说道：

> 以韵文而言“文学革命，在吾国史上非创见也。即三百篇变而为《骚》，一大革命也。又变为五言，七言，古诗，二大革命也。赋之变为无韵之骈文，三大革命也。古诗变为律诗，四大革命也。诗之变为词，五大革命也。词之变为曲，为剧本，六大革命也。何独于吾所持文学革命论而疑之？

这里有进化论的支撑，哲学的归纳法也起了作用。类似的话，王国维也是描述过的。不过王氏和他的区别是，从心灵的过程及精神的演变来看文学的进化。胡适是从社会规律的角度打量诗文的轨迹。从社会规律的角度看问题，就往往在宏观上、意识的流变上着眼，会把问题意识延伸到艺术之外的领域。而从心灵的层面瞭望文学之路，就会是摇滚撼动的内力，直接与玄学里的东西接触了。《人间词话》远胜于胡适的读书笔记，是世人公认的。但胡适的开阔的社会学视野，也非当时的人可以比肩。王氏的价值是私人的、个体的。胡适则开一代人认知事物的风气，为后来者铺上天梯。自己消失了，却让无数人站高了。也不能说没有王国维式的意义。

从他早期留下的文章里可以看到，他对文学的爱好，不是走奇、险、怪的路子，以为文章乃辞达而已，不是作态的文体。他厌恶文学里的故作高深，通达与素朴之美是重要的。

所以他在《论文学》里说："文学大别有二：有所为而为之者；无所为而为之者。"这两者里，一是功利的，二是超功利的。前者是讥讽、劝导、暗示，后者乃游戏与自由的表达，忘我的燃烧。文学是很个性化的劳作，极其隐私和自我的。可胡适却不是从私的角度阐释这些，而从公的，即社会的普世的层面论述诗文的奥秘。其实他自己欣赏比自己高妙的文人，比如，徐志摩、沈从文、张爱玲的文字，他很喜欢，对鲁迅兄弟也颇为推崇。不过他讲文学的时候，偏重于史的时候居多。从认知的角度了解它们，不是从心灵的感受上阐发问题。所以他的讲文学，和同代的许多人略有区别的。

《文学改良刍议》的观点是从理论的角度和蔼地论述现象的好文章。遗憾的是显得有点平平。我觉得后来他的那篇《五十年来中国之文学》，倒显示了他的实力。这一篇论文旨在强调文学乃进化的产物，是从死路里进入活路的过程。古老的东西再好，如不符合今人的生活，那也是死的了。重要的是当下生活的反映，与大众的存在有关。如果没有活的人性化的文本的存在，大众是不喜欢的，它的意义则是可疑的。这里一个值得关注的现象是，胡适很看重平民的文学，对传统士大夫不屑的俚俗文艺情有独钟。《五十年来中国文学》虽赞赏了严复、林纾、谭嗣同、梁启超的历史贡献，更感兴趣的却是《三侠五义》《老残游记》《官场现形记》《二十年目睹之怪现象》之类的作品。在胡适看来是高于贵族的、鲜活的民众的艺术。"五四"那代人了不得的地方，就是把士大夫一贯认为的文学地图踏碎了，建立起新的没有框子的新文学。一方面是欧美学理的东西，一方面又是民俗和平民的传统，二者结合起来，造就了一种活泼的文风，一个新的文学时代，就这样出现了。

欣赏平民的、底层的文学文本，其实是对于士大夫酸腐性书写的一种扬弃。腐儒腔、八股腔，都与真的文学远甚，那些文不雅驯的底层流行的艺术，倒是折射出社会生活动人的一隅。他对于《儒林外史》《海上花列传》的欣赏，都因为内中有社会环境和人性的深处写真。他阅读这些文本的兴奋点，包括其中蕴含的丰富社会学的史料，在胡适看来，从平民文学得到的认识，比贵族文学得到的收获要多。平民文学作为对于精英文学的抵抗的存在，给文学的进化带来动力。新的知识阶级出现之前，这些文本起到了改良阅读风气的作用是无疑的。

胡适的文学观，和日本近代学术思想颇为接近。谷崎润一郎说："中国自古以'济世经国'为文章本色。占据中国文学宝座的主流汉文学，皆为经书、史书，再不然就是修身、治国、平天下为目的的著述为主。我少年时代用作汉文教科书的读物是"四书""五经"《史记》以及《文章轨范》等，总之都同恋爱相距甚远。过去，这些东西似乎被看成是真正的文学，正统的文学。到明治以后，坪内先生的《小说神髓》出现了，近松和沙翁、西鹤和莫泊桑的比较开始了，戏曲和小说才逐渐成为文学的主流。"这是近代潮流的必然，西洋的文学观念改写了人文地图。人们把独抒性灵的文本从载道的话语中移除，将百姓日常生活艺术化地处理，"人的文学"和个性主义书写才有可能。

不过胡适没有看到，那些边缘的写作和文本，存在智性强弱之别。个性的文学如果没有逆俗的审美境界，平庸是必然的。他的文学思想里，兰波、波德莱尔的地位不高，李贺、李商隐也不及白居易的价值。《白话文学史》对文本的趣味远远不及对于文学发展过程的趣味。只要看他对于刘勰《文心雕龙》的怠慢，对于陆机的不屑，当感到对文学文本内在规律的隔膜。穆木天、汪曾祺后来对胡适的微词，也并非没有道理。

不妨说，《文学改良刍议》是汉语书写史上风气转变的一个纲领性文件，《白话文学史》则对这一文件进行了学术的论述。但这种论证因为趣味的偏狭，还不能给文学本体以更为深入的说明。倒是周作人、刘半农、傅斯年的文章从不同侧面填补了胡适的不足，我们把这些文献看成胡适思想的一种注释和延伸化的表达。比如，周作人的“人的文学”观念，傅斯年的“逻辑的白话文”观念，郭沫若“生命的文学”的观念，都将胡适的思想引申到深的层面。傅斯年呼应胡适的时候说：“我们所以不满意旧文学，只为他是不合人性、不近人情的伪文学，缺少‘人化’的文学。”这样的表述，才更为接近新文化的本质，由技术层面的表述进入了思想层面的思考。而后来的文学变化，就是由此而发端的。

新文化运动是先有预设，后有了创作的实绩。无论胡适还是陈独秀，他们的文学实践都很有限。而白话文学的发展，也非他们预想的那么简简单单。鲁迅的作品，就让他们大为惊奇，那是先前没有料到的存在，而左翼文化的产生及大众艺术的政治化导向，都超出了《新青年》同人的预料。胡适、陈独秀在文学的社会价值和应用的便利的角度思考审美的问题，且将被压抑的精神从边缘召唤出来，都功德无量。但写作的语言实验性和独创性，没有进入他们的视野，这也是为什么新文化深入延伸的时候，在文学界，周氏兄弟很快代替了胡适、陈独秀的原因。

现在，时光已经过去百年，《新青年》一代已成了古人。回望流失的岁月里的人与事，赞之、骂之者都未曾间断。文化的变迁，乃多种合力的结果，我们在单一语境里未必得其本意。胡适、陈独秀当年在多元的对话里开启自己的思想之旅，时代给了他们自由思考、自由表达的机会。今天诅咒《新青年》的人，多是在单一语境关注问题，和那时的思想者毕竟南辕北辙。新文化才诞生百年，不幸后来的波折多多、胡适等人的期待往往落到空处。新文学既是写真的文学，也是突围的文学。它的开放性和世界性的气魄，扫荡着一切自我囚禁、盲从无趣的幽灵。面对各种质疑，我们不得不思考的是：它何以在战乱的年代变为单值的话语？而在白话文语境里成长的人为什么丧失了与传统对话的能力？过于人文化的文化预设和自然的文化进化生态演进，哪一个更为恰当？这是今人要回答的问题。历史看似已经断裂，但若隐若现之间，那些远去的灵魂与我们也息息相关。如果我们环视周围，还在他们的影子里。当年先贤们批评和审视过的存在，未必不残存在后人的躯体里。

关于“苦雨斋”文脉

鲁迅住在八道湾的时候，其寓所就常有友人关顾，是北大学人的沙龙。自从他与周作人分手、离开那里后，八道湾沙龙的意味不仅未断，反而更浓了。周氏身边就渐渐形成了一个文人圈子。他的友人、弟子常常往来于此，一时间诸多佳话从那里传来，颇有些故事在里面。钱玄同、钱稻孙、徐祖正、张凤举等是朋友辈，彼此相知甚深。而俞平伯、江绍原、废名、沈启无是周氏的学生，感情也非同寻常。这引起了诸多人的兴趣，连胡适、郁达夫、沈从文也来凑过热闹。这些人大多远离激进风潮，喜欢清谈，厌恶政治，象牙塔里的特点过浓，与左倾文化是多少有隔膜的。鲁迅南下后，与左翼队伍连为一起，对苦雨斋不无微词。而周作人那个沙龙里的人渐渐也成了讥讽左翼文化的一个营垒。京派文化的出现，实在说来和苦雨斋的关系是深而又深的。

周作人给自己的书房命名为“苦雨斋”，其实有点玩笑的意思。北京少雨，一年的雨季不过几个月，只是有点士大夫雅兴而已。许多人喜欢周氏的文章，在社会间的影响渐多，可与鲁迅相比肩。不过承传其思想与文风的，大多是他的学生。其流音之广，我们在二十世纪九十年代张中行的文字里亦可感受到。就现代散文而言，鲁迅之外，周作人的辐射力可能也是最大的吧。

苦雨斋的主人与弟子间形成了一个传统。他们都非激进的文人，和胡适、陈独秀那样的思想者亦差异很大。周作人自称自己是“学匪”，意思乃非正宗的儒生，有点离经叛道的意味。不过这离经叛道，不是鲁迅那样喷血的忧患和低语，没有紧张感和惨烈的气息。他和自己的学生们在思想上喜欢新的学理和个性意识，古希腊哲学、日本艺术、现代心理学与民俗学都被深切地关注着。还注重对明清文人小品的打捞，志怪与述异流露其间。加之有点欧美散文与六朝小品的余味，遂在文坛上造成了势力，对后人引力一直是时起时落的。

周作人那一群人，不愿意张扬自己，感情多是内敛的，写文举重若轻，学识与趣味相间，没有迂腐气和时尚气。但精神的力度亦不可小视。周氏的短文在知识的庞杂上无人过之，审美的含蓄与诗意的淡雅，不失锐气，有时甚至撼人心魄。废名的作品隐曲清涩，如禅机暗伏，妙音缕缕。他其实深谙西洋文学，但行文偏没有洋人气，反而倒十分中国。又和士大夫者流距离遥遥，使周作人那样书斋的博大变为乡野古店的清风，有了似人间又非人间的况味，将现代小品推向高妙的境界。俞平伯暗仿苦雨斋笔记，在旧时文章间踆踆而行。他在才气上不及废名，而学问是自成一格。那些关于《红楼梦》与宋词的研究文字，得前人之余绪，深浸于古曲与旧学之间，温和里散出爱意。江绍原是民俗学的先驱，其文字多有鲜活之色，谈民间文化与初民信仰，能从现代科学理念里为之，思想是紧追胡适、鲁迅、周作人的。至于沈启无，其文深染苦雨斋笔意，连句法也亦步亦趋。他关于明清小品，古代文学史的研究，也一时被读书界关注。钱锺书就曾著文专门谈论沈启无编的那本《近代散文抄》，偶尔的谈吐里也多涉猎周作人的思想，在文坛都是可久久打量的事情。

和周作人关系深的人，都不是喜欢热闹的舞台。他们远离革命，拒绝左翼思潮，思想盘旋在古老的希腊和十八、十九世纪西洋的经典文献里。在他们看来，中国的新旧文化，在特征上过于功利化和道学气，要救这病症，就必须有超功利的心境，将内心沉浸在纯粹的精神静观里。所以，在他们那里，没有印象派的灵动与象征主义的晦涩，没有流血的痉挛和绝望的哭诉。他们几乎不亲近尼采、凡·高、塞尚的艺术，而是在永井荷风、左拉、弗洛伊德式的文本里瞭望世界。废名就承认自己对文学的理解，有许多从洋人的小说那里来的，加上有点六朝的遗风。他从周作人那里懂得了阅读西洋原典的意义，因为不了解古希腊与希伯来的文明，对外国的思想的理解总有些问题。至于对中国的历史，倘不去找远离八股的心性之文，那是无所谓进化与革新的。江绍原先生研究古老的遗存，就有一种期待，他从洋人的学说里找到科学与逻辑的东西为己所用，境界是不俗的。而他研究中国问题时，文风却是中国气味，没有食洋不化的毛病的。他们都受到了周作人文化观的启发，以平和之心追根溯源，要寻找的是人类精神的某种原型。其间的快慰，我们从他们的文章里都多少可以感受到吧。

先前的文人讥讽苦雨斋是逃逸社会的群落，那是不确的。他们也臧否人间，偶发牢骚，只是隐语过多，在审美的层面缭绕，鲜被注意而已。周作人和他的学生们在文章里不都是自娱自乐，对文化的批评随处可见。他们嘲弄旧式学问，亲近个性主义的艺术，精神常常放逐在荒漠的空间，在岑寂与清冷里重审艺术，根底还是人生哲学的顿悟。废名就在文章里说：

> 中国的文章里简直没有厌世派的文章，这是很可惜的事。我这话虽然说得有点游戏，却也是认真的话。我说厌世，并不是叫人去学三闾大夫葬于江鱼之腹中，那倒容易有热中的危险，至少要发狂，我们岂可轻易喝彩。我读了外国人的文章，好比徐志摩所佩服的英国哈代的小说，总觉得那文章里写风景真是写得美丽，也格外有乡土色彩，因此我尝戏言，大凡厌世诗人一定很安乐，至少他是冷静的，真的，他描写一番景物给我们看了。我从前写了一首诗，题目为《梦》，诗云：
>
> 我在女子的梦里写一个善字，

我在男子的梦里写一个美字，
厌世诗人我画一幅好看的山水，
小孩子我替他画一个世界。

我喜读莎士比亚戏剧，喜读哈代的小说，喜读俄国梭罗古勃的小说，他们的文章里都有中国文章所没有的美丽，简单一句，中国文章里没有外国人的厌世观。中国人生在世，确乎是重实际，少理想，更不喜欢思索那“死”，因此不但生活上就在文艺里也多是凝滞的空气，好像大家缺少一个公共的花园似的。延陵季子挂剑空垅的故事，我以为不如伯牙钟子期的故事美。嵇康就命顾日影弹琴，同李斯临刑叹不得复牵黄犬出上蔡东门，未免都哀而伤。朝云暮雨尚不失为一篇故事，若后世才子动不动“楚襄王，赴高堂”，毋乃太鄙乎。李商隐诗，“微生尽恋人间乐，只有襄王忆梦中”，这个意思很难得。中国人的思想大约都是“此间乐，不思蜀”，或者就因为这个缘故在文章里乃失却一份美丽了。我尝想，中国后来如果不是受了一点佛教的影响，文艺里的空气恐怕更陈腐，文章里恐怕更要损失些好看的字面。我读中国文章是读外国文章之后再回头来读的，我读庾信是因为读了杜甫，那时我正是读了哈代小说之后，读庾信文章，觉得中国文字真可以写好些美丽的东西，“草无忘忧之意，花无常乐之心”，“霜随柳白，月逐坟园”，都令我喜悦。“月逐坟园”这一句，我直觉的中国难得有第二人这么写。杜甫咏明妃诗对得一句："独留青冢向黄昏"，大约是从庾信学来的，却没有庾信写得自然了。中国诗人善写景物，关于"坟"没有什么好的诗句，求之六朝岂易得，去矣千秋不足论矣。

我觉得这一篇文章像似苦雨斋师生间在文章美学里的纲领，他们的诗意的精神不免傲视群雄，自以为独得了天下文章的要义。废名此文写于一九三六年，正是左翼文化浓烈的时期。他觉得艺术太靠近时尚思潮，大概是个问题，不可被实用的语境所俘虏，否则不过时文与滥调。和废名一样，俞平伯对伪道学与民族主义亦多警惕之语，注重的是经典的艺术。偶涉现实也是出语不凡，锐气暗藏其间。当世人主张抵制日货时，他却不以为然，以为自强才是真的，造出了比日货更好的产品比空喊爱国更重要。否则不过义和团的再演，徒受折腾。他和废名从周作人的思想里受到启发，实用主义不能救国人的灵魂，只有远离喧闹，静回己身才能超越轮回。所以，苦雨斋在对当时文人的批评，都有些超时空的冷观，他们对狂热之际的青年的警告，其实是纯粹诗人之梦的一个演绎。当战士，他们不行；做隐士，也是笑话。就这样不温不火，不东不西，既拒绝旧的士大夫气，又反对血色的革命，除了在文字里发点牢骚，实在也看不到别的什么。

新文学不久就被苦难与政治所遮掩，这是历史的必然。逃逸那种必然，在左翼青年看来就不免有些落伍。可是文化生态告诉世人，在激烈的内乱里，总有些保持内心安宁的人，这些也多不合时宜。日本军队入侵北平时，周作人在黑暗里欲保持安宁而不得，俞平伯则避世不出，废名逃到湖北黄梅去了。沈启无随着老师欲振兴文学，却不能免俗，不料被周作人逐出师门，落得凄苦之境。但他在日伪时期也为抗战人士偷偷做了些事情。在那样的乱世，要洁身自好，是大难之事。他们的矛盾和困苦，以及不能一以贯之自己梦想的个性，在今天看来，都是时代的奚落。比如废名就曾不喜欢鲁迅，对周作人推崇有加。二十世纪五十年代后却写了一本关于鲁迅的书，态度大变。江绍原早年相信老北大知识阶层的意义，以为胡适、周作人是不可多得的人物。可是后来渐渐远离这苦雨斋的情境。俞平伯竟没有留下几篇关于苦雨斋回忆的文字。真是可哀可叹的。

现在看俞平伯当年的日记，他和废名、江绍原、沈启无往来八道湾的记载，梦一样的飘忽美丽。那时他们之间的交流，有着温馨的爱意在，谈天、喝茶、讥世，有点竹林七贤之味，又仿佛流杯亭间的吟诗作赋，宇宙万物、人间烟云，都在笑谈间成诗成画。这些读书人在混乱的年代营造了自己的园地。虽然知道这样的园地并不长久，大家都在无奈的时空，可是梦没有断，思想也就慢慢地延伸在书与文字间。他们对抗不了时代，却对抗了无智与无趣的精神暗区。这些脆弱的存在，在残暴的压榨里却显示了文字书写的另一种魅力。他们似乎也证明，在道学之外的世界，天空与大地是极为宽广的。大家不过是耕耘了一点小小的园地而已。

我们早就想编一套《苦雨斋丛书》，把这一脉的风致系统昭示出来。“苦雨斋”散文不仅是文学史层面的精神闪光，实在说来，也是思想史不能不注意的群落。研究现代文学史，这个群落给人的暗示，不亚于左翼队伍。在审美的层面上，呐喊与高呼口号容易，而有悠远的情思与深幽的学养则非下一些功夫不可。中国后来的激进主义文学成就不俗，但除鲁迅外，能与古今自由对话的思想者则少而又少。但苦雨斋这个群体却保持了一种精神的冲淡与宁静。他们的高低不一的文本抵制了精神的粗糙，使我们知道超功利的挣扎与现实的挣扎同样不易。前者在中国的今天几乎成为稀有之物，而后者则不呼即来，土壤丰厚，至今亦流音不绝。我们讲文化要有一个生态，就是对稀有的存在的关注，使之还能在枯萎的园地里看到曾有的绿意。出现一个鲁迅很难，出现“苦雨斋”在今天也是梦中之事。有梦，是个不安于固定的冲动，总比无所事事要好。我们深知这样的神游也非海市蜃楼般的徒劳。

陈衡哲的《西洋史》

“五四”那一代人谈到治史的时候，还延续着乾嘉学派的遗绪，认为历史著作排斥诗意的联想，本乎史实，忠于原始材料的思索，才是宽阔的路。其实史书的写法也千差万别，细心留意一些难忘的著述，也往往是诗意的，史与诗的灵光都能弥散其间。就此，我们可以举出许多例子。陈衡哲（1893—1976）在二十世纪二十年代所著《西洋史》，虽说不上史林中的明珠，可无论在史学的层面上还是文章美学的层面上，都是值得一提的事情。老一代读者还依稀记得它在精神启蒙中的那段特殊的作用。作者最初被人注意，是因了她的文学创作。在初期白话文写作的作者中，她以平和、典雅的文风吸引着读者。但后来她潜心于学术，在历史学等方面孜孜以求，文学上的劳作竟少了。而她的才华却在文化史的爬梳里得以放射，《文艺复兴史》《西洋史》的写作，为她赢来了不小的声誉。她在史学修养上的不同凡俗，其实也因了她艺术见解的深切和心绪的平和。一个平静、优雅、爱美者穿越历史的空间的时候，带给青年的不只是知识与悟性，还有深深的美的趣味，当年阅读过此书的人，都多少可以感受到这一点。即使是今天重读它，那样从容美丽的文本，也非别的著述可以代替的。

中国人知道西洋史，还是晚清之后。我们看早期介绍西方文化的书籍，看法是支离破碎的。初期多是受到洋人的影响，后来独立的判断多了。“五四”前后，留学的读书人归来，对西洋历史的译介渐多，视点也发生了变化。不再是西方中心和东方本位的问题。方法上有了科学的眼光，可以说进入了一个理性自觉的时代。不到一百年，中国人对西洋的认识发生了很大的变化。但一些基本的判断，是从“五四”新文化运动开始的。“五四”让我们学会了睁着眼睛看世界。那代人的见识、境界，都是值得感念的。陈衡哲的思想，多留有时代的印记，是学院派的静思，为学术而学术的痕迹也是有的。大致让我们想起胡适那些人的学术理念。她懂得用历史的眼光看待事物，既考虑宗教的因素，也顾及民族和地理的成分，还能从经济学和艺术史的角度打量问题。在方法论上，和后来形成的京派学者倡导的历史学理念几乎在同一个层面上。胡适与新月派同人的思想，几乎也是她的思想。那时新月社积极推介陈衡哲的文学作品，以及彼此的亲热关系，也是精神路向一致的缘故。

《西洋史》的出现，是商务印书馆普及读本的一种，在当时是年轻人瞭望世界的一个窗口。因为对象是青年学生，所以不能以大学教授的口吻为之。书写得很耐心，又不故意降低标准，就是专业人员来读，也是很好的读本。我读陈衡哲的文字，一是觉得诚，没有伪态的东西，叙述语体被真挚的情感所缠绕；二是把复杂的材料消化成简约的存在，用的是自己的眼光和美学意识。像一部五光十色的历史图案，诱人的地方实可举出很多。三呢，看不到学院派的匠气，一切本于心地的感受，且以文学家的笔触为之，那是大有意义的。比如，讲到古希腊的文化，能以欣赏的目光，多诗意地体味，真是高妙得让人心动。叙述到古罗马帝国的盛衰，有着历史逻辑的韵律。作者描述战争时，往往一笔带过，不太愿意于此驻足，也许因为是太残酷了吧。但涉猎到文学艺术时，则津津乐道。关于但丁《神曲》的那一节，就是心灵的对白，思考与体味里是诗学的闪光。历史不都是宁静的美，多的是残酷的东西。陈衡哲感兴趣的是黑暗里喷吐出的精神之火，她自己从那些奇异的灵光里，找到了自己久久寻觅的东西。而且在对历史的细节的描述上，流动的也是诗一般的情绪。西洋的历史是一部苦楚的记忆，她在穿越这些记忆的时候，把沉重的东西和飘逸的存在都放到了历史的静观中。显然，诗意的要高于苦楚的，作者懂得其间的轻重的。

在陈衡哲的叙述语言里，温情的因素很浓，像是和蔼的老师和学生讲述故事，娓娓动听的地方很多。她既非宿命主义者，也非激进的文人。作者的世界流溢着科学理性的光泽。书中涉猎的现象极为复杂，她无力审视的东西有时跳过去了。但对一些绕不过去的存在，却显示了她的自由主义的理性原则。比如，对国家概念的理解，就非民族主义的。就让人想起罗素和周作人在此类话题上的观点。描绘历史人物的成败和盛衰时，能从时间的流程里，关顾个人与群体的关系，在民众的惰性与先知的孤独里，梳理历史进程的逻辑过程。我印象深的是她对法国大革命的描述，既肯定了其必然的一面，又对其间的流氓者的暴动给以揭示，跳动的笔调里显示了那场革命的复杂性。书中对历史的流血的慨叹，以及暴力运动的无奈，也是可感受一二的。那里隐含着二十世纪二十年代中国知识阶层的一种历史哲学的色彩。中国当时的自由主义文人，都有一点这样的痕迹。陈衡哲和新月派的一些文人的观点，在类似的问题上，显示了高度的相似性。学院派文人对社会革命的恐惧和忧虑，恰恰来自他们过分习惯的温情，他们不仅在审美的方式上逃逸悲壮，在社会意识中也与世俗社会的骚动格格不入。

不管谁写历史，遇到挑战的不都是谜一样的背后的史实，还有现存文化里的恩怨并重的政治文本和知识阶层的诸种理念。陈衡哲对近代史的回望，困惑的地方很多。资本问题、社会主义思潮、帝国主义侵略、殖民地统治等，很难用清晰的笔调勾画出来。我注意到她对马克思理论及日本现象的论述，这是涉及现代中国命运的因素之一。陈衡哲直面这些话题时，显得有些犹豫，见解并不锐利，似乎自己也困惑着。她一方面看到资本盘剥给工人和殖民地人带来的苦难；另一方面，也赞赏议会民主对阶级难题的缓冲办法。体谅了一些革命的爆发的必然性，又对其过程对文明的伤害表示出忧虑。面对近代文明，人类的意识还不能穿透所有，许多学者做到的只是历史的线索的清晰，逻辑性的无误。有时对历史深处的闪烁不明的精神现象，只能含糊地谈说。知之为知之，不知为不知，带着困惑的思考也是一种学术的态度。这绝非是暧昧的问题，而是诚实和善意。诚实是应该的，而善意能还原历史的原态吗？陈衡哲其实也把史学里的困顿昭示给了人们。

人类活动和衍生的过程是谜一样的存在，艺术家的描述和史学家的勾勒总要有距离的，造成社会演化的动力是什么，历来是大难之题。陈衡哲无力回答这些，只是用洋人提供的大量资料，将诸种现象罗列出来。宗教冲突、商业互动、地理发现、科技变革等在作者笔下一直是分量很重的。《西洋史》看重人类智性的闪光，每每谈及科技的进步和文化的变迁，都有兴奋的笔致。行文不乏动人的文采。而涉猎社会形态和思想形态，又能看到利弊所在。不把思想固定在一个基点上。像一个温和的智者在那里不动声色地叙述以往，不经意间也把爱意和美善刻在精神的路径上。轻松之间的攀缘，得到的快意也是轻松的。

这样的轻松，对激进的文人来说，也许把人类的难题遗失了。“五四”前后的学界，在历史观上有不同的争论。读解历史文献的差异也渐渐呈现出来。较之于陈独秀的激进情绪和鲁迅式的忧愤深广的情思，陈衡哲的精神痛感显然显得失重。无论对本土的还是域外的过去，刻骨的体味和冷思自然是不及焦虑者的思考。历史是集体的记忆，个体上的差异是显然的。其实一切历史都经历了大苦难和大悲欣，只是我们离得太远，不能亲历而已。陈衡哲的历史梳理是静观式的。她把东方人的宽厚、平和带到了历史的叙述里，这就弥补了西方人的凌厉而失温和的缺欠。又没有古中国的道学气和主奴心态，旧时士大夫的毛病是没有的。你不能不感慨她对常识和爱意的注重。不是过于表示自己的倾向，而是尽力表达历史是什么的理念。这引起了胡适的关注，她的著述似乎印证了胡适的一个思想。科学的与自由的观念，比什么都重要。

胡适与陈衡哲一家的友谊是深切的。关于他们之间的故事，早有热心人做了诸多的勾勒。在《一部开山的作品》里，胡适高度评价了《西洋史》的和平主义的态度。在此部书里，西方学者宗教的狂热和民族主义的东西消失了。其间散发的是美丽的精神之光。材料虽是借鉴了洋人的东西，而组织的方法和见解则是中国的。这里自然会遗漏许多有趣的材料，看法可能与事实有些距离。但能用一种非宗教的爱心去捕捉历史的旧迹，在胡适看来是有新意的。至少没有西洋人的鲜明的信仰立场，和经院里的刻板。超越地域意识和种族观念去描绘世界史，直到今天也不是人人可以做到的。

我的印象里，陈衡哲的史学著作要深于她的文学创作。她在美国时，最早赞佩胡适的白话文学理论，也是新文学的支持者。在一九一七年就写了白话小说《一日》。后来所作的《小雨点》《西风》《波儿》《老夫妻》《洛绮思的问题》等，在初期白话小说里，都占据一定的位置。但她的创作总体上并不成熟，似乎被狭窄的爱情题材束缚着，格局不大，又多是小腔调的东西。作者善写爱情类的作品，是个钟情于真爱的人。因为经验的限制，那时的作品还幼稚得很，似乎不能远望，内心的打量也是浅层次的。她逃避对苦难的描写，一些阴郁的影子也被驱走了。那些小说和随笔，都是轻轻地吟哦，绝少悲慨的咏叹。小家碧玉的速写加之贵族式的典雅，流动的都是象牙塔的气味。但她后来写的历史著作，比如《文艺复兴史》，视野就开阔了，这本《西洋史》在气象上，比她的文学作品集多了高远的境界。史学家少有的东西她有了。而且在史学里，还继续延续着她作品里的爱的主题。用素朴和温润的诗笔，她从西洋史中找到了自己的叙述对象，其间也不少精神的寄托吧。所以我们读《西洋史》，便获得了一种知识的享受和美的滋润。学术的力量有时也是美的力量。鲁迅的《中国小说史略》、冯友兰的《中国哲学史》，就兼得于智慧与美，从史的叙述里看到心绪的闪光，且盘绕着智性的气韵。关于这些，我们总结得不够，在与陈衡哲的著作相逢的时候，让我忽地想起了这个问题。她与她那个时代留下的历史想象，于今人都是深切的参照。

现在，世界越来越小了，可是历史的叙述却越来越混乱。日本人的看中国，中国人的看日本，还有美国人的瞭望西亚，及西亚人的凝视美国，版本都不尽相同。陈衡哲的那个时代，这样的问题不像今天这样严重。考古的发现也不及今天的学界。但她却能用童贞的心，穿越千百年的历史时空，也是洒脱的。一个时代的文本，在另一个时代还能被不断阅读，是因了它拥有着不可代替的元素。这元素的分量如何，读者诸君是一定明白的。

色彩之舞

一旦遇到为什么写作的问题，一些作家的回答总是可疑的。回想前几年媒体上类似的问答，我们常常看到作秀的一面。我那时就想起卡夫卡来，那个忧郁的样子，他的言和行，大约是统一的。《卡夫卡日记》真是一本大书，几乎看不到中国文人日记里的琐碎和精致。他在笔记本上涂抹的那些，在告诉世人自己真实的心。而我相信在写那些不快的心理记录时，绝无发表的意图。写作对他是一种心理的需求，绝非道德的原因。对比一下他流布的作品，表里是一致的。有他的译文在，能证明这些。

卡夫卡这类作家在精神的深处是绝望的，色调是冷色居多。但不是所有的有绝望感的艺术家都喜欢冷色的表达。凡·高的底色是黄的，吴冠中的世界有时是灰白调。但我们在此都可以感受到被绝望和压抑所缠绕的心。我记起第一次读到巴金的小说时，印象是黑暗里的热火，赤色的光流溢着、烤灼着相遇的人。后来渐渐注意到作家文本里的颜色，发现大多和气质有关。鲁迅的幽玄背景、巴别尔的血染的笔迹，迦尔洵的灰暗人物，各自写着他们的苦楚。写作在他们是一种自我的征服，这些人是不愿违心地宣讲着世间的谎言的。文字的色谱是无意识地投射，红黄绿蓝，未尝没有自己的哲学在。

有两位中国作家以他们的作品的颜色打动了我。二十年前读莫言的《红高粱》，大为惊异于小说的内觉，那些流光溢彩的画面，传递了汉语书写的隐秘。还有张承志的草原，热烈与浑放交织着，犹如列宾的画。我的印象是，大凡好的作家，他们在文字的背后，大多有绘画和音乐的因素。我由此数了以下几位自己喜欢的作者，多少有这样的特点。心里还为这样的感受而得意。文艺理论家们怎样看这一问题，不太注意，但我想一定有其自信的说法的。

直到近来读到夏榆的新著《白天遇见黑暗》，就又想起这个话题。夏榆的吸引我还是在几年前。在《天涯》杂志上读到《失踪的生活》，眼泪一下子落了下来。那时我在做记者，整天泡在俗事里，神经快要麻木了。但那篇作品像电流般击中了我。在作者面前似乎觉得自己世故了许多。那是一篇让一切在幽雅的环境里自恋的人猛醒的文章，我在文字里感到了我们这个时代已久违了东西。后来我陆续读到夏榆的短文，才知道了些经历的片段。他的文字有一点迦尔洵的神经质，还有一些类似卡夫卡独语的不安和自省。他的书满溢着黑色的感受，是煤炭般的油亮和冰冷。我忽然明白了当初被其文字感染的原因，那种被苦难所折磨过的却无泯灭的爱，是我们生活中难能可贵的闪光。历大危难，却又不失赤子之心，顽强地呈现着生的勇气，也是写作人的动力吧？

我尤感慨于夏榆对煤矿生活的黑色体验。他写了一个知识人在绝境里的期待。死亡、贫困、变态的景色扑面而来。有着底层的无数的凄苦。作者写到自己出离煤矿的期盼时，用了诸多破碎人心的语句。那种感叹是高尔基当年的心绪，也有凡·高的自己的心音。其神经质的波动甚至让我想起卡夫卡的日记对心境的渲染。但夏榆的颜色是极其黑暗的，我在他那里读到在当代作家那里几乎看不到的黑色。只是偶然在刘庆邦的作品中发现类似的感受，但也没有《白天遇见黑暗》那样让人惊悸。夏榆的写作是为了炫耀什么？不是的。他自己曾陷于黑暗，直到现在还没有摆脱黑暗的余影。写作是为了表达自己的一种摆脱吗？也许有一点，也许没有的。

《白天遇见黑暗》里写到在煤矿劳动时第一次和凡·高的作品相逢时的惊疑。这使我对夏榆的色彩感发生了兴趣。他自己的文本是带有煤海的气息的，压抑得让人喘不过气来。而他偏偏在凡·高的金黄色里找到了慰藉：

> 我重新打量自己，因为有凡·高的孤独在面前，我看到我的孤独其实无足轻重。有凡·高的伟大的悲伤在，我的悲伤就显得特别渺小。而哀恸，什么样的哀恸能胜过凡·高的哀恸呢？他在绝望和错乱中挥刀切割自己的耳朵时候的情景触目惊心如在眼前。这是我思考问题的

方式，也是我解决问题的方式。确实，我不认为凡·高这样一个人，他的存在和我的存在没有关系。我坚执地认为，在我阅读他的时候，我已和他产生了精神的联系，当我热爱他如我自己的父亲的时候，我已经进入了他的生命之流。

之前，我一个人长久地在黑暗里的时候，确实会感觉恐惧。在地心中，我常常是独处的，我如同被放逐在黑暗的天际，看不到天际，看不到人迹，没有人能说话。在地心里，日复一日，长久地缄默使我害怕自己丧失说话的能力……

在黑暗里诞生的不都是黑暗的东西。凡·高的出现证明了那些不安于黑暗的存在对于人心的巨大暗示意义。波德莱尔当年写《恶之花》，就有色彩的舞蹈，那个变化不已的精神天幕，永远闪现着凌乱躁动或冲出黑牢的悸动。据说好的作家无意中是借鉴了画家的色泽和音乐的旋律的。波德莱尔在自己的诗中将此推向了那个时代的极致。诗人写了文不雅训的意象。巴黎上空的乱云，天地间的苦雨，骷髅舞，魔鬼之音，猫头鹰的影子，等等。他颠覆了上流社会的典雅与神圣，从丑恶的世界里咀嚼着人世的本真。但作者只是恶的世界的展示者和预言者，他常常还在无路的绝境里有着高飞远走的冲动。这才是诗人本色的地方。波德莱尔比凡·高要更为复杂，他袒露着扭曲的世界的躯体，在疯狂的节奏里却留下一片净土。杂色里的单纯，和纷繁里的宁静，大约是许多艺术家难以抵达的境地。现代以来优秀的作家，做的就是这样的工作。

二十世纪的许多唯美主义作家是不喜欢恐怖的描写的。梁实秋、徐志摩、邵洵美都厌恶底层的写作。邵洵美当年去参观苏联的画展，有很深的恐怖感在。以为那里是缺乏韵致的因素，殊不可取的。把世间的恶和苦难表达出来，是不安定的情绪。邵洵美说自己喜欢英美绘画里的安静、丰富、完美、纯洁与精致。那才是和谐的存在。按照他的标准，许多艺术家的作品都在不合格之列。鲁迅的不用说了，郁达夫、张爱玲都在拒绝之列，因为那里黑色和毒怨的东西过多，不符合唯美的标准。奇怪的是，中国的唯美主义作家在谈到喜欢的外国的作家时，并不排斥一些黑暗感的人。比如，徐志摩在向青年推荐必读书时，就例举了陀思妥耶夫斯基的《罪与罚》、尼采的《悲剧的诞生》、卢梭的《忏悔录》。这些都是不安定的文本，也绝无邵先生所说的宁静和典丽。邵氏是喜欢徐志摩的，曾将其引为同道。但他们往往将域外悲苦的东西雅化，简单成单一的审美的存在，偏偏忘掉那艺术产生时的痛苦。所以，在批判中国作家的抗争艺术时，忘掉了现实里的焦虑，自己在象牙塔里悠然着，全不顾底层人的多彩的体验。徐志摩自己是风情万种的，他爱卢梭、尼采，却不敢像他们那样去掉精致，甘愿粗糙，以任华丽下去，我们的留洋作家有时的浅薄，就在这个地方。

单一的色调固然可创造出美来的。我们从许多有趣的艺术家的实践里也感受到了此点。但具有创造性的人的视觉里，有更为丰富、复杂的色彩基调。杂色是一种存在，但杂里也有主次的存在，细想也是存在主要的旋律的。我想起阅读张爱玲时的感受，印象是青灰色的楼房里的冷冷的声音，日暮里的残灯摇影。她的文字是阴郁里的萤火，也如暗地里的宝石，在无光的地带突然发出光来。它照耀着你，有着暗冷里的爽快。张爱玲对绘画里的色调较为敏感，那些也融入她的文字间。我喜欢她文字里的色彩的跳动，那里延伸着多苦的心境，无数的怨烦和智性跳跃着。读起来是快慰的。我记得她有一次描写印度人的舞蹈，用的是画家的笔墨，对中国与印度的美学差异很分寸地描绘出来。张爱玲对颜料的敏感不亚于文字，我看她的作品，感动的是她的那种情绪，以及对象化的风物人情。她极其欣赏塞尚的作品，在读解那些印象派的绘画时，多有奇异的发现。混乱的线条和倾斜的图景，其实流动着无量的悲欣。感受别人的心绪，或许也是间接地表达自我。色彩里的哲学是可以传染人的。

这一百年间，我们的小说和绘画最初从洋人那里“偷”来的。如何找到属于我们自己的颜料，几代人用了大量的心血。白话小说的成功，因了鲁迅那一代人的努力，有了可夸耀的谈资。绘画上的林风眠，就是把东西方色调创造性地使用的人，如同鲁迅那样，找到了属于自己的表达式。我曾读过他在二十世纪二十年代末写的关于东西方绘画的论文，观点与鲁迅是相近的。两人在什么地方有相似的体验。林氏很看重鲁迅的意见，还邀请鲁迅参观过自己的画展。他们甚至还一同在餐馆里聚过。但鲁迅看了林风眠的画作却没有表态，原因是什么，我们不好妄议。他对同代的画家很少夸赞，目光放在了对异域美术的搜索上。倒是张爱玲在自己的文章里，赞美了林风眠的伟大。她写道：

> 中国的洋画家，过去我只喜欢一个林风眠。他那些宝蓝衫子的安南、缅甸人像，是有极圆熟的图案美的。比较回味深长的却是一张着色不多的，在中国的一个小城，土墙下站着个黑衣女子，背后跟着鸨妇。因为大部分用的是淡墨，虽没下雨而像是下雨，在寒雨里更觉得人的温暖。女人不时髦，面目也不清楚，但是对普通男子，但只觉得这女子是有可能性的，对她就有特别的感情，像孟丽君对于她从未见过面的未婚夫一样，仿佛有一种微妙的牵挂。林风眠这张画是从普通男子的观点去看妓女的，如同鸳鸯蝴蝶派的小说，感伤之中不缺少斯文揑揑的小趣味，可是并无恶意……

我们从这些文字能嗅出画家与小说家互动的因素。张爱玲的趣味和林风眠的格调就这样重叠了。颜色也是一种语言，那个无声的旋律也像音乐一样可以抵达精神的彼岸。人的情绪有时是明暗不同，或半明半暗，明暗模糊的。我自己喜欢多种色调的交织，或在某种单色调里读出丰富的隐语。过于呆板的背景似乎把人间的丰富性淹没了。不过高明的小说家不太在意这种机械的看法，他们的文字极具变化，任意而为，天地之色随意点染。比如汪曾祺的《受戒》《大淖记事》，一片静谧，水色与街巷的构图，是天然之色，里面却有无边的情思在。手边有一幅汪老晚年赠给我的画。乃徐文长的青藤书屋前的青藤，颜色淡淡的，浅青的枝叶却层次分明。在不动声色里，暗含着精神寄托。淡也可深，沈从文、废名都有这样的特点。不必浓墨大彩，有无之间的隐含，胜似极度的渲染。中国艺术的妙处常在此地。“五四”之后，好的艺术家，多少还保留着这一点意味。

谈色彩问题，是美术家的专利，我自觉是在妄议而已。有时就不能自圆其说。偶读近人的旧著，发现还有一类艺术家，自己经历了大磨难，作品却看不到什么痕迹，反倒向轻灵、无痛的世界过渡着。他们大概不愿陷在黑暗中，反而让生命消失在温和的光里。刘绍棠晚年的小说，似乎故意和时人捣乱，就是不写己身的苦楚，在运河的世界里造出田园般的妙景。孙犁对世俗是有股冷气的东西在的，但写起乡下世界，一般还留着温情，自控着自己不把鬼气的存在传给人们。比较一下刘绍棠和孙犁，前者是希望有种暖色的归宿，后者则是把黑色的体味留给自己，不惜让生命消失在冷世中，却又不愿将阴郁的氛围扩散开来。自然，孙犁的文体就显得复杂和有味。我们在他的文字间能读到同代人没有的景观。那是无色之色，无声之声。与这样的文本相遇，就会觉得，艺术的色彩问题是大有学问的。要说清楚它，是大不容易的。

混血的时代

碰一点壁就会长见识的。先前曾闹过一个笑话，我和一位日本人交谈的时候，说日本的国民与别国不同，大概是单一民族的形态使然吧。但马上就被反驳道，日本并非单一的民族国家，还有别的少数民族。而且现在涉外婚姻越来越多，难说是纯粹的大和民族了。韩国也遇到了这个问题，大家在讨论混血现象的存在。纯而又纯的民族现象也受到了挑战。一种担心的看法是，将来的社会，血统问题将变得复杂化。

我曾在十余年前去过泉州，与接待我们的朋友聊天后才知道，其远祖是从中东漂洋而来的，现已在中国居住几百年了。我们的国家，民族众多，彼此影响着，文化的因子越发复杂化。但说清它们，却不容易。费孝通当年思考过类似的问题，好像还写过一些讨论的文章。我不懂民俗学，不知那流变的历史究竟怎样。暗想一定是波澜壮阔的。

后来终于有了讨教专家的机会。在我张罗的学术讲座里，葛承雍先生的题目是《唐代的胡文化》。我仔仔细细听了，会后还为此多聊了半天，一下子知道了许多不懂的故事。再后来就是看到他新出的专著《唐韵胡音与外来文明》，是那次讲座的扩展，真是大开眼界。看了葛氏的专著，至少唐代文明的基本问题清楚了。无所不在的胡文化，衣食住行里的文明交汇，艺术与思想的升腾，都和外来的文明的冲击有关的。我们过去谈历史，讲到这类话题时总要闪烁其词，其间复杂的过程被省略掉了。葛承雍告诉我，像唐僧这样的人物，不像弄文学的人写得那样被朝廷送到国外取经的，在那时是偷偷的行为，用今天的话说是叛逃。回来是要被杀头的。后来的情况发生了变化，皇上知道了他的价值才唤其回国的。外来的东西得以流行，其实是社会关系松动的结果。在东西方文明的交织里，经历的多是从紧张到自然平和的过程。文明的变迁，有着我们所不知道的更多的故事。

我很感动于葛承雍的深切与细致。他不是坐而论道的清客，而是严明的史学考据和文物发掘者。凭借大量的文物资料，大胆地假设，小心地求证，是可以有意外的发现的。搞思辨理性者所缺失的大约就是这类的方法。只有看古人留下的器皿和遗墨，才能知道我们历代官修的史书是大有问题的。许多鲜活的生活景观和文化的闪光被删除了。而一旦进入历史的深处，我们才知道原来前人还有过这样的生活。文明的河流不是平静的，绝不像先前的圣人所云那么简单，沟通与互渗，把域外的东西引来，其意义非眼睛能够看到的。

《唐韵胡音与外来文明》是厚重的书。读后便想起了陈寅恪关于魏晋和唐代文风的一些论述。一些闪光的论断和陈氏的著述相映成趣，把一段古老的存在复原了。鲁迅说唐人大有胡气，是看到了问题的核心的。但那丰富的内涵还有待于史学家的考释。从陈寅恪到葛承雍，做的是细致的历史还原工作，只有细节才可以颠覆旧有的历史叙述。我们看历史人物的身份血统，了解景教和摩尼教的东渐历史，才可以懂得唐代气象博大的原因。这一切我们在古人的著述里，是难能看到的。

外来的文化，特别是宗教文化，在中国的传播是十分曲折的。葛承雍讲到景教在中土的流行，有一句话印象很深，那就是国家对这些舶来品的宽容，是建立在实用主义的基础上的。这和民间百姓的口味不同。百姓走进宗教，乃心理的需求，涉及信仰问题。好在中国人宽厚，很少有大规模的宗教战争，像泉州这样多种宗教杂陈的城市，诸种信仰能和谐相处，也是大不易的事情。从实用的角度接受外来的东西，其间自然有变形的地方。一些话题渐渐中国化了。据说摇钱树最早在印度是智慧树。到了中土就和发财有关了。还有一种现象值得注意，我们的文化里，道教的东西根深蒂固，对形而上的东西有很大的消解力。比如，对基督教的理解，旧时文人就用了儒道的表达方式，反而很中土化了。现在到寺庙里祈福的人，很少是对人间的关怀，想的大多是自己的那点东西。所以信徒虽多，而缺少的却是思想者的境界。自佛教和基督教传到我们的土地上后，反而出现不了孔子和庄子那样的人物了。艺术上有诸多的进化，审美的方式多样了，这是大好之事。但实用主义的根留得很深，到了“五四”那代人，还依然能看到一些类似问题，东西文明的交汇的复杂性是我们无法简单解析的。

虽然中国的帝王在汲取外来文明时起到了很大作用，帝王的好恶也在左右着主流意识形态，但民间无穷深广的空间，容纳了异域诸种精神的闪光。葛承雍讨论唐朝的世界性和丝绸之路时，涉猎了大量民间记忆。从出土的陶俑、器皿里，能发现胡人风范对中原文明的潜在影响力，无论在衣食住行还是审美态度上，都有不小的冲击力。唐代的世界性真是后来中国没有过的景观。葛承雍例举了十个方面加以论述：一、允许外人居住；二、允许参政议政；三、重用蕃将统领；四、法律地位平等；五、保护通商贸易；六、允许通婚联姻；七、文化开放互通；八、衣食住行混杂；九、允许外国僧侣传教；十、留学人员云集。这十个方面留给后人的是无尽的思考。胡人究竟在什么地方影响了中国社会的进化，不是一两句话可以说清的。但从唐人的诗文里，就可感到时空的阔大，绝无小家碧玉气。唐人能坦然地面对八方来客，且让其融入自己的生活里，是自信力所使然。那在人类交往史上是空前的。我们先人智慧的生长点，有时就在多种文化的交汇处。胡人的音乐、舞蹈、绘画、宗教，使呆板的汉文明从暗地里走出，呼吸到了域外的新风。如今看敦煌的遗物，李白、杜甫的诗文，能嗅出彼时的风气。李白就大有胡风，其作品广阔宏远，意象灿烂多致。唐以后几乎看不到这类的人物了。邓以蛰先生在《画理探微》里说，唐之前的艺术摆脱不了装饰意味，绘画尤为突出。待到盛唐，气韵有了，多出了精神灵动的东西。邓以蛰从印度佛教的造像及胡人的艺术里，看到对中土文明的潜在影响力。唐代绘画的发展与域外文化的传播大有关系。唐代学者朱景玄在《唐朝名画录》介绍过吐火罗国画家尉迟乙僧的作品在社会的流传，可想象那时的景象：

> 尉迟乙僧者，吐火罗国人。贞观初其国王以丹青奇妙，荐之阙下。又云：其国尚有兄甲僧、未见其画踪也。乙僧今慈恩寺塔前功德，又凹凸花面中间千手眼大悲，精妙之状，不可名焉。又光泽寺七宝台后面画降魔像，千怪万状，实奇踪也。凡画功德，人物、花鸟，皆外国之物像，非中华之威仪。前辈云："尉迟僧，阎立本之比也。"景玄尝以阎画外国之人，未尽其妙；尉迟画中华之像，抑亦未闻。由是评之，所攻各异，其画故居神品也。

上述文字至少暗示了两个现象。一是在艺术领域，那时的内外交往已很频繁了。二是胡人的作品和中土的艺术还有明显的区别，汉人的笔墨还是坚守着固有的东西的。学习域外的艺术，还处于渐进的阶段。后来唐代文化能那么具有大气，与各种交流关系很大。我们说唐的艺术在精神的层面有所变化，应当是混血的交织的必然结果。

看唐人的诗文，一些描写含有深切的内涵。元稹的《莺莺传》在一般读者看来不过是写中土女子的作品。可经陈寅恪和葛承雍的考证，主人翁乃一胡人。作者写这样的人物，眼光是汉人的，没有多少歧视的痕迹。那么也可以反证彼时民族融合的程度。唐代文学作品多有“胡姬”“酒家胡”“霓裳羽衣”等词汇，在意象上含有明快之调，好像是装饰语，实则社会生活的写照。葛承雍沿着陈寅恪的思路走，详细考证了崔莺莺身世，在我看来是不小的贡献，至少把文化的流脉把握住了。唐的移民现象，也导致了文化的深切互动，由此也出现了血缘的杂糅。不仅民间如此，李唐王朝在血缘上就不纯粹是汉人的。陈寅恪《唐代政治史述论稿》里专门分析了李氏的氏族问题，他说：

> 朱子语类壹壹陆历代类叁云：
>
> 唐源流出于夷狄，故闺门失礼之事不以为异。
>
> 朱子之语颇为简略，其意未能详知。然即此简略之语句亦含有种族及文化二问题，而此二问题实李唐一代史事关键之所在，治唐史者不可忽视者也……
>
> 若以女系母统言之，唐代创业及初期君主，如高祖之母为孤独氏，太宗之母为窦氏即纥豆陵氏，高宗之母为长孙氏，皆为胡种，而非汉族。故李唐皇室之女系母统杂有胡族血胤，世所共知……

关于此一话题，陈寅恪论述较详，不再细论了。看这些考证，至少使我们对那个王朝的气象略有了解，不仅氏族的混血状况增加，文化的风潮中，中外的气韵融合也不见怪，有的被域外的意象俘虏过去，于是在诗文和绘画、音乐里，胡风大振，把汉人的腼腆味驱走了。胡人的艺术进来，至少增加了文人的想象力，时空突转，仿佛让人走进神异的世界。在诸多外来文化中，印度艺术的影响力是巨大的。《卢舍那仙曲》《婆罗门曲》及一些宗教绘画，很是吸引了唐代的文人。台静农先生在《佛教故事与中国小说》里，分析过唐代作品关于地狱观念与佛教之关系，确有道理，多是精到之论。台先生认为，地狱这个意象是从佛教那里过来的。从六朝到唐初，有修养的文人不喜欢这个外来的学说，但到了中晚唐，情况发生了一些变化，文人的作品开始有地狱的意象了。牛僧儒在《玄怪录》里写了地狱间的场景，对佛教的意绪有所借鉴。不过台静农认为，牛僧孺的地狱并无佛教书中的地狱那么可怕，反而有人间气。这说明了中土之人对佛教的艺术进行了改造。这也可说是文化上的混血，借着域外的灵光，抒发自己的情感，我们的艺术就这样一步步和胡人的精神叠合了。

艺术上的混血向来是不知不觉的。李白、王维都不是在封闭的环境里长大，如果没有胡风的吹拂，他们的艺术大约只能重复前人了。这种现象在二十世纪上半叶的历史里依然可以看到。齐如山曾在回忆录里，详细地介绍自己为梅兰芳编剧的经历，京剧的流变史就很是清楚了。我们先前以为京剧是很古老的存在。其实一九一二年以后，它在外国话剧和歌剧的冲击下，就一点点离开旧的套路，渐渐与现代人的口味暗合了。如果没有像齐如山这样在欧洲观摩过戏剧的人，没有他的暗自嫁接域外的艺术，京剧就不可能从古老的戏院走到社会深处。梅兰芳、程砚秋都到过西方，深知京剧的问题。只有吸收外来的思想，慢慢地改变审美习惯，才可以有自我更新的可能。所以到了二十世纪四十年代，京剧在表现手法上，既保有传统的遗风，又带有西式的程式。可谓东西合璧了。旧时的观众不大注意到此点，可我们的历史就这样在和世界一点点同步着。好像没有谁能阻止这一脚步。

东亚诸国，在近百年历史里，对锁国和开放均有相似的经历。日本和中国的近现代史，留下的教训和经验都不少。作为东亚人，对外来文明的接受是渐渐的。突发的进入似乎接受不了。我去日本的长崎，看到博物馆陈列的遗物才知道，基督教传入日本的初期，就受到了强烈的抵抗。还爆发过流血冲突。日本民众那时害怕的是外来的异教改变了国人的思想，力图保存血统的纯粹。当年的杀戮是惊天动地的。可后来他们反省自己的历史，觉得那是个愚蠢的选择，文化的混血怕什么？一个自信的民族是不该拒绝外来的东西的。择其精华而用之，去其糟粕，照样可以丰富自身的文化。日本后来打开门户，不也有了长足的发展？以日本的经验来反观我国，其实在现代史上也遇到相似的问题。锁国就要落伍，是挨打的对象。鲁迅当年说的“拿来主义”，就是对此的感慨。现代化的目的，是丰富自己的世界，让人有一种自新的力量。

我这些年偶然和一些搞历史学的朋友见面，知道了许多过去鲜知的知识。大凡好的史学著述，都不是玄而又玄的。现实的忧患和刺激，乃学术的动力之一。我读史学著作，每每觉出历史研究的现实情怀的重要。迂腐的学问是死学问。瞭望过去，何尝不是回看自身？心在古今的时光里飞动，才能发现历史的真景致。而且知道今人应当做些什么。史学之于我们，其意义当在此处。

注：本文有删节。

志怪与录异

偶然读到什么奇书，会意外地改变旧有的思路，把先前的看法颠覆掉的。小泉八云的著作，就给了我一次刻骨的记忆。我知道他，是缘于鲁迅的文章，他的著作在二十世纪初就被引进中国，是颇有些名气的。鲁迅那代人在讲文艺理论时，偶而涉及这个人的著述，对其印象不坏。这个希腊人本名 Lafeadio Hearn，一八九〇年到日本，遂入日籍。于是起了这个日本人的名字。据说他懂的语言很多，故谈起文学史时，思路要比一般人活跃，眼光是开阔的。老舍先生当年写过一本文学理论概论，在许多地方就用过小泉八云的著作做参照，给我留下很深的印象。现代文学理论的传播史，我们的前辈是多少受到此人的影响的。

表面上严肃的小泉八云，写过一部《谈怪》。几年前偶然遇到此书，诧异了半天。阅后竟然改变了自己对日本文学的某些看法。此书不仅让我对这位学者的看法有了变化，也对日本志怪类作品发生了趣味。《谈怪》是日本乡俗社会怪异故事的记录，恍兮惚兮，怪诞得有趣。《狸精》《食人鬼》《死灵》《大蝇》诸文写生死轮回，因果报应，善恶之旅，有奇异的色彩在。先前读《源氏物语》《平家物语》，见神秘的片段，并未以为奇，觉得那不过小小的插曲，并非岛国人的长处。我向来认为日本的文学是典雅者过多。据久居日本的华侨人说，日文里敬语多，俚语稀少，很难见到出格的野曲。我在东京看过几出歌舞伎，民俗图的美丽印象很深。至于阴阳轮回的意象见得很少。《怪谈》虽不是正宗的日本人所写，但毕竟让我们知道了一个民族另外一个面孔。作者笔下的妖怪、死魂，好像和我们中国人的经验相似，紧张与快慰的旋律唤起了我对旧时话本、传奇类作品的记忆。有人说中日文化本不相干，我却读出了某种联系，不知是为什么。

我们的孔老夫子生前曾说不喜欢“力、怪、乱、神”，自然是追求中正之心使然。日本的文学似乎也受到和平、温情之音的影响，我们看《枕草子》《源氏物语》，邪怪的东西比中国要少。知堂在介绍日本文学时，喜欢的是永井荷风那样古典主义式的静穆，缓缓的旋律，幽雅的调子，加上淡淡的忧伤。毫不灰冷，也无凌乱之感。这些也许符合儒家的口味吧。不过在那些带有平民文学意味的作品里，滑稽的因素不是没有，有时也能看到鬼怪的出现，比如，《狂言十番》的喜剧就是。这些鬼怪大约受到中国傩剧的影响，还不能和我们后来出现的《聊斋志异》相比，在程度上甚至没有明清野史札记那么灰暗。我不懂日本语，对这样的话题本无发言权。

在有限的几本译著里读出了和中国文学的差异，实在说来，深层的东西我是理解不到的。

外国人写魔鬼与妖道，在风格上和东方人大异。他们在神话里讲道德，背后总像高远的东西在，不觉是低俗的存在。东方人的因果报应，阴阳之变，是轮回的闪光，与古希腊的传说的意识结果不同。小泉八云是了解西洋的传统的，却能模仿日本民间的语气写怪异的故事，我想是一直有西洋人的思维方式的对比的缘故。而且日本的民间确实有反雅化的艺术。比如浮世绘里关于残疾、死魂、恶人的描绘，就是高贵艺术的反动。看似怪诞，甚或恐惧，思想的高度是有的。凄厉的鬼和神的背后，还有深远的情思在。《怪谈》里是劝善惩恶的风俗图，在许多地方与《聊斋志异》相似。东方人在深切的精神领域，相近的情感实在是多的。只是日本人的感觉细腻，狰狞的故事更让人深思而已。

志怪的文本，一向被读者喜爱。在我们中国，此类文本一直发达，佳作辈出。《列异传》《幽冥录》《搜神记》《世说新语》等一直流传着。既有民间巫风，又受佛教、道家意识熏陶，故可读到世道人心的气息。鲁迅在《中国小说史略》说：

> 中国本信巫，秦汉以来，神仙之说盛行，汉末又大畅巫风，而鬼道愈炽；会小乘佛教亦入中土，渐见流传。凡此，皆张鬼神，称道灵异，故自晋讫隋，特多鬼神志怪之书。其书有出文人者，有出于教徒者。文人之作，虽非如释道二家，意在自神其教，然亦非有意为小说，

> 盖当时以为幽明虽殊途，而人鬼乃皆实有，故其叙述异事，与记载人间常事，自视固无诚妄之别矣。

鲁迅不愧是理解小说艺术的高手，其描述志怪文学的语气，道出了其间的隐秘。儒家讲求雅与正，易将事物无趣化和伪态化。于是旁门左道的笔触倒能伸到人性的深处。放诞、滑稽、伪托有时也有大的悲欣，民间生动的精神，就寄托在这里，是有难言的隐含在的。过于雅正的文字，在士大夫那里变得毫无生气。志怪文学的作者是有意与这样的假道学作对的。正人君子的笔下怎么能有楚楚生气呢？

描神画鬼的文字，在中国士大夫的内心是有癖好的。你看一些诗词和小品里的狐气与禅语，是无法言说的现实的再造，借此来讽喻世间，自有奇异之处。文人喜谈鬼怪神仙，有巫文化的余绪是自然的了。但另一面，我猜想与对儒的反抗与偏离有关的吧。明清的小说，就喜欢录异，对稀奇古怪的存在多存奇心。蒲松龄的人狐之变，就让人叫奇。阴间的鬼气就有阳间的布阵，不觉其可怖，甚至带有可爱的地方，那是有趣的。李汝珍的《镜花缘》，以异风奇俗为乐，专记超常、荒诞之事。从儒士的圈子跳出，在陌生的世界寻求刺激，旨在与正宗的话语剥离，寻一新的世界。看作者写“君子国”“大人国”“轩辕国”之事，有乌托邦的影子，行为与信念大异于中土。以新鲜陌生的文字，唤起读者的神思，恰是“礼失，求之于野”的思路的变种。写那些三魂渺渺、七魄切切的别样的世界里的故事，乃超度自己的心。中国没有西洋那样的宗教，彼岸的王国很少出现。文人所有的，一是屈原笔下的巫气，二是佛家所云的地狱，三是《镜花缘》式的奇遇。巫气的存在，我们在傩剧里还能看到，后来的文人渐渐不用了。唯史家的阴阳之变，乃摄人心魄，被诸多文人所引，至今变幻无穷。李汝珍写女子世界的伟岸与高贵，属于述异类的作品，心的内核不脱儒的本色。《受女辱潜逃黑齿帮，观民风联步小人国》一回，满眼陆离之事，一洗中土的风俗，眼界为之一阔。恰如多九公所云："此地风俗硗薄，人最寡情，所说之话，处处与人相反。即如此物明是甜的，他偏说苦的，明是咸的，他偏说淡的，叫你无从捉摸。此是小人国历来风气如此，也不足怪。"李汝珍如此醉心于此类现象，大约是寻找另一种生存的可能也未可知。本来，精神的选择与语言的选择应是多样的。汉文明却把人固定在一个模式里。《镜花缘》在思路上暗袭了吴承恩的余绪，类似唐僧与弟子的西游，阅尽各类人生，在精神的历险里寻一净土，实在有一种心性的快感的。

东方人的艺术思维，有时尚虚避实。舞台艺术中的傩戏，就借了远古的神话、巫语、图腾娱乐着。后来的傩戏渐渐世俗化，然而未脱神秘色彩。据说宋代的傩戏《舞判》写钟馗进京赶考，意外地滑入阴间，被鬼气所绕，面目由俊变丑，森然可怖，然而却不因此改变内心的气节，依然进取不已。在阳间受挫，在阴间却成了打鬼的英雄。被百姓所爱。这样的戏，以鬼气而写民气，是社会心理的暗示。我由此而想起屈原的《山鬼》，一个精神受挫的人，久历苦楚，仍在世间寻觅。借着山鬼思人的怅惘心境，寄托情思。“若有人兮山之阿，被薜荔兮带女萝。既含睇兮又宜笑，子幕予兮善窈窕。”诗写得真好，从神妙的山鬼写起，暗示神往之心，就有了超俗的意味。所以我们看书看戏，有时被玄奥诡秘的氛围所绕，随其舞之蹈之。并非那险境与我们无关，实乃是生民的悲欣的再造的。

文弱的书生笔下的离奇怪事，有时是知识与常识的交织，还不乏雅趣。苏轼喜欢听谈鬼和说奇，不过增加愉悦之情，倒没有什么深意。到了元代，文人志异的习惯不减，周致中《异域志》，汪大渊《岛异志略》都载有诸多稀奇之事，和昔日《山海经》的意味相近。在情调上没有什么进化。而民间的戏曲写到世间之苦与奇案，则寒气袭人。有股冰冷的风吹来。鲁迅所谈的绍剧里的女吊和无常，就叫出了大的惊恐，有森然的快意。压抑的可怕也是有的。民间的野曲向无庄重的样子，在渲染死灭时不惜增加诸多血腥的东西。那里多半是鬼魂一类吓人的东西。知堂说中国文化多鬼的气息，日本则是神道的意韵。东瀛的戏剧里，大约就没有中国鬼戏的那套语码。这或许是两国的区别之一。我第一次去日本时，看了关根祥六的能乐表演，被其神道的庄重所感。那里没有鬼的舞蹈，多的是与远去的灵魂的对白，所谓形而上的高度，是出来的。能乐是从中国传去的艺术，在日本却有了神道的色彩，有精神的分量。我在那里就没有看见地狱之影，倒是有萨满教的遗风，和古老的灵魂交织一体了。同样是民间，中日的风格那么不同，也许其间也可悟出国民性差异的原因？

只是在看了葛饰北斋、喜多川歌磨、歌川国芳的浮世绘作品时，才明白了日本何以有了志怪录神谈死的文化。你看他们笔下的骷髅、死神、冤魂，在最可怖的一幕，也不乏精致的美，咀嚼得那么有味。死去的亡灵与尘世是有关的，绝不像人们想象的那么简单。日本的绘画给我的感受是有些抑郁，似乎被海雾缭绕着。在最艳丽的画面里，好像也透出微末的沉思，那是因为神道的存在呢，还是别的什么原因，就不知道了。所以我猜想小泉八云写《怪谈》这样的书，不过是想探入日本国民的心，想寻找本色的存在。一旦深入到鬼魂与神的世界，大概就会发现原态的世界。在日常的伪饰里，是看不到原形的吧。

我多次在日本看见各类神社的祭祀活动，知道他们是相信灵魂的存在的。日本人的家坟有时就在宅的后院里，人与鬼魂相伴，不分界限。后来在知堂的《鬼念佛》一文读到这样一段话：

> 日本的所谓鬼，与中国所说的很有些不同。仿佛他们的鬼大抵是妖怪，至于人死为鬼则称曰幽灵，古时候还相信人如活着，灵魂也可以出现，去找有怨恨的，有时本人还不觉得，这就叫作生灵，和死灵相对。他们所说的鬼，多少是掺杂佛教思想与固有思想而成功的，他的形状是身体如人，头有双角圆眼巨口锯牙，面如狮虎，两足各有二趾或三趾，或曰从佛经的牛首阿旁变来，或云占卜以东北方面为鬼门，中国称为艮方，日本

读作丑寅，马牛虎同训，故画鬼像牛头，而着虎皮裤，则当是后起的说明，却也说得很是巧妙。

日本讲鬼那是妖怪的故事，有许多好的，可以和中国的志怪相比。因为这种怪物与人鬼不相同，幽灵找人，必定有什么原因，不论冤衍或是系恋，就是所谓业，它找的就是个人，无论在什么地方必当找着。但是怪物必定蹲在一个地方，你如若走到那里去，就得碰上它，不管你和它有没有恩怨。所以幽灵的故事动不动便成为讲因果，而谈妖怪的却全由于偶然，可以变化无穷，有些实在新异可喜。

忽记得友人丸尾常喜写的那本《人与鬼的纠葛》，是从日本人的角度分析鲁迅小说里的鬼气。鲁迅的令人惊异里，就有日本的鬼和中国的鬼不同的地方。丸尾的笔触极其细腻，对一些问题的敏感是超出常人的。中国学者是想不出类似的题目的。即便是探讨它，也不会有背景的差异带来的深度。鲁迅笔下的鬼给了日本人精神的战栗，其间有精神力量的大的诱惑，也有民俗差异的作用。丸尾常喜在鲁迅的文本里，既看到了与日本的不同的鬼，也发现了旧中国文人笔下没有出现的鬼。那里有现代人的思绪，已把旧有的意想预言化了。东亚的作家，在处理民间记忆和现代性的时候，还没有谁像鲁迅那样有灵动的思绪。在民间图腾和信仰里，他常常找到思想的话题。那些对鬼火、地狱、女鬼、骷髅的描写，有着岩浆喷吐的快感，惨烈里透出穿越精神极限的思想之光。不再匍匐在神话、寓言的躯体上，而是高蹈在苍凉的夜空，且叫出了黑暗中的曙色。较之于蒲松龄、小泉八云，鲁迅的视野是属于另一个时空的。古老的精神在他那里被完全刷新了。

注：本文有删节。

凝视东北

中国很少有一个地方，像东北三省这样，有着过于整体化的概念。无论你是辽南人，还是哈尔滨人，在关里人的眼里，统统属于一个地方。列车驶进山海关以东，自然景观便与中原大异起来。雄悍的、广袤而粗犷的东北黑土地，稀疏的村落，使你会觉得这是一个异于中原文明的特殊所在。我在离开东北以前，从未真正领略过东北人称号的特殊含义。在远离故乡的许多年的许多场合，当自报家门的时候，立即就被东北汉的称号罩住。人们并不关心你属于哪一省、哪一县，在京城乃至关内的许多地方，辽宁、吉林、黑龙江，是没有多少区别的地域。甚至那里的作家、文化特征，都被人们用同一的尺度所规范着。有一次，张韧先生和我谈及关于“东北文学”的内涵问题时，彼此均觉得很有趣味。我们都是辽南人，学生时代以前留下的许多印象，并没有多少关东气息，而人们仍把我们列入黑土地文化养育的一类。东北人的概念如此牢固地矗立在中国人观念的世界里，这其中可探究的东西，是不言而喻的。这种强烈地域特征与人的性格特征的一体化的规范方式，在我看来，多少把三个省的文化内蕴简单化了。

关于东北人，我们确实可写出一本又一本有趣的书来。从远方的少数民族的游牧生活，到今日黑色工业文明，蛮荒的与现代的，其启示，未必逊于黄土高原的历史。这使我想起东北的文学，它的历史，它的今天。从最早的商纣时期留下的《封纣为象箸》《箕子吟》《麦季歌》的咏叹，到辽金、明清时代诸多少数民族诗人的歌哭，如果细细搜寻其间的历史，给人震撼力的，绝不仅是其中的艺术精神，而恰恰是从中流溢出的东北人的雄奇的个性。东北文学一向被誉为贫瘠土层上挣扎出的花果，以文化的辉煌而自恃高古的一些中原历代文人，对这方土地的陌生、畏惧而产生的诸多意象，把本来丰富多彩的世界，变成了单一的肃杀、萧瑟的所在。你读一读唐代人写东北生活的诗作，会觉得它的边塞气毫不亚于西域。人们对它的畏惧，一方面来自对北方的恐怖、敌视心理；另一方面，与它的粗犷、荒凉、人迹罕至多有关联。中原人的温文尔雅，到了这里便显得格外小气、拘谨，在这片野性的土地上，文弱与内倾性格，是不易健壮地存活的。许多年过去了，民族的大迁徙与文化的融合，却未能在根本上改变东北人的性格。从现代以来的萧军、萧红，以至今日的马原、阿成、洪峰、迟子建等，你会觉得那些异样的文字，是除了东北人之外的其他任何一个地方的作家，很少写出的。

艺术的优劣可以暂且不论，但那种气质，那种野性的、原生态的生命意象，我以为是对中国文化不可忽略的贡献。东北文化乃至东北文学，在这样一种粗放的线条中，呈现着东北人的历史与性格。倘若没有东北、西北、大西南等少数民族文化的存在，中华文明的画轴，将显得何等单调！

东北的特异性一方面在于地理环境的复杂，更主要的，乃是因为那里集聚了满族、朝鲜族、蒙古族、鄂温克族、达斡尔族、赫哲族、鄂伦春族、锡伯族、汉族等民族。这不像西南少数民族那样呈现出精神的多样性，在多年的历史过程中，东北各民族在气韵上，整体上表现了某种一致性。这或许与地理环境有重要关联。虽然这里没有产生很带有形而上意味的精神神话与自足体系的宗教信仰，但那种深深地与游牧生活、农耕生活相关的北方寒冷地带的半封闭的生活状态，它给东北地区各族人民的精神所带来的外在感应是相近的。满文中独特的语境，所释放出的精神信息，在精神特质上，大异于汉文明；蒙文中的情感表达方式，也别于中原。可惜这些思维形式日趋消失在历史的隧洞里。那些智慧的方式不像龙门石窟、西安碑林、敦煌古籍那样，外化在被当代人仍可接受的文字与雕塑中。东北的几千年文明史，如今更生动地融解在人的性格与气质里，融解在生命的律动中。除了现代体育可以表现出典型的东北人的性情外，文学，这个长恒的艺术形态，对东北人心灵史的记录还是很有限的。

我试着从各种书籍中找寻东北文学的源头，那些传说，那些民谣，乃至女真族诗人完颜亮、金代的汉人奇士王庭筠、清代的纳兰性德、高鹗等人，他们留下的文字，从一个侧面可以找到北方人精神的伟岸因素。东北的文学因太受汉文明的影响，且越来越有被同化的一面，而未能从整体上，显示它的民族个性。看一看明清以来文人留下的文字，大多在意念上沿袭着汉唐以来的文化余绪。它的过于文人化的倾向，未能与民族的生存状态较好地联系起来。这是它的悲剧。东北人自从满族人入主中原之后，就逐渐丧失了它的语言独立自主的风格。母语的消失，便是一种思维方式的消失。少了一种思维方式，便少了一种认知世界的图式。清代以后诸种文学资料表明，在文字的表达上，东北人的个性是苍白的，满族人征服中原人的是她的生存方式与生命个性，而不是其文化。东北人在文化上的单薄与生命意志上的潇洒，从另一个侧面上表明了汉文明消解人的生命意志的残酷性。这一不容回避的尴尬的事实，造就了国民性的弱点和劣根性。中原人与东北人是否就此有过一个长久的反省？

东北有太多的血的历史，太多的战争与苦难。牡丹江流域的流放地、辽南的烽火台、旅顺口的水师营、乌苏里江边的海兰泡、沈阳的皇姑屯……只是到了现代，人们才真正有意识开始反观这一页历史。在不到一百年的时间里，东北产生了那么多的作家，从最初的穆木天、杨晦，到后来的萧军、萧红、端木蕻良，乃至今天的马原、阿成等，东北人一直以不衰竭的力量，显示着自己的存在。我尤其注意到了东北作家对自己故土那份热诚而洒脱的审美态度，注意到了他们表现出的特有的东北人的品位。从来没有一面旗帜和口号在有意地集结着这些人，他们不约而同地从不同的角度展示着黑土地文化特殊的风采。穆木天早期诗作中对北方土地多姿神态的描摹是迷人的。你可以在他的淡淡的象征色彩中，品味到对故乡特有的情趣。萧红写乡下人的生与死，完全是诗化和散着泥土气息的。你在中原作家的任何一部作品里，都找不到一个类似萧红式的审美感觉。那是典型的东北女子的艺术，是没有任何古典艺术积淀的纯天然的精英之作。东北人的个性与聪慧，在萧红那里得到了淋漓尽致的发挥。在一个没有雄厚的文化传统和书卷气的土地上，居然产生了光彩照人的萧红，这是东北文学的奇迹。在以后的端木蕻良、骆宾基等人那里，你同样可以感受到这一点。端木蕻良大气磅礴的人生写意，透着智慧与学识的历史断想，让人想起鸦片战争以来，那片土地上人们的沧桑岁月。你如果读一读萧军，会顿时生出亲切的情感。东北汉子的风骨，在他那里最为典型地叠印出来。他的冲荡、旷达、豪爽的个性，给人留下的美感，甚至超出了文学的本身。你可以在他的小说中挑出许多不尽如人意的地方，但你不能拒绝他的坦荡的人生态度给你带来的震撼力。萧军的粗犷、豪爽，使其作品流于简单，但也正是他的不过于文气与书生气的冲荡性格，让我们窥见了东北人不拘小节的尚武精神和坦荡的人生品位。东北文学正是在这样一种基础上延伸出来的。它自然、原态，没有沉重的文化之累，当然也就不会产生以纠正或重振古代文化为目的的文学运动。近代以来，它的历史依然如此。它没有诞生类似“南社”或“文学研究会”那样领时代风骚的社团，也没有自觉的流派。穆木天加入创造社，在远离故土的地方；端木蕻良进入左翼作家行列，也不在自己的家乡。现代东北人走入文坛，是生存困境无奈的选择，你几乎找不到徐志摩式的为艺术而艺术的东西，也看不到郁达夫式的自由主义文人。东北文人的命运与那段带泪的历史，深深地交织在一起。抗战时期东北涌现的流亡作家团体，更进一步地强化了人们对这一地域作家的印象。东北文学与东北作家的这一特殊背景，把他们的一切更具体化和一体化了。

谈萧红、萧军、端木蕻良等人的小说，以及今天阿成、迟子建的近作，看不到人与沉重的文化史的对话，而是直面自然、直面苍天，是人与上苍的一种交流。在萧红、迟子建那里，生命的存在被直接地以感性的形式呈现出来了，丝毫不用人工的雕饰。古老的文化品位的卖弄与名士化的深沉古雅，在那里被粗放的、真诚的性情所代替。没有雄厚的文化史的东北人，或许因为缺少书香气而被看成草野伧夫，但也恰好在生命的原态的冲动中，我看到了人的生命的迷人的气息。萧红、萧军凭着他们良好的感觉体验人生，全没有茅盾、叶圣陶、巴金那样文化的苦痛。那些看似不规范的、笨拙而又近于稚嫩的文字所传达的信息，是十分真实感人的。东北文学的魅力是外化在生命的冲动形态的。萧红写人的苦难，阿成揭示生存的无奈，马原状写人间情态，都不闪烁其词，而是直指苍天。甚至在徐敬亚、吕贵品的诗作里，我们照样可以感受到落落大气。金河写乡下的农民，邓刚写他的海边故事，也看不到沈从文式的儒雅，以及巴金式的文化宗教情绪。直率地直面生活，大刀阔斧地审视生活内涵，这是东北文人粗俗中的强劲的美和阳刚的美。鲁迅当年赞誉萧军写东北失去了土地时的口气，其中也隐含着对东北人的非中庸气的个性的关怀吧？粗俗与雄放，伟岸与崇高，在几代人中间奇妙地沿袭着，我在近百年的文人作品中，感受到了一种相近的精神气息的律动，感受到了属于这片土地的珍贵的东西。这使我们不能轻易地漠视它的存在，低估它的价值。东北文学中的豪放的美，至今也使许多江南才子们自叹弗如。

与众多东北作家的接触过程中，最深刻的印象是他们的直率与坦荡。东北文人很少自满与清高，缺少历史的厚度与独有的、系统化的精神哲学，是他们先天的缺憾。但虚心地求教于异地文明，开朗的风范，又使东北人在气度上表现出一般地区人少有的兼容精神。东北文人身上集中了某些俄国文化与日本文化的传统，又带有儒家开明的精神个性。穆木天与日本现代文化思潮，端木蕻良身上某些模仿托尔斯泰的痕迹，马原之于西方现代小说，阿成之于汪曾祺……东北人善于模仿人又不失其个性，未有传统而又终于形成了传统。二十世纪八十年代以吉林为核心的诗歌运动，辽宁马原的“先锋”小说的尝试，乡土气味颇浓的谢友鄞、林和平的出现，都是在异地文化的诱惑下而产生的。东北作家属于格外注视别人存在的文化群体，他们对上海、西安、北京地区作家的敏感和快速的价值反映，都是其他省的作家们所少有的。二十世纪七十年代末八十年代初《鸭绿江》等诸多有影响的力作的问世，大多是呼应了内地的文艺思潮而涌现出来的。人们模仿王蒙，模仿蒋子龙，模仿汪曾祺，这让我想起了中国台湾近代以来的几代作家。东北人在这一点上与中国台湾文人的气质是相近的。他们自觉地把自我与大陆文明连接起来，虽然在修养与学识上均有明显的距离，但那种虚心的、以他人为师的精神，在我看来是不可多得的。从东北走出的许多老作家，直到今天仍保持着这一求知的个性。端木蕻良晚年钻进红学之中，写出动人的《曹雪芹》；骆宾基死前的几年中，完全过着隐居的生活，把精力差不多都放在了金石学中；以武夫而闻名的萧军，在失意于文场之后，于医术上大见奇功，且又在晚年写出众多的历史小说，让人感到其学识的不凡。东北人善于把目光投向全国乃至世界，他们办的刊物向来不以个人为中心，而是集中了各地的精华。《作家》的开阔，《当代作家评论》的权威性，使它们成了全国文坛注意的重点之一。无古而求新，浅而渐深，这是东北文人可贵的品格。萧红、萧军以后的诸多作家，走的正是一条通达的道路。

东北人面对世界，丝毫不该有半点自馁与失落，我们毕竟已有了自己好的传统。古中原的文明正在委顿，老北京的"京味儿"已趋于沉寂，张承志跑到大西北了，去求助于中亚文明。东北呢，难道非把目光投向别人？这是一个日益消解人的个性的时代，工业文明在强烈地吞食着人的自然化的生存方式，传统价值摇动的时候，东北残存的那点野性的力量也在慢慢消失。中国有着太多的南国的竹林小溪，雨榭楼台，而缺少的更多的是"力拔山兮"的盖世的恢宏的景观。假调假腔的“鸳鸯蝴蝶派”被淘汰了，唱着奴奴细语的恋情诗被淘汰了，无病呻吟的秀才文章被淘汰了，自得其乐的“八股文”被淘汰了，历史，留下的却是鲁迅式的阳刚的汉子。中国人倘不扬弃过于儒雅的无个性的人生气质，就不会有生命的强力。东北人倘能近于文又不失其尚武时代留下的坦荡气魄的余韵，我以为是很有出息的一类。不要遗弃与大自然直接对话的苍然之力，在强健中多一些现代文明的朗然之气，该不是对故乡人的一种苛求吧？新而无古，其义在新。没有过重的传统之累的东北文学，可以开拓的领域显然是广阔的。然而当下人们在此处用力太少，效颦的地方太多，“东北文学”的概念似乎还停留在二十世纪三四十年代。近十几年的作家大多转瞬即逝，缺乏后力，或许是当代东北作家致命的弱点？

这是需要必须正视的现实。东北作家目前的困顿，或许缘于一种自我的迷失吧？有一年在镜泊湖上，几位同伴曾面对苍山碧水，惊呼着这里奇异的景观，我们几乎同时地遗憾于这古老而原始的所在掩埋了一代又一代人的智慧。我们甚至觉得，东北人强悍而伟大的个性，统统被长白山、大兴安岭、镜泊湖式的苍茫遮掩了。自明清以来，文人们偶然提及白山黑水，所用的审美视角与词藻，均是中原式的，人们似乎从未找到一种对这片土地真正呼应的文体。一个无法正视或发现自我存在的民族是可悲的。一个生于斯、长于斯、爱于斯却不懂于斯的民族也是可悲的。东北人是不是对自我的历史过于淡漠？对自然与人的关联缺少形而上的审视？当我漫步在三省的众多县镇乡村时，曾深深地被人们的过于形而下的平庸所震惊。在这里几乎找不到陕西信天游式悲怆的咏叹，找不到内蒙古草原的那曲回肠荡气的优雅的琴声。弥漫在东北各地的，差不多是同一旋律的二人转，那粗俗的音符尽管也有苍然之态，但过于庸俗油滑甚至无聊的吟咏，却使我陷入了一种深深的痛苦之中。东北的民间艺术太乏味了。那些曾伴我度过青少年时代的可亲的乡音，原来显得那么单调！我想，广阔的白山黑水的上空，自古以来飘动的并不只是这一种乏味的旋律。东北人的艺术不该如此，三省人民的创造性比“二人转”的俚语要明快得多和强劲得多了。那些古战场的马嘶人语，那些红山文化中呈现的辉煌的生命意志，那些民族大融合过程中的苦痛的记忆，绝不是目前的简单的民间曲调所能涵括的。鲁迅当年曾痛心于中国人的健忘，一些本该流传的文明，却因专制与战争而被毁掉。东北的文明史，是不是也因此而匿影敛迹？如今，如果看一看各种作品，你几乎找不到多少对命运与人生惨烈的咀嚼，看不到广阔史诗式的人文精神的图景。三省人本应爆发的生命的热力，并未能驻足于艺术的天地间，而是被无我的平庸所消磨。当人们把目光仅仅投入他人，甚至把自我委身于他人的时候，作为主体的自我，要创造一种属于自我的精神“范式”是困难的。东北人的气质与灵性，可惜大多散失在向往“他在”的无为的劳作中。不仅远古的遗风在渐渐消失，一些曾有成就的作家的个性也在弱化。东北人骨骼上的强大与心绪的单一，诸如自娱自足、习惯于模仿“他在”等，使东北的文化与艺术，一直在整体上未能呈现出神异、多姿的风貌。三省间由地域而形成的特殊的文化精神，正日趋同化在黄河文明的俚俗精神，而又缺少黄河领域文明的悲慨与高古。三省的许多文人的困顿是不是也缘于这种无根的漂泊而生出的浮躁?

记得告别镜泊湖的一个夜晚，我曾和一位朋友说：东北是伟大的，她实际上已拥有了一个诱人的传统，这传统不存在于“钦定”的史书里，它深深地植根在民间。可惜人们并不注意对它的发现，世俗的无特操的艺术正在消解残留在民间与几代知识者身上的美质。你如果听听“二人转”“评剧”，你会发觉，东北的艺术绝不仅仅如此，这笼罩三省的悠长旋律与那些伟大的民族的血肉之躯太不相符了！对着这片白山黑水，我曾暗自发问：那些雄浑的少数民族的民魂哪儿去了？萧红的兄妹们哪儿去了？许多日子过去后，我依然记得那次在镜泊湖边的自语。我相信东北文人会深深地珍惜这一传统，因为只有占有了这一传统，在广泛地汲取域外文明的同时，我们才会创造出一种属于自我的文学。当我看到了阿成近几年的小说之后，当大致地浏览了迟子建、洪峰、刁斗等人的新作之后，我相信东北的文人们是充满活力的。也唯其如此，我对故土的朋友们，抱有着一线明朗的希望。我想，这希望，绝不是一个缥缈的梦境吧?

第三辑

远去的群落

《读书》上的文章

二十世纪八十年代偶然接触到《读书》杂志，上面一些智性的文字，多是思想的飘带，搅动着阅读时的心绪。每一期总有些有趣的内容，与社会流行的风向不同，引人到别样的路径中。那时我在鲁迅研究室工作，中午拿着饭盒在资料室与同事小聚，闲聊时常常说起书架上的那本《读书》，对于其间的妙思多有赞誉，而一些学术史的掌故与花絮，也在这样的聚会里得知一二。

我与《读书》发生联系，却是二十世纪九十年代之后。

大约一九九一年秋，尹慧珉老师到我所在的《鲁迅研究月刊》编辑部来，带来了所译的李欧梵的《铁屋中的呐喊》。那是第一次见到她，彼此所聊都很愉快。晚上读着这位前辈的译著，觉得散出了不同的气象，是另一种的语境里的鲁迅研究之音，几天后，遂写了一篇心得。

文章没有敢交给自己的编辑部，便投寄到《读书》杂志。

记得信封上写着：“《读书》编辑部编辑先生收。”那是岁末，天气有些冷了，但自己内心的热度还在，那是写作冲动的结果吧。不久就得到吴彬老师的回信，知道文章被采用。我与《读书》的联系，便由此开始。

鲁迅研究在内地已经形成一种相近的模式，李欧梵提供给我们的是别样的视角。他的叙述方式在我们过去的学界甚为罕见，我们这些关注鲁迅学的人，多少都从其中看到了学术研究的多样性。写这篇文章，其实是检讨自己过去思考问题的盲点。在彼时的语境里，那时候还不太易有李欧梵式的思路，这类文章，某种程度与《读书》的趣味有些吻合的。

那时候《读书》依然延续着创刊时的风气，拒绝八股无趣的篇什。老一代的学者在此多次发声，新人也开始涌来。学院派们、江湖野老、报纸记者咸聚于此，并无什么身份之感，只要说出新意就好。因为要清理历史积垢，便不得不反思过往的烟云，引进新学识，重读历史经典也成了风气。就现代文学研究而言，唐弢、严家炎、钱理群、陈平原都在杂志发表过各种议论，先前狭隘的审美空间，也一下子伸展开来。

不久我就参加了《读书》的一些活动。杂志定期召开松散的聚会，大家随便闲聊，地点与人员都不太固定。记得那时候在语言委员会一个房间里，大家常常讨论一些有争议的话题，有时我与王得后、赵园夫妇约好同去，其间结识了许多人。与陈乐民、资中筠、陈平原、夏晓虹、雷颐、陆建德等人的认识也在那个时候。每个人的知识背景不同，兴奋点各异，聊得却很投机。沙龙气氛也刺激了我对于一些问题的思考。

杂志的编辑都很活跃，除了沈昌文先生，吴彬、赵丽雅、贾宝兰都是能干的女将。多年后一些年轻编辑进来，依然保持认真的精神。这或许就是它的传统。吴彬的敏锐，赵丽雅的博学，贾宝兰的深切，在读书界都被广泛称赞。我的一位学生专门写过一篇研究《读书》的文章，就对这支编辑队伍发出敬佩的感慨。他们的远见卓识，催促了许多思想的碰撞。

《读书》是学术随笔类的杂志，因为是思想的漫谈，便有了不同精神的交织。我印象深的是辛丰年谈音乐的文章，张中行的忆旧的感怀，黄裳的版本讨论，王蒙的人物素描。不同人的风格，显示了各异的文化亮点。“五四”后的《语丝》周刊的味道也飘动出来。有一次吴亮见到我，说这本杂志有点文体意识，“《读书》体”的概念也就慢慢被更多人传开了。

能够吸引众多的作者群，给杂志带来了许多活力。那些人未必都参加沙龙活动，但彼此有着弹性的联系。一些活跃的作家、学者都有出其不意的灵思涌来，阿城在美国写下的谈古书的文字，汪子嵩的亚里士多德的解析，赵一凡的哈佛读书记，还有刘小枫那些描述早期阅读记忆的短文，都是改变《读书》风气的书写。我们在此看到了一些有锐气的谈吐，也感受到缕缕古风。舒芜的随笔是走知堂的路径的，但有晚清韵致的却是张中行、谷林这类人。他们的特点是恢复了传统文章的观念，又有现实的眼光。“五四”以后，在学术随笔方面做出重要贡献的杂志，旧时有《古今》，当代是《读书》，彼此的作者有交叉，精神上有相近的联系。

应当说，《读书》的脉息里以新旧京派为主，加之一些从域外传来的书卷气。即便是作家著文，也是有学问的走笔。汪曾祺就给《读书》写过文章，他和编辑间的关系亦好。只是那时用心散文小说的写作，不太顾及学术随笔。不过，他偶尔给《读书》的文章，都很漂亮，最后一篇是谈沈从文的小说。那时候汪先生身体已经出现问题，文章断断续续才完成。在我看来，他的文字可能最符合《读书》的口味，有些不凡的学识，加之良好的艺术感觉，作品便很快传开了。

我的印象里，黄裳可能是给该杂志写文章最多的人。他在不同的随笔里，表现了很好的学识。身上的旧文章脉息甚多，在什么地方有知堂的味道。但他自己不承认此点，以为自己喜欢的是鲁迅传统。他在明清历史方面多有建树，从材料说话，文字亦好，周氏兄弟的笔法藏在笔后，真的是民国词章的延续。而我印象深的是他关于“五四”以来新文学的理解，以京派的文字传达左翼的思想，在文体上独步学林。

我自己很喜欢那些有历史感觉的文章。许多前辈对于旧时风景的打捞，依然带有二十世纪八十年代新启蒙的意味，谈历史人物，尤其是那些学问家的往事，其实也是在温习历史。以人入史，或从史入人，用心的人总有些独特的发现。金克木、季羡林、李泽厚的某些短章，催开了诸多思想之门。我们随之思之、问之，好似进入山间的小径，弯曲之中，忽见到诸多风景。

因为倡导“读书无禁区”，杂志涉猎的话题甚多。近代史与古典学一些鲜见的影子飘来，惊喜之外还有观念的洗刷，引起争论也是自然的。有人曾说《读书》是一本时髦的杂志，那其实是误解。上面的话题看似很新，其实许多是旧事重提。史学界对于老辈学人的追忆，文学界重读经典，哲学界则是注重原典的价值。那些关于域外思想的介绍，也多是学界百年来思想的延伸。作者们一个共识是，接续前人的薪火，才能回到学术的基本话题中。而王国维、鲁迅、胡适、蔡元培的精神，需认真咀嚼方能发现真意。但是在众多文献的阅读中，我发现我们与前人的距离甚远，今人要弄清“五四”那代人的话语方式，其实并不容易。所谓往者难追，是的的确确的。

我给《读书》的文章有两类，一是命题作文，一是围绕鲁迅传统的心得。记得赵园刚出版了新作，大家都说好，吴彬便邀我写点评论。有感于赵园的“五四”遗风，便说了诸多的感受。多年后我写邹韬奋的文章，系祝晓风所约，他刚刚接任主编，策划了“纪念邹韬奋”的专题，我便匆忙为之。其实我对于邹韬奋只是一知半解，写《走向大众的知识人》时，翻了许多档案材料，对于二十世纪三十年代的出版业与文化思潮的关系，有了另一种理解。而关于鲁迅传统的研究心得，写得很随意，并不系统。从曹聚仁到徐梵澄，从唐弢到高远东，都是沉淀下来的感受，随读随记，留下彼时的一点心绪。感谢吴彬、叶彤、卫纯等友人的催促，二十多年间，没有间断给杂志供稿。自己的趣味在慢慢变化，唯一不变的是对于鲁迅以来知识分子风气的关注。

但杂志也因其一些观点刺眼，引起过不少的争鸣，被读者批评也是自然之事。可是《读书》并不自以为是，也愿意刊发反驳自己园地里的作品的文字，于是形成一种对话氛围。记得茅盾诞辰百年的时候，我写了一篇《身后的寂寞》，有人并不同意我的观点，写了尖锐的批评来信，《读书》照登。那批评并非没有道理，比如说我以鲁迅的标准要求茅盾，有点刻薄，想起来说得也对。自此以后，在审美的思考上，我便注意不再以唯一的尺子去量历史人物了。

给《读书》的文章，也让我想起诸多的故事。王瑶去世后，关于他的话题变得沉重起来，几年后出版社推出了他的《润华集》。忘记是怎么得到了这本书，读后对于先生的晚年有了许多认识。凭着一点印象，以此为入口，梳理他的学术思想，在我是一次学习的尝试。文章最初的标题是《读〈润华集〉》，吴彬以为不好，改为《拖着历史的长影》刊发出来。

写关于王瑶的随感，其实是为了感激他带来的启示。上大学的时候，王瑶来我们学校做过演讲，后来在鲁迅博物馆工作，有了接触的机会。他很幽默，讲话中没有一般教授的腔调，语态保持了老辈读书人的机敏、随和，一些谈吐带有《世说新语》的味道。他的新文学研究与一般人不同，有史学家与左翼经验为基础，毫无匠气。也就是说，新文学研究，与自己的人生体验有关。但背后有很强烈的学理的支撑。他晚年的思想其实很重要，较之先前是有很大变化的。这变化学界注意得不够，我们在钱理群、赵园的写作中其实看到了王瑶的长长的影子。

《读书》上有许多王瑶弟子的文章，他们的精神逻辑大致是一致的。以钱理群为例，他讨论“五四”以来的文学与思想，顾及不同流派的价值，而自己的兴奋点在鲁迅思想的继承。这个思路也深深影响了我，觉得梳理鲁迅传统需要几代人努力为之。呼应钱理群的有许多人，王乾坤、王晓明的文章似乎也在相近的语境里。大家意识到，要有多学科的交叉才能够搞清楚其间的经纬。

我自己在面对以往的陈迹时，有意回避左翼的词语。这是与钱理群不同的地方，自然也有偏执之语。那时候，喜欢在胡适、知堂的视角回望昨天，所写曹聚仁、刘半农、台静农的文字都留下这样的痕迹。细想起来，只是在知识上丰富了自己，其实未必切中新文学传统本身。这给我很大的困惑。有几篇旧文使我想起一些当年的片段。比如，我对于江绍原先生一直有种神秘感，看周作人的日记，知道他与周氏兄弟关系的密切，是一般人不及的。我与江先生的女儿江小蕙曾经是同事，从小蕙老师那里，看到了鲁迅、周作人、胡适、钱玄同大量的手稿，知道了一点“五四”学人的旧事，尤其是民俗学的建立，江绍原先生可谓功不可没。而鲁迅对于民俗学的理解与推广，不仅给江绍原颇多影响，对于后来文学观念的演进的认识，也可说有推进作用。但这样的描述，对于鲁迅与同代人的关系上仅仅停留在趣味之中，那其实也遗失了思想史重要的元素。

让我惊异的是域外学者的一些思考。过去谈鲁迅的影响力，一般都在本土的语境里。自从日本、韩国的学者的研究成果介绍过来，东亚视角成为一个不能忽略的存在。多年前日本冲绳之行，给我很大的冲击，发现了鲁迅精神在东亚知识界的活的形态。二十世纪八十年代后，我自己喜欢在非左翼的话语里回望历史，但冲绳的文化却告诉我鲁迅的生命力却在那种左翼的反抗精神中。日本知识界喜欢鲁迅，与那思想的反抗性不无关系。而底层读书人在面临苦难的时候，鲁迅遗产给予的支持，是别的传统不易代替的。毋宁说，鲁迅激发了草根左翼的产生。

在冲绳访问的时候，发现实地考察得出的印象，可以修补许多过去的盲点。人活在绝望、不幸的阴影里，才知道阳光的可贵。被战争扭曲的冲绳天空，流散着冤魂的影子。那些反抗美军占领的知识分子从鲁迅那里得到的启示，形成了新的文化意识。在凝视那些人与文字的时候，我才知道了鲁迅的跨国界的影响力是如此之大。

以鲁迅为核心，扩展起来看过去的文化变迁，会发现我们的文化有一个生态系统，但后来的观念对于这些生态的描绘过于泾渭分明，实际上那时候的人与事乃相互交叉的。《读书》本身也包含左右不同思潮，作者群的交叉其实给杂志带来了生气。我过去几十年也关注日本的汉学传统，尤其是现代中国的研究，发现那些研究者虽然有立场，但对于文化生态总体把握时的立体感，这恰是我们要借鉴的态度。我的写作过于缠绕在过去的单一记忆里，好似一直没有走出二十世纪八十年代。得中之失与失中之得，也是摸索中的代价。

鲁迅传统博矣深矣，这些跨出了文学的疆域，在金石、考古、宗教、哲学与东亚近代史诸方面都有很广的话题。我自己只是梳理了其间的部分内容，有些也吸收了同代人的观点。王得后、钱理群、王乾坤、汪晖、王晓明、林贤治、高远东等人的思考，给我带来不少的参照。他们身上的个性之光，也证明了鲁迅之于今人的意义。而《读书》要继承的，也恰恰是这样的传统。

如今谈及这段历史，眼前晃动着无数人影。要感激的人自然很多。学术史与编辑史是不能分开的，几代编辑留下了诸多可以感念的形影，他们的率真、洒脱，让我持续地与杂志保持着友谊。君子之交，乃在望道之乐。因为深知人类认知的有限性，渴念着从精神的小径走向开阔之域，偶有一些荆棘算不了什么，在差异性语境里思考问题，才不至于被历史的循环之影绊住。

至于我自己在《读书》上的文字，不过个人阅读史的痕迹，在那些年月，只是随着同代人一起进行着自我的突围而已。其间的幼稚、彷徨与憧憬，都如影子一样，隐入逝去的昨夜。《读书》创刊的时候，正是思想解放的年代。从禁锢里走出的人，懂得自己要寻找什么。我们这些曾经带着寻路之梦的作者，精神有深浅之别，见识有高下之分。但追赶思想的脚步，是不能停歇下来的。

语言的颜色

一

元旦无事，翻看身边的书籍，有许多是放置多月，竟没有寓目。平时读书功利，多是为教书而抱佛脚，闲书不得一阅。常此自然庸庸碌碌，味寡趣少。见到熟悉的朋友的几册书，好似又一睹面容，却也有了几分陌生感。比如灰娃、郜元宝、李静、刘绪源，大家各在一方，偶尔见面，所谈甚少。彼此的交流，似乎只有印在书里的文字了。

灰娃以诗名世，其诗句不在常理里，却直逼我们世界的晦冥不清之处，真的是别样的声音，响在我们不知道的地方。多年前去京郊看望她和她的先生张仃，难忘的是他们夫妻的谈天。这对从延安走出的艺术家，全无名人气，纯粹得像林中的露水，虽经冷夜而仍闪着暖色。张仃的画，与灰娃的诗，总让人目清气爽，为书林之妙品。他们的心路与别人不同，这不同，才成就了真的文人的道路。

比如颜色吧，我们常人不觉有什么哲学的奥秘，每一种都可以生出妙意。但他们的理解似乎另有着想。日前看到灰娃的回忆录《我额头青枝绿叶》，写到张仃何以选择焦墨山水画的创作，与对颜色的敏感有关。那文章说：

> 张仃是有天赋的。他有一项很特别的情况：颜色或形式过分丑陋，即过分违反美的规律，美的法则，假若一般人见到，即使不喜欢，即使持否定的态度，大都也是理性的反感。然而张仃则感性以致生理反应强烈，神经会受到刺激而剧烈呕吐……导致他极度反感到呕吐，直至反感所有色彩，甚至必须把花色被面翻过去做里子，颜色模糊些。作画也只能用墨，故此画起了纯焦墨山水。

色彩里的学问真的很大。记得在东京看到江户时代的浮世绘，市井里的调子都有讲究，喜色、怒色和平常色都运用恰当，飘逸而无所顾盼矣。李长声《东居闲话》云，浮世绘的颜色开始淡淡的，后来受异域文化影响，变得浓彩大墨，其实有时风的因素无疑。关于色彩，留意民俗和艺术的闲人偶有记述，都很有趣。刚刚问世的《齐如山文集》，煌煌十余卷，在京剧研究里亦有妙笔，谈到京剧舞台的颜色，学识不禁让人生叹，讲到几种红色的隐含则说：

红色者，乃表现男子血性之义。

紫色脸大致亚于红色之意，凡勾紫脸者有时亦可勾红脸。然有血性而较静穆之人。

凡人之血性强而浊者，其脸多黑，其性情多憨直，孔武有力，故戏中勾黑脸之人多系好人。

凡白脸之人，皆含一种凝练阴森之气象，故此种脸亦多表现有心计之人。

这是舞台上的颜色里的哲学，内在的玄机还有不少。齐如山对戏剧的流彩有深意的理解，我们真的佩服。我忽然想起鲁迅作品的底色，大抵以黑色为多。其小说、散文，对街市、水乡、坟茔、古村的描摹，无不肃杀萧条，是地狱般的黯淡。鲁迅喜欢黑色，和但丁、果戈理颇像，他们对鬼魂和幽灵的展示都在没有光明的凄楚之所。这有他们的快感、欣慰无疑，但也淹没了他们的爱意的世界。不过这样的爱意，在他们看来不过一种幻象，人要走向死亡是必然之路，有什么别的新途吗？

贾平凹先生的小说，设色的本领也异乎常人，有着诸多色泽的渲染。他近来的作品也是灰色的成分居多，像是在暮色里飞奔着。《古炉》写山水之色，我们印象不清。而狗尿苔夜间与花鸟对话的场景，真的有另类的意味，是幽魂的闪动。这让我想起艾青《透明的夜》，真的恍若醉汉的梦，无奈和希冀都有，人就那么飞动到神灵里了。

每个人大抵都有亲近的颜色。茅盾灰中带白，汪曾祺清墨点点，而林斤澜则是杂花一片。二十世纪八十年代，王蒙有小说《杂色》，一改红色的图案，边疆雄浑的五颜六色都在自己的调色板里了。印象里的张爱玲，对色彩极为的敏感，她在小说里对服饰的描绘和人的气色的涂抹，个性化而又有刺激的因子在。张爱玲善使冷色，即使快慰的场景，也有灰白幽暗的影子飘动，沉闷得如江南的梅雨，把心情也染湿了。

色，乃精神的皮肤，晒黑者有之，捂白者有之，而故意涂抹的，终于要脱落的。这个意义上说，生命的原色，才有本然的呈现。我们看过了许多耀眼的衣裳从眼前飘过，可是记得的却没有几个。鲁迅的那件长衫，还留在北京的故居里，乃淡青布衣的调子。就像先生的那双眼睛，见过而久久不得忘记。那也是和他的精神个性接近的缘故吧。

二

关于颜色的诸多论述，读者似乎不太理会，小说家却那么敏感，他们的生命感觉，有自己的色谱在，和画家的认知总是有所差异。

其实细说起来，语言也是一种颜色。如果我们从艺术的层面讨论，当不是哗众取宠之论。在好的作家那里我们进入精神的七色世界，也有所收获的。

近来关于它的话题，在文学研究中陆续地出现，不久前收到郜元宝的新著《汉语别史》，翻后惊叹他的卓识，把许多朦胧的东西说清楚了。郜元宝的书谈到了现代史“母语的陷落”，以及“语言体验”诸现象。内中涉及海德格尔、鲁迅、胡适、周作人的写作风格。此书洋洋洒洒，所思甚广，忧思暗流在散淡的语体里。作者看到了晚清知识分子对汉语的普遍不满，书写似乎出了问题。先前语言学家言及类似的话题，因为与创作距离甚远，不被广泛注意到。郜元宝早期研读海德格尔，后来涉猎鲁迅与现代文学史，对白话文的历史有一种自觉的认识。而目光独到之处，也有颠覆的意味在的。

郜元宝一再强调海德格尔对语言的荒芜的警告，其实看到了表达与存在之间复杂的关系。现代的表达与世间的隐秘的关系疏离了，或者说开始渐渐无缘化：

> 海德格尔反复批评人以自己的“讲”掩盖和遗忘了存在的“说”，不啻暗示人们以狂妄到不愿病也因此不能从根基处追随神所赐予的语言据为己有，以为语言乃自己的发明创造，人在说着语言的时候很难听得见语言自己的“说”。人的“讲”疏远了“讲”赖以成为可能的语言之“说”，这样说着语言的人就被本质的语言所抛弃，处在语言的破碎处，“无家可归”了。

我们反观“五四”白话文的出现，其实就是在表达出现问题的时候的一个事件。文言文被日趋老化、道德化，与智慧真的远了。晚清的文人，文章多在套路里，梁启超、章太炎的著述问世，才有了率真者的声音。不过，到了一九一七年前后，老式文章还是太多，精神的出新真的成了问题。胡适、陈独秀欲寻找新的书写方式，也是新梦的找寻，文章对新语体的渴念都非旧式文人可以理解的。

早期的白话文，今天看了都有另种感觉，那是刚从文言文里脱落的毛手毛脚的形态。然而有生机，带热力，是蓬勃的朝日。比如，胡适的《尝试集》，完全没有士大夫的那些因素，精神是放逐的。废名看到这些新体诗，颇为欣喜，在关于新诗的讲义里说了颇多的好话。我起初不喜欢《尝试集》，原因是浅白如水，少的恰是回味无穷的味道。但废名的话，也纠正了我的偏见，一种不同的视觉语言，对古老的积习深重的民族来说，也未尝不是一种拯救。

周氏兄弟在白话文运动初期，对书写的理解总有不同的地方。他们赞赏白话文的诞生，可是心绪里纠葛的哲思的存在，竟没有歇息过。较之于胡适的浅白、陈独秀的透明，周氏兄弟则有着不明确的盘绕。那原因是觉得事物的存在并非逻辑所展示的样子，没有修饰和婉转的思考，与实质总是远的。白话也非常人以为的白若开水的存在，它也承载着一个梦想，可以游乎江河，探乎海底，乃自由之体。既然讲个体的生命的自由，那么语言也有私密的因素，未必通俗即好。不过那时候的白话文作家多有梦想，还要启蒙和走路，那就不得不与大众接近，去掉书斋里的氛围。语言后来在大众的路上走，也是历史波光的一丝闪耀。

新文化运动之后，关于语言的争论，从未停止过。口语化、平民化、大众化，像流水般地冲击着文坛。但那时候书斋里的文人，也偏有顽固的群落。比如，张爱玲、钱锺书。张爱玲的行文是晚清的暮风，苍冷里是秋夜之月的余晖，流泻在记忆之所。那完全是个体生命的玩味，也带着打量他人的不动声色的嘲讽。她很少微笑，却把看客式的写生留给世人，并不劝诫，亦非布道，只留下客观的镜子照着世人。很像《红楼梦》里的预言，在词语间，已将谶语涂抹在天幕上，表达的深处，分明有释迦牟尼那样的幽婉了。

钱锺书和张爱玲不同的地方，乃有世界的眼光。自《围城》始，语言就与世风不同，介于口语和翻译体之间，而深处则是宋元的白话的味道。他的旧诗甚好，鉴赏的眼光岂是常人可比？到了《七缀集》《管锥编》，已洋洋兮有江海的气魄了。他说："东海西海，心理攸同；南学北学，道术未裂。"都是打通世界语言壁垒的渴望。而《管锥编》的世界，其实已真的如此了。

郜元宝论述近代以来语言的变迁，看到了文体试验的诸种可能带来的挑战。而从这个角度进入文学史，我们可能看见的是更为深广的东西。他感叹，研究文学史而忽略语言的实验，我们可能遇见更困难的问题。当时光流走后，我们看见的不再是涌动的人群，血腥的蒸汽，而只是那些七歪八扭的文字。那些曾有过热度的词语，排列着思想的躯壳，遗憾与骄傲的存在依然清晰可辨，而当年以简单粗暴的语言阐释的宏论，有许多像崩塌的雪川，纷纷下落，已不成样子了。

现在看来，语言缺乏色彩的时代，真的是无趣的年代。从那样的时代走过来的，要么无智，要么以别样的词语自娱地活下来。语言不但是一种表达，其实也是一种存在。不会言说的时候，存在也就终结了。

三

二〇一一年底，木心老人去世。我和陈丹青、岳建一、李静去乌镇，为这位老人送行。去的路上，翻看着木心的书，惊叹着他的修辞的本领。默默吟诵着他的诗句，对他心存着感激。这个在语言上颇有天赋的老人，一生所耕耘者，是另一种绿色。理论家没有顾及的地方，他早已开垦多遍，且有繁茂之姿在，我们看了，真的佩服。

李静在《捕风记》里讲到了木心的美学价值，看后很有感触。她说"木心通过意象、意义、声音的或突兀、或对立、或跳跃、或超现实的组合，把汉语的诗性爆发力和意义涵容量推到了顶点"。木心是我们这个时代的另一个世界的人。他笔端所至，把思想幽深到玄学层面。这个通画、懂诗的人，五十五岁在纽约独居，写下大量的诗文。七十九岁的时候，回国定居，才因陈丹青的介绍而被人所知。他的被推崇，和那语言的悄悄革命多少有关。

关于他的作品，我曾说，乃一个异端所在。他对词语绝不糊弄，像对上帝一般虔诚。白话文亦可经修饰而美丽，不都该食之无味。他是修辞家。部分来自曹雪芹的暗示，部分是鲁迅的启发。陀思妥耶夫斯基、纪德、波德莱尔、兰波都影响过他。他在简短的句子里有无数意象的出现，色泽呢，也纷纷如林中的花瓣飘落。他的许多话，我都喜欢：

> 现代之前，思无邪；现代，思有邪；后现代，邪无思。
>
> 生命树渐渐灰色，哲学次地绿了。
>
> 地图是方的，历史是长的，艺术是尖的。
>
> 无知之为无知，在其不知有知之所以有知。
>
> 平民文化一平下去就再也起不来了。

木心的绘画，不是士大夫的，也和二十世纪上半叶的前卫派不同。他对音乐的理解，是神语世界的流盼，我们俗人不懂。他对汉字，真的惜字如金。还带着圣徒般的虔诚，他的文章都短，短到吝啬的程度。

这是一种敬畏，语言如果像钞票一般被摸来摸去，就污染了。木心心里的文字，可以通神语，近天音，得地魂。比如，他作《诗经演》，乃用先秦文体，那些休眠的文体竟神奇地复活了。诗的风格与古人颇似，却另有用心。写人心柔美之处，精致而不乏幽情，混成于天地之间。李春阳写木心语言的功德叹道：

> 《诗经演》的百般化变，即在出乎语言“内部”，泛滥而知停蓄，慎严而能放胆，擒纵取剔，精玩字词，神乎其技，而竟无伤，俨然一场纵意迷失于汉字字义、字形。字音的纷繁演义，也是一部赏玩修辞与修辞之美的诗章。近乎文字考古学的能量，《诗经演》为现代汉语实施了一

场尚待深究的试验，也因此明证诗的语言何以不朽。

当代作家悄悄进行着语言变革的试验，并不被主流媒体所关注。日益泛滥的俗语与滥调在报刊网络肆虐，读者久矣不见妙文佳作。这样的尝试，在贾平凹、王安忆那里有，在黄裳、陈丹青那里也在。作家多如牛毛，而文体家寥寥无几，此亦鲁迅、张爱玲、木心珍贵之处。每个时代在文体上给我们惊异者，真的不多。我们这些俗人只能分享消费汉语，却不能使之增长泛绿，那只能徒作赏析之状，永不得创造之快慰也。

四

百年间语体的试验，成之者有之，败之者亦有之。文坛的语言何以有此变化，真的颇值思量。姚丹新出版的《革命中国的通俗表征与主体建构》似乎在解释这个难题。作者以《智取威虎山》的出版为例，从“五四”白话文和大众语说起，刺痛了我们读者的神经。

姚丹所描述的革命文学的写作，是“五四”白话文的另一种延续。革命文学不是自然产生的，托洛茨基曾对此有所警觉。新生的俄国文学，就是从托尔斯泰、屠格涅夫的传统里流出来的。那些同路人作家的感觉，后来多受诟病。那原因自然不是进步的文学。后来高尔基、法捷耶夫、巴别尔等人的努力，苏联文学才有了点样子，那是后话。

中国的革命文学是知识分子与大众合作的产物，或者说，乃读书人根据信仰和工农作者间的一次交汇。曲波最初的作品受到旧小说的影响，《智取威虎山》乃古老传奇的现代版。语言呢，是口语者居多。编辑根据自己的需要，慢慢改造了小说的文本，革命的传奇语言，就悄悄地诞生在文坛上。

这样的语言，曾深深地影响过我自己。有时候想到遇事时的冲动，就有这的话语的支撑，或者说，那些一元论下的崇高感，也在自己的血液里。不过，书面里的变化，时间很短，二十世纪七十年代末就已经消失，终不敌大众流行语的力量。我自己在那个时候，就断然离开了样板戏时代的阅读习惯。姚丹所说的这样的话语，现在只片刻地驻足在我自己的世界，更多的时候却被革命前的士大夫语言所吸引。我觉得我们的语言的进化，真的漏掉了许多珍贵的遗存。张中行曾警告过这个后果。在他看来，从文言文到白话文，进化里有温和的灯火的闪烁，亦多单调无趣的表达。他忠于“五四”而拒绝后来的大众化语文，都非审美的考虑，也有精神内省的意味在。他与杨沫的恩恩怨怨，也带着话语的冲突。革命与否，也留在不同的语体里了。那些风格完全不同的文字，指示着汉语的不同的命运。

现在的青年，大约不再使用这类的语言。他们觉得与自己的个性很远了。我看到韩寒、郭敬明、张悦然的小说语言，便觉得自己和他们的隔膜。有时想，自己真的垂垂老矣，完全不解那样活泼的话语方式。汉语如果是反智的，仅仅是观念的载体，大概就生病了。

忽想起刘绪源在去年出版的《今文渊源》，讨论的就是汉语的内在性问题。作者写此书，对周氏兄弟、胡适用情很深，以为真的、美的汉语，是这类人继承和发扬光大的。刘绪源既欣赏“一清如水”的胡适的文字，也感慨于“鲁迅风”的妙处。并以为后来的白话文色彩减少，走了“赋得”的路，便不足为观了。《今文渊源》考竟源流，对汉语的机智、美丽的一面颇有心得，亦看重钱锺书、梁实秋、知堂、李泽厚的文字，对汉语书写的理解，有自己特别的体味。看他和几位学人的文章，才知道今天的学人对流行的语言的不满，已非一天半日了。

读别人写的书，真的是照镜子，看到了诸多道理。这个世界的颜色总难一致，大家各有各的天地。我们的生活，也因此生动起来。上述的书，都印得不多，看的人也多是小众。年轻时以为流行的书，大概才是好书。近年华发渐生，走了许多弯路，才悟出一点道理，好的书大多是寂寞的。我们今天的色调大约还是单一者多，故偶读与世风不同的书，才像吸到湿地的风，爽而欣然，庶几不被干燥之气所扰。那也是一种缘分，这种缘分，也非时时可以遇到。

谈方鸿渐

小说里的人物若是被人们在日常生活里提及，那总是可以说一种标本的。北京人在胡同里聊天，看到憨态可掬又清苦的人会想起老舍笔下的祥子。至于虎妞、刘麻子，偶也被什么人与一些形象对号的。这是市井里的事了，可以暂时不提。如到高校与科研院所走走则常会听到阿 Q 之类的讽喻之词，人们彼此嘲笑，引用旧典，可谓一种景观。近来阿 Q 的运气不好，不太被人关注。钱锺书笔下的方鸿渐，却大走红运，偶在报上看到教授学者们揭露各自的家私，知道学界也渐渐染有官气、商道之气。伪饰一天天加多，而性灵日见萎缩，大大小小的方鸿渐在此混日，已将“净土”添置了诸多风景了。

谈方鸿渐是冒险的事情，谁敢说我们自己不就是这个人物呢？我曾细想过他的性格，却一两句话说不清，文人的旧习与毛病，他都有一些，只不过略显普通罢了。钱锺书写这个人，没有特别的身份，故事也平平常常，不过是恋爱、教书、失业之类的情节，普通得不能再普通。我看这一本书，对这个人物恨不起来，倒多了几分同情，觉得最可怜的文人，是某一群落的代表，至今仍不失一种意义。中国的读书人，能跳出凡俗，得通天之眼的不多，在红尘里跌跌撞撞倒是寻常之事。钱锺书看到了这一点，且为其中的人物画像，也就让人有了共鸣的地方。

晚清过后，留洋的人渐多，知识群落发生了很大的变化。举其要者，一是境界大开，有了像王国维、鲁迅这类博通古今的人物；二是诸种思潮涌来，出现了像陈独秀、胡适这样的精神界的斗士；三是科学家诞生了，诸如李四光、詹天佑式的学人光彩照人。钱锺书对上述诸人不感兴趣，也很少著文谈及于此。他是个很苛刻之人，狂傲的地方殊多，在学术随笔与小说中批评过许多名流，挖苦之语常可看到。钱氏眼里，都是些精神不得圆通之人，人间万事，荒谬连着荒谬，有什么神圣的东西可言呢？所以他叙述故事时，总喜欢用反讽之语，奚落一下人与事，幽默之中还带着冷酷。方鸿渐，就成了作者刻画的玩偶，新式读书人的悲剧就这样缓缓展开了。

方鸿渐初次与读者见面，是在回国的船上。那一幕写得很典雅，略带一点法国人的味道。主人公不是学富五车的游子，不过一个镀过金的凡夫俗子，嘴里可吐出各种高贵的名词，有时不妨也带有哲理的意味，但内心却和国内的浑浑噩噩的大学生，没有什么区别。作者介绍人物的身世时写道：

他是个无用之人，学不了土木工程，在大学里从社会学系转哲学系，最后转入中国文学系毕业。学国文的人出洋“深造”，听来有些滑稽。事实上，唯有学中国文学的人非到外国留学不可。因为一切其他科目像数学、物理、哲学、心理、经济、法律等都是从外国灌输进来的，早已洋气扑鼻；只有国文是国货土产，还需要外国招牌，方可维持地位，正好像中国官吏、商人在本国剥削来的钱要换外汇，才能保持国币的原来价值。

在钱锺书眼里，中国的文人是缺少创造性的。科举时代，大家依附在八股文中；二十世纪初了，要钻洋人的空子，得点洋气，于是名利双全。根底是功利心起作用，超然于象外的自由感，几乎没有。《围城》里的学者，猥琐、虚伪、小气者比比皆是，三间大学中的教员都有点漫画气，学识与做人都让人发笑。方鸿渐混于其中，已经算很不错的人物了。可他对教学、研究都谈不上兴趣，不过混一点日子。他为人比较善良，在利益面前不免虚伪，可又常常有羞惭之感，内心矛盾的地方很多。他的言谈，看似有些学问，但都是些别人的思想，是嚼着别人嚼过的东西，所谓“正确的废话”者正是。比如在与赵辛楣对话时说：

从前愚民政策是不许人民受教育，现代愚民政策是只许人民受某一种教育。不受教育的人，因为不识字，上人的当，受教育的人，因为识了字，上印刷品的当，像你们的报纸宣传品，训练干部讲义之类。

这样的话当不是方鸿渐的发明，我们似乎从某些作家随感中阅读过。有一些话是他刻骨体验的结晶，远远胜于学术垂想。比如与孙柔嘉的那番感慨：

结婚以后，你总发现你娶的不是原来的人，换了另外一个。早知道这样，结婚以前那种追求、恋爱等，全可以省掉。谈恋爱的时候，双方本相全收敛起来，到结婚还没有彼此认清，倒是老式婚姻干脆，索性结婚以前，谁也不认得谁。

方鸿渐在书本中似乎没有学到什么，人生这个课堂，倒让其有了深切的体味。他四处碰壁，不如意的事情总随在身后，一直陷在悖论里。失恋、失业、失宠等，像魔鬼般纠缠着他。作者写这个人物，将其视为社会的被动的求生者，殉道感、使命感是不存在的。“五四”后的读书人，有一些是不安于现状，要改变命运的。还有一类人在灰暗里痛不欲生，陷入黑暗的大泽，如鲁迅笔下的魏连殳等。那结局一是去流血争斗，一是绝望的死。方鸿渐做不了革命者，不说对社会主义学说知之甚少，像无政府主义这类的思潮，也难以唤起他的激情吧。他全凭命运之舟的漂泊，寄生于知识界，本质上还是个旧文人。我们在《儒林外史》这样的书中，不是常常可以看到这些吗？《围城》让我们看到了旧式文人的一种灰暗之影。钱氏是要在今人的血肉里，找古老的遗传。他用了诙谐、冷暗的笔，画出了人类中“具有无毛两足动物的基本根性”。在意识形态复杂的年月里，能诞生一种非阶级意识的文人生活文本，是有趣的。钱氏在有意无意之间，超越了一个时代。

人们佩服钱锺书的，大概主要是他的学问，小说还是其次。钱氏写小说，不过是业余的游戏，并不那么一本正经。我觉得他小说的嘲弄口吻，和学术意识有关，对人间万物有一种戏谑的态度。中国文人的悲剧是易成为一种精神的奴隶，不知道人是在悖谬之中。社会像一个巨大的网，先前的信念、教义讲的是必然的与可然的东西。而生活却往往不能以逻辑入手，用先验之尺是量不出所以然的。《围城》里的故事，是对人类的一个嘲讽，一切神圣的字眼都被颠覆了。世间有纯情的存在吗？你努力了半天的东西，其实并不属于你，可一旦庄严的存在到来，却发现那里处处是陷阱。不知道这一现象在哲学上被怎样解析，钱锺书在幕后以超然之笔，讥刺着熟悉的群落，其实是将生活漫画化了，也玄学化了。

方鸿渐的可悲在于对一切的无法预料。爱情、学业、婚姻、职业都以非常规的方式与其纠葛，原来自己是在一片迷津之中。苏小姐那么追求他，却对其没有感觉；心里暗恋的是唐小姐，最终又被这个漂亮的姑娘抛弃。他初次与孙小姐见面，并无任何感觉，共事许久亦无恋意。但后来却与这位平平常常的小姐结婚。作者写方鸿渐的情感生活，好似故意用了恶毒之笔，偏偏不给留下一点诗意。全书苛刻之笔四溅，连一点柔情都没有。小说结尾中对方家的大家族生活的描述，通篇恶气，人的自私、阴毒、冷漠，让人喘不过气来。方鸿渐永无快乐之日，那是必然的。

钱锺书嘲笑文人把无聊当成事业，欺骗了别人，也自戕了自己。他眼里的文人不值什么，在描写汪处厚时，有这样一段自白：

> 文人最喜欢有人死，可以有题目做哀悼的文章。棺材店和殡仪馆只做新死人的生意，文人会向一年、几年、几十年，甚至几百年的陈死人身上发生。“周年逝世纪念”和“三百年祭”，一样的好题目。死掉太太——或者死掉丈夫，因为有女作家——这题目尤其好；旁人尽管有文才，太太或丈夫只是你的，这是注册专利的题目。

类似的话，在《围城》里比比皆是，有诸多的笑料。谈到教授生涯时，也不忘对那些学人大加鞭笞，揭露其中的丑态。钱锺书好像学会了古希腊辩士的手段，专去剜别人的伤疤，不留一点情面。大学教授在其笔下像一个个小丑，做的不过骗人的把戏。例如，写方鸿渐的教授生活，如此下笔：

> 有人肯这样提拔，还不自振作，那真是弃物了。所以鸿渐预备功课，特别加料，渐渐做“名教授”的好梦。得学位是把论文哄过自己的先生；教书是把讲义哄过自

> 己的学生。鸿渐当年没哄过先生，所以未得学位，现在要哄学生，不免欠缺依傍。教授成为名教授，也有两个阶段：第一是讲义当著作，第二著作当讲义。好比初学的理发匠先把傻子和穷人的头作为练习本领的试验品，所以讲义在课堂上试用没出乱子，就作为著作出版；出版以后，当然是指定教本。鸿渐既然格外卖力，不免也起名利双收的妄想。

《围城》里的学者没有像样子的，大家都是混混，本没什么崇高可言。方鸿渐一面知道大家在骗，一面又相信骗的合理性，自己骗人，也被别人骗，掉到了连环网中。大学应是美好的，去混一混吧，不料都是暗礁，碰得遍体是伤。婚姻是美好的，结为家庭是一个归宿，结果呢，冲突连着冲突，爱不过是个幻影。看过了《围城》，我的印象是，作者是个少信多疑的人，性情中冷的气味胜于暖意。他处处看出人的可笑，如同吴敬梓《儒林外史》的儒生，做的都是荒唐的事情。杨绛说钱锺书写此书，表现了一股“痴气”，何为“痴气”？不太好解，我倒感到了一种“傲气”，说它“傲”，乃是消解了周围的环境，将一切归于虚幻，人的一点点美的灵光也驱走了。小说诞生于二十世纪四十年代，正是动乱年月，钱氏自谓是“忧世伤生”之时。可他将自己的痛感隐得很深，看不到抑郁的形影。相反却制造出了那么多光怪陆离的存在物，嬉笑怒骂，被空幻之影代替，要走进作者的世界，是要花一些力气的。

每读钱锺书的文字，深觉风骨之高。他读书丰厚，能及其博杂者不多，于札记中能看出不凡的境界。读人也目光深切，看法有别于一般文人。作者挑剔古人，毫不温暾，许多名人被其拉下马来，露出本来面目。写到同代人的生活，也入木三分，把书中的戾气也用于察人之道了。本来，他是书斋中人，对尘世了解殊少。可尖刻与深邃绝不亚于阅世深者。这个现象很有意思，吴忠匡在《记钱锺书先生》中这样写道：

> 至于在为人处世方面，他却极其单纯，像水晶球似的远近自然，外内如一。这可是人们所万难想象的。在他身上既充溢着敏锐的智力和活活泼泼的想象力，他的思考风格又是独一无二而且十分惊人。然而在书本以外的日常生活领域，却表现出缺乏一般的常识，极其天真。常常在非常简单的日常生活小事之中，会闹出一些超乎常情的笑话，人们嘲笑他的书生气。譬如他每次上街走着走着就迷失了方向，找不回自己的宿舍了。他也不会买东西，买了贵东西，还以为便宜。可他从不甘心承认自己的书生气，他常辩说自己最通晓世上的人情和世故，说自己从书本中早已经省识了人生和社会上的形形色色。事实也许真是这样，他在小说《围城》中对人物和生活的惟妙惟肖的刻画，不是最好的例证吗？

不谙于生活细节的人，却能写出楚楚动人的生活画面，那是要有一番智慧的。钱氏写方鸿渐这类人得心应手，很像手中的玩偶，任其左右。他还写过一篇小说《上帝的梦》，也嬉笑怒骂，把那一尊伟岸的神像也血肉丰富起来，烦恼与苦楚也描摹出来了。钱氏写人大多基于想象。《围城》里多的是对话，对场景、衣食住行的细节往往忽略不计。方鸿渐之于他，不过自己周围文人的缩影，绝没特地标含什么深层的思想意义。他的好友赵辛楣有一句话说出了他们彼此的尴尬："我觉得谁都可怜，汪处厚也可怜，孙小姐可怜，你也可怜。"此话似乎可以作为《围城》的注释，钱氏文字背后的叹息，我们于此是可以感受一二的。

钱锺书是狡黠的，他的悲苦含而不露，用了大量的诙谐、滑稽笔触，打破文人头上神圣的灵光，先前人们追求的永恒与必然，在贬损式的词句里被颠覆了。博纳文图拉在《夜巡记》中有一句话，写出了诙谐的意味，巴赫金在《拉伯雷研究》一书中专门引用了它：

> 世界上还有什么比诙谐更强大的手段能对抗世界和命运的一切嘲弄！面对这副讽刺的假面，最强大的敌人也会感到恐惧，如果我敢讥笑不幸，不幸也得向我低头！这个地球和它那多情的伴侣月亮一起，除了讥笑，鬼知道还值些什么！

当钱氏冷酷地挖苦笔下的人物时，他内心的快感，是得到了升华的。他不屑于在文本中捶胸顿足，谁说那样不有一点傻气呢？于是以嘲弄的笔法戏弄着高贵、神圣。方鸿渐不过是芸芸众生中的一个粒子，人的有限性和不可理喻性皆备于其身。人注定要失败于周围的世界之中，学问、事业、家庭，不过暂瞬的存在，一切均将隐于灰暗之中。我由此想起作者的晚年，拒绝一切外界的诱惑，那是免于被看、被笑的逃避吧？人一表演，上帝就发笑，似乎是这样的。方鸿渐平平常常的日子，都如此被人讥损，何况是更耀眼的人物呢？钱锺书笑过上帝，笑过文人，自然也笑过自己。其实在《围城》之中，也是可找到作者的一点影子的。

王小波二十年祭

和朋友们谈起王小波的时候，偶有一些争议，主要是对其在文学史的地位的理解存有差异。我自己对于他的认识有个变化的过程，这也许与知识兴趣转移有关。不过我觉得，有时候主观的印象，不及数据说明问题，比如我所在的学校图书馆每年都有借阅图书排行榜，在文学类图书前十名里，一定有王小波的作品，有时候甚至排名在前三名。这些年，每每有同学讲起王小波都眉飞色舞，而写他的硕士论文与博士论文者，也多了起来。读者的目光是一支笔，已把他写到了民间版的文学史的深处。

当一个人的文本被一遍遍阅读，且总在延伸相关话题的时候，那意味着我们遇到了涌泉。许多作家在世的时候，文本就变成了死水，不再有流动的生气。而王小波的词语之波总在冲刷着读者，在他面前的我们感到了自己的干枯。今天那么多的作家文本与世间痛痒无关，但王小波带出了罕有的情思，在那文本里有着我们觅而不见的智慧，那些自嘲、戏谑的词语，忽地使我们意识到自己还是不会飞动的笼中之人。

阅读王小波的时候，我们常常要笑起来，他那么漫不经心，却又沉浸在思维的愉悦之中，谈笑间一面面老朽的山墙轰然坍塌，我们因之而瞭望到屋外的风景。他不在酱缸文化里纠缠着恩怨情仇，而在告诉我们可以到另个开阔而朗然的地方。不需要虚伪的词语，远离功利之途，在弯曲的野径通往的是自然而又智性的世界。

《黄金时代》中的王二、陈清扬已经成为深刻于人心的人物，他们在一个荒诞的岁月以更荒诞的方式回应着一切。这些在预设的意义轨道之外的陈年往事，竟然获得消解无聊时光的意义。小说的叙事方式异于我们的浏览习惯，作者在情节的安排和表述里，融进许多逻辑的因素，缠绕间亵渎了世间的伪善。只有经历了对于传统小说的消毒之后，才能够注意起它的好来，奚落和自嘲的句子，把我们从空幻的话语中拽出，进入了另一天地。他的表达方式属于异类的一种，“五四”后很少见过类似的模式。我们有过感伤绝望的文本和反抗的文本，后来不幸在本质主义中变成教条。《黄金时代》的叙述完全阴阳颠倒，他在近于玩笑的笔触下描述曾经的经历，把一个神圣的话语颠覆掉了。而且在慢慢适应他的词章之后，没有猥亵的感觉，反而生出一种自省的庄严，原来我们以往的许多书写显得那么虚假。这种反本质主义的样子，恢复了我们写作中的某些元气。

有意思的是，王小波在感性的表达里，一直被一种逻辑的力量控制着。我们看出他分析人物心理与社会生活的能力。他的许多作品暗示人们的是，大家一致认为存在的东西，可能并无形影，而沉默的什物，却并非毫无价值。作者以诙谐的口吻叙述那个怪异里的人与事，逻辑的运用自然，但这逻辑并不枯燥，因了滑稽的介入，变得生动起来。我们在他笔下的诸多的故事里，没有一丝邪恶的感觉，反倒看到了对于虚无的冲击。这个有趣的作家以人的身体经验抗拒伪道学的遗风，那些被凝固化的词语被他一点点溶解了。

他的许多小说都和我们的传统有别，想象的奇异似乎也破坏了作品的某些结构。但那些不同于常人习惯的书写给我们以纠错的喜悦，读者从超乎日常而古灵精怪的情节里看出了人性的另一面，而传统小说没能全部领会这些藏于深处的因子。对于读者而言，这不能不说是一种神奇的引领，我们由此看到了现代审美意识的变异之趣。

在许多作品里，他嘲弄了假正经的文化里的各种病因，且以诙谐的调子摧毁了我们头脑深处的思想河床。他吹动的恶音时常缭绕在文本的缝隙，但也因之把我们从妄念中唤出，意识到自己在一片雾霭之中。世人以为的绿色在他那里是昏暗的，而恰是这样的差异，那些被遮蔽的本然才有了意义还原。我们在他朗然的笑声里流出了眼泪，悲悼着失去的青春的同时，也悲悼着那些熟悉的言语。假如不放弃那样的言语，我们的艺术思维，将永远处在混沌的世界里。

王小波的美学思想是值得我们细细打量的遗产。他认为写作的不幸是无趣，那些装模做样的文章，其实是无智的表现。作家、艺术家不是依附于什么，布道的话语反生伪善，超越旧有的经验方有意义。这位狂狷的作家对于写作者的期待是对于读者的冒犯，以异样的笔触引人到未有的风景里，从而试炼人的灵魂。所以，他的作品让麻木于道学的读者感到不适，阿 Q 式的幽魂受到嘲笑。能够看到，他处处远离幽闭性的艺术，在文学世界，主张写作应飞离地面，把人从世俗社会引向高远之所。我们看他点评现代以来的作家，视角每每与世人反对。他觉得张爱玲囿于屋檐下的恩怨，有一种窒息的感觉弥散。而杜拉斯、卡尔维诺、奥威尔则让他有着兴奋之感，因为作者谙熟世俗，又能够超越世俗，这恰是中国文学未能发展的一面。他把理性的资源和诗意的资源结合起来，便有了异于感伤主义和本质主义的歌咏。

于是我们在其身上看到两种元素，一是夸张的奚落，一是恶搞的明辨。他清楚于两者的价值，也把自己置身于这两种相反的维度中。典型的例子是《红拂夜奔》，小说跨越当下与古代，隋唐之人与当下之物往返在一个时空，今人之思、古人之迹浑然一体。他借着李靖、红拂、虬髯公、王二，嘲笑了古老帝都里的精神秩序，荣辱恩怨、生死之辨、苦乐之音，被狂欢的笔致所点染，那些被道学家叙述的伪态的历史，被不雅驯的文字亵渎了。小说写那些陈年往事，都在诙谐的调子里，邪恶被渐渐还原，爱意却隐于深处，一面是对故事的拆解式的叙述，一面是超逻辑的辨析。妄想、诡辩、呓语联翩而至，像是中国版的《巨人传》，演绎的是对于人的记忆的另类新解。

这种跨文体、跨疆域的书写，模糊了小说与哲学的界限，诗歌与逻辑的界限，乃至美与丑的界限。世间的颜色被重新定义，而认知的过程也翻转了。鲁迅当年在《故事新编》有过这样的尝试，重新叙述历史的时候，今人的智性照亮了历史的暗区。王小波也是照亮历史的暗区的人物，他的放诞、潇洒、毫无疆界的放肆，给僵硬的汉语表述，注入了鲜活的血液。

认真分析他的作品会发现，王小波的特殊性在于拥有属于自己的词章。他自幼在一个读书的环境，青年时期便对于数学和逻辑学别有领会。二十世纪八十年代后，思想解放冲击着世人，而作家的语言还残留着某些旧的积习。他对同代许多人的文字并不认同。比如阿城的小说征服了许多读者，他却以为是明清官话，现代性不够。张承志的悲壮叙述，在他眼里易导致个人崇拜。王朔的新式京白自然有其价值，但他如果不自我控制可能失去力量。他欣赏的语言既非士大夫的，也非小布尔乔亚式的。他礼赞傅雷、穆旦、王道乾的表达，觉得那种语言是有质感的，中文的特长与西语的意象深藏其间，就有一种现代意味了。

这种对于表达的自觉，看得出他的敏锐、聪慧。但他可能也忽略了汪曾祺、阿城、张承志等人的另一种价值。因为他们的词语也是对于世俗表达的一种逆行，且呼应了另一种有意味的传统。与回到明清的话语方式不同的是，王小波更认可的是“五四”后有创造性的新话语，他觉得翻译家的实践可能更有意义。这种语言实验绕过了陈腐、肉麻的暗区，直抵精神明快之所。所以我们看他的行文，笑对着苦楚之地，朗然于天地之间，随性指点，坦然舒张，洋洋兮有江海之气。

他其实读过许多古文，并非不知道转化地运用它们的价值。在给刘晓阳的信里，偶然有明清尺牍的调子，但在小说里，却警惕这样的语言，尤其在杂文中，均以口语为主，加之哲学式的论辩，八股气与市井的意味远离于他，形成的是另一番韵致。他的文本有着逆常态里的灼识，反雅化中的洁白，往往指东说西，以玩笑式的口气开笔，却升华为一个严肃的主题。而思维方式与词语组合方式，外在于我们流行的话语，那些没有价值的逻辑在他那里获得了新意。我们今天能够以此种方式思考问题的人，并不很多。

如果不读王小波，我们可能不会体味到二十世纪九十年代文坛新的裂变过程。王小波的写作，在自己身上终结了二十世纪八十年代形成的那种悲楚的、倾诉的模式，代之而来的是罗素式的聪慧和卡尔维诺式的放达。远离苏俄式的叙述逻辑也开始出现，这恰恰是“五四”那代人没能够生长的部分，王小波竟以超常的魔力，完成了审美意识的一次转型。

他的许多作品在今天之所以被人们一直阅读，乃是因为它们有凡人少见的精神漫游和想象力，他东游西走，笑傲江湖，把不可能变为了可能。在桀骜不驯的飞驰里，也有温情的缭绕、放逐的快慰一点点袭来，一点自恋的影子也不曾看到。小说里埋伏了许多意象，以超俗的笔法置人于惊险之处，随后便是开阔的精神原野。这些在卡尔维诺、尤瑟纳尔那里才有的奇思，被他转化成中国人的语境。《黄金时代》《万寿寺》《白银时代》的诡异和雄广之气，撕裂了封闭语境里的诗学，无意间也暗袭了拉伯雷的传统。

我们不妨说，王小波是一面镜子，照出世间的种种傻相。想起来我和王小波算是同代人，但知识结构和审美方式迥然不同。他几乎没有受到苏俄文学不好的因素的影响，精神的底色在英国经验主义和“五四”的个人主义传统里。我最初看到他的文章没有什么感觉，以为还是滑稽的因素过多，议论问题没有沉重感和悲剧意味。但后来发现，这是他的一大优长。当我们还在托尔斯泰式的文学意象里徘徊的时候，他却贡献了斯拉夫艺术之外的明快、幽默、智性的东西。而这，恰是百年间文学里最为稀少的存在。我们身上的迂腐和陈旧之气，在他的面前显得何等可笑。

应当感谢历史给了我们文化一种变调的机会——它来自另类知识结构的接入。倘若我们了解他的精神背景，许多疑团便会悄然冰释。多年前我和几个朋友策划了王小波的生平展，在整理他的藏书和遗物的时候，感到了他知识结构的特别。他的知识系统和同代人多有不同，数理逻辑、科学主义和反本质主义诗学交相辉映。我们的文学家很少有自然科学的训练，对于事物的认识也缺少数理逻辑的支撑。这些因素一旦进入诗意的表达，便造成一种新颖的态势，我们的感知世界与认知世界的方式也就变化了。王小波的可贵在于看到了我们习而不察的存在，那些沉默的大多数内心的感言，被其以逻辑的力量一一勾勒出来，学识里裹着野性之力四处蔓延，我们听得到他的心音的跳动。那是民间知识人最为动人的歌咏，人们聆听它的时候，才感到了什么叫作思维的快乐与创造的快乐。

这快乐也往往引我们躬身自问，我们的文明真的过于古老了，要有新风的吹来和异样的诗意的推送，难之又难。在那些诗文的传统中多韩愈、朱熹的元素，不易诞生拉伯雷、奥威尔式的人物。细数以往，蒲松龄之舞，鲁迅之吟，已经算是奇迹，而王小波则完成了另一种可能——这个时代的异类从没有笑料的地方，从颠踬的曲径间突然走来。那么漫不经心，那么滑稽可爱，以他的明晰之眼和慧能，醒世人于昏梦，引热浪于寒中。中国文学因了他的存在，多了值得夸耀的姿色。

二十年前，王小波离世的时候，读者推动了悼念的热潮，这在百年文学史里算是奇观。当代作家身后寂寞者多多，获得长久声望者，唯二三子而已。他的思想的辐射力，在今天不是减弱了，而是越发显出深切性来。我们现在纪念他，不仅仅因了他的可爱，还因了我们的没有成长的困窘。这是不幸中之幸，也是幸中之不幸，文学的风景，从来以惊异于俗风的方式出世，鲁迅如此，汪曾祺如此，王小波亦复如此。珍惜这份遗产，乃我们活着的人的责任。

远去的群落

多年前，一位日本汉学家和我谈起《今天》的往事，因为了解有限，竟不知道和他交流些什么。围绕《今天》的那几位作家是有分量的。北岛、芒克、史铁生、阿城至今仍拥有很多的读者。在我过去的印象里，这几个人一直是孤零零的、独立的存在，未料到彼此间有那么深的同人之情。他们的文本背后，其实有着许多故事，有的内涵之深，甚至超过了作品本身。这是在读到徐晓的《半生为人》后才知道的。较之于其他时期的同人期刊，《今天》那些编者与作者组成的景观，在思想史上的意义毫不逊色。徐晓提供的史料，大概会使那些悲观于当代文学史的人，发生一种观念性的变化。

北岛那一代人在如今文坛的影响力渐渐弱化，一些青年诗人甚至连提都不愿提及了。我前几年读他在国外写下的文字，印象是已与国人有了隔膜，彼此关心的话题不同了。北岛曾不满意于自己二十世纪七十年代的作品，以为过于道德化。但在我看来，恰恰是那个时代的文字，融进了一代人寻路的苦楚，至今依然散着特有的光泽。有一个时期，偶看到他和芒克等人的诗集的再版，在字里行间，依然能嗅出迷人的气息，于是叹道：在远逝的韶光里，那些温暖过无数人的精神存在，今天还闪着生命的火，这是别一类作家所不及的吧。

《今天》问世于一九七八年，那时候我正在大连的一所师范学校读书，偶从友人那里看到传抄出来的诗，很是惊讶。此前我已有了多年写诗的历史，自从看到了北岛等人的作品，便洗手不干了。我知道那才是真正的诗，而自己以前弄的那些，不过口号而已。《今天》的油印刊本，我一直没有见过，许多文字是从别的杂志转载里看到的。北岛、芒克的诗在什么地方有一点“七月派”的痕迹，我觉得阿垅、绿原、曾卓的创作就已有了类似的意象。不过《今天》的诗人不同于前人的是，文字没有多少唯美的东西，每一首诗都仿佛久久压抑在地底的岩浆，突然地喷射出来，滚动着巨大的热浪。北岛的《回答》《宣言》《船票》等，有久浸黑暗的悸动，幽愤是深广的。我相信作者的精神准备远无穆旦那一代诗人充实，充其量不过俄法的诗歌译本与现实经验的暗示，然而那些词语却能将一代人的血腥和苦梦，袒露在平庸的天地间。那几个人的短作都非一般的咏叹，有的表述类似于鲁迅的《野草》，委曲婉转，一些思想甚至于淹没在模糊的旋律里。曾经被直白、无趣地书写的文体，现在被一种不可名状的、暗语式的反讽、内省的句式代替了。北岛有一点玄言味，江河是夜的旷野般的深奥，芒克像幽暗的煤，随时能发出光明来。“《今天》派”诗人没有颓废的声音，他们将苦难踩在了脚下，头上是高高的太阳。那一群人与那个时代的文人比是超前的，每一个人都辐射着更为个性化的东西。舒婷曾谈到最初读到北岛的诗，“不啻受到一次八级地震”。她形容那时的感受是“就好像在天井里托儿所生长的桂树，从一棵飞来的风信子，领悟到世界的广阔，联想到草坪和绿洲”。那本杂志吸纳了当时文学的许多精华，一时间一些重要的作品，都在《今天》登台了。食指、舒婷、阿城、史铁生、杨炼、严力都推出了自己的心灵之作。白洋淀诗派、北京知青的手抄本，以不同的姿态闪现着自己的智慧。在漫长的十年中，当时的报刊几乎看不到什么像样的作品，然而北岛们却在灰暗中慢慢生长了。那时候的青年在默默地读普希金、萨特的汉译本，还有苏联的非主流艺术。这些奇异的思想在民间暗暗地扩散着，成了精神的底色。在多多、芒克、江河的文字里，可以看到自我经验与欧洲个性主义思潮的呼应。即使后来加入其中的顾城，也以其童话般的想象，在模仿欧美诗人的过程中，弹奏出完全属于自我的神异之曲。林莽先生在一次谈话中，概括了那些作家的特点，我以为是对的：“‘伤痕文学’和社会是合拍的。由白洋淀到《今天》孕育而出的朦胧诗的精神内核是和社会不合拍的。”这一群落组成的合唱，从边远的荒原传来、渐渐被更多的人听到，的的确确改写了一段文学史。

在《今天》问世之前的几年间，中国青年之间流传着一种文学的手抄本。那时的写作者都是一些无名氏，然而思想已有相当厚重的地方。二十世纪七十年代，许多知识分子在默默地写作，比如，丰子恺自娱自乐的随笔，钱锺书的《管锥编》片断，都深藏书斋中，未曾流行。那都是些阳春白雪的东西，或许己身的恩怨含得太深，因此便自言自语，并无交流的冲动。但那些手抄本是热血奔腾的，具有相当的鼓动性。那时候北岛等人已渐渐形成了自己的美学风格，精神也日臻成熟了。《今天》便是这些无名之辈精神思考的产物，以其十年间自发的精神内省与盘诘，具有象征意味地揶揄了荒谬的生活。这是些特有环境下的精神孕育，和“五四”时期的文人不同，“《今天》派”是在几近沙漠的环境里，在与域外文化隔绝的时候，显示了智性的潜能。

人们往往注意杂志发表了什么，却极少关顾背后的故事。徐晓在描述《今天》的片断时，不经意间透露了许多细节，我们才知道那些有名与无名的参与者，为这个刊物的诞生和成长，做出了非凡的努力。北岛、芒克都带有一点圣徒的印迹，而周英、赵一凡则仿佛是殉道者。这让我联想起二十世纪二十年代北京曾有过的《语丝》社、《未名》社、《沉钟》社等同人杂志的编辑者与作者的故事，那也是文学史中美好的风景。不过这之前的社团有日本和英法美的文化参照，许多人是留洋归来的，带来的是异域的东西。《今天》同人没有那些域外的参照系，许多想法都是自生的。他们甚至没有市场的概念，除了信仰没有别的。文学的背后，其实就是人生的问题。鲁迅当年和青年们在一起搞文学期刊，也有类似的情结。几个不同背景的人走在一起，为的是心里的梦想，中国文人的痴情与宗教般的圣洁之心，往往隐含其间。文人间最脆弱和最美好的东西，在这里都能找到。《今天》同人之间的交往，他们非主奴的平等关系所导致的共产现象，都有值得回味的地方。但这一高度精神化的松散团体未得延续，也呈现了一种宿命。中国历史上类似的存在都有相似的命运，但它们本身却成了现代思想的驿站，今人的精神，有的也是从那一个个据点中传递过来的。

文学社团是个值得冷观的现象。现代期刊起源于同人的梦想，与党派的利益也深有关系。新文学诞生前后的杂志，多由学人所创，章士钊之于《甲寅》，陈独秀和《新青年》，周氏兄弟身边的《语丝》，都是气味相近的人的园地。在人道隔膜、心性日俗的年月，同气相求便成了活下去的理由。记得整理“未名社”的史料时，阅读过那本周刊《莽原》，便被同人间的友情打动。鲁迅为李霁野垫资出书，韦素园吐了血还在校鲁迅等人的文章，其间绝无谋利的私情，大家在做着相近的梦，不过从异域译一点美文，窃来火种，点亮此岸。韦素园死后，鲁迅曾十分的悲痛，倒不是为了他的才华惋惜，乃是因了一种人间少有的良知与善意。鲁迅一生痛恨伪君子，然而对民间殉道者的挚意却每每留恋。同人的存在意味着周围的世界盛行着排他主义，集结一股孤单的力量来显示异样的精神存在，是不得已的选择。徐晓介绍《今天》的片断，让我感到它与前述的一些杂志虽背景不同，心绪却惊人的相似——他们都相信一种文字的力量可以改变这个世界。的确，精神之河从小到大地汇聚着，旧物是可以在这样的力量面前退缩的。新文学的长河就是在这种不断的变动里，还保留着可贵的不变的东西。

《今天》在今人的记忆里还能如此鲜活，乃是因为那一群人做出了超乎常人的生活选择。二十世纪初的同人杂志不存在职业选择的压力，在编制过程中还有一点余裕的快乐。读《骆驼草》《未名》《晨钟》常常还能看到平和的审美静观，有时甚至是对人间的逃避。而《今天》那一群人，许多是义无反顾、直面人生的社会边缘人。他们的思维方式与语言表达逻辑和流行色几乎没有关系。杂志上的作品带有浓烈的悲剧氛围，所有的记忆几乎都与黑夜有关，以至那些诗与散文的底色都是暗淡的。遥想二十世纪四十年代“七月派”诗人的劳作，还有着象牙塔式的乐天的意象，在最忧郁的诗句后，还依稀流着寻梦的欢愉。而二十世纪七十年代的《今天》作者，则完全被一种悲怆的韵致包围，文字后有着反抗荒谬的哲学式的冲动，绝无漂在水上的那种轻松。较之于艾青的《火把》诸诗，北岛、江河、芒克的诗句好像更有格言的魅力，虽然这些格言是晦涩的。他们阅读了历史与肉身的苦难，文字带着痛楚的肉感，不可言喻的隐秘如同电流一般震悚地传动。二十世纪九十年代以后的诗人，已不屑于写这样的文字，也无所谓恶魔与天使的分野。“北岛们”的遗响究竟在后人那里意味着什么，是一个尚需思考的问题。

“五四”新文学有明显的对外来艺术的仿照，虽然那些问题意识滋生于中国社会。二十世纪初的文人要做的事情很多，学者也要承担起作家和政治人物的责任，思想是驳杂的。在那个时期的作品中，你有时也能读出精神的朗然。到了二十世纪七十年代，文学的功能越来越小，即使是地下文学，也已没有了公开模拟或讨论域外文学的形影，一切表述都处于朦胧的状态，并不能像胡适那代人直言直语。北岛等人的特点是怀疑主义，但那种怀疑主义和罗素的中国推崇者如曹聚仁、张中行等并不相同。他们不是学理层面的顿悟，所有的只是生命的直觉。他们在谎言、死亡、沉默里发现了人不应该那样地表述，而应当如此地独白。所以整个创作呈现出压抑后的紧张、冲荡和深切的自戕。徐晓在书中坦言：“我们的怀疑，是在不怀疑中生长出来的，即使要否定什么，也一定要先肯定什么。而年轻一代怀疑论者则不同，他们怀疑并且推翻，只是为了怀疑和推翻，不在乎是不是虚无，或许虚无正是他们所追求的境界。”但不知怎么，年轻一代的虚无色彩的文字，很少像《今天》的作者那么感动过我，至今阅读二十世纪七十年代朦胧诗群的片断，依然有着激动。好似那些诗句还是为今人写的，谁能说汩汩诗绪的流动里，没有我们生命中不可缺少的本然？

北岛之外的另外几个小说家如史铁生、阿城，其文字间流动的哲思与情趣，也如同历史的遗物，成了不可重复的思想的标本。他们永远沉落在流行色之外的深谷里，但心却与泥土和上苍贴近着。史铁生、阿城在《今天》的队伍里并不算主力，但他们后来的成长构成了文学链条的另外一环。史铁生由宿命而走向了哲学，阿城则在东方文史哲的遗绪里找到了现代人需要的智慧与狡黠。《今天》成了各种个性主义文学的生长点，那些微弱的种子各自萌发了绿色。十几年后出现的王小波，在精神哲学上已完全不同于他们，但我在其精神谱系里，还是找到了某种承传。在一种秩序成为万有的定律时，寻找另外一些可能变得那么重要。如果没有这一类人的加入，所谓新时期文学仍会陷入唯道德化的旧路里。所以我有时想起那一群人，感动的并不仅仅是几篇作品，而是他们打通了一个走向明天的通道。人完全可以以另外一种方式思想和活着。“在没有英雄的年代里，我只想做一个人。”这一句诗让我想起了鲁迅的一句话，意思是，自己所有的不过是悲喜时节的歌哭，并不想和谁抢走公理或正义。“回到自己那里去”，是二十世纪七十年代青年作家开始的努力，到了王小波那里，这一努力才结出了丰硕的果实。

文学的发生与传播过程，绝无大学里的讲章那么简单。如果文学史只是文本的解析史，那是有着巨大的欠缺的。《今天》的背后是一个个未曾沉沦的灵魂的组合，无字的与有字的书就这样形成了。史铁生曾为周英写过一段墓志铭，当可看到那一群人的难能可贵的精神。赵一凡、周英等人忘我地工作，让我想起了鲁迅笔下的柔石、韦素园，默默地劳作着，默默地挣扎着，不求闻达于世，只管倾尽心血，那才有着圣洁的闪光。这一群人，在没有光的世界暗自地燃烧了自己，又很快消失于长夜里。他们自知走向死灭是人的必然，然而却以自己的生命，显示了人间的另一种可能。直到今天，回望那个远离我们的群落时，我仍不能仅以“缅怀”二字解之。

莫言小记

莫言还没有出名的时候，就被孙犁发现了。孙犁从其文字里，感到了有趣的东西，便说了一些好话。我猜想那是作家之间的特殊感受，在基本的情调上，他们确有相通的地方。或者说，在精神气质上，他们重叠的部分也是有的。

但莫言没有走孙犁那样的路，虽然写了乡土里迷人的存在，却把视野放在了更为广阔的天地，与同代人的文学有别了。这里，有鲁迅的一丝影子，西洋现代主义的因素也内化其间，由此得以摆脱了旧影的纠缠。他对历史的记忆的梳理，有杂色的因素，从故土经验里升腾出另类的意象。不再仅仅是乡土的静静的裸露，而是将那奇气汇入上苍，有了天地之气的缭绕。先前的乡下生活的作品是单一的调子居多，除了田园气便是寂寞的苦气，多声部的大地的作品尚未出现。自莫言走来，才有了轰鸣与绚烂的画面感和交响的流动。这些在二十世纪上半叶的文学里也有，但还是零星点点的存在。

莫言的规模和气象，已超过了二十世纪上半叶的许多作家，可以说是自成一路的摸索者。

他的选择，在二十世纪八十年代是一个亮点，既保留了某些传统的因素，也颠覆了旧的模式。以布衣之躯，写天下众生，不是布道，不是为百姓写作，而是作为百姓的写作，于是就沉浸在泥土的深处，大地的精魂与地狱的苦难，都在其作品里以雄放的姿色出现了。

若是回想三十年间的文学，莫言的探索有意味深长的所在。一九七六年以后的文学一方面是回归“五四”，一方面是向西方学习。莫言是二者兼得，择其所长而用之。最初的时候，许多批评家对其并不认可。如今读当年那些小说评论，当看出批评界的滞后。小说家的思维是没有固定的模式的。莫言很早就意识到流行的文学理念的问题，文学本来可以有另类的表达。他早期的小说就显示了一种从单一性进入复杂性的特点。《白狗秋千架》《大风》《断手》《红高粱》《透明的红萝卜》等作品于混浊、零乱里依然有素朴的美。那种对人性的珍贵的元素的点化，在维度上已与传统的乡土小说有别了。他最初的语言很质朴，是带着七彩的光泽的。后来发生变化，节奏也快了。意象的密度也越来越大，雄浑的场景和无边的幽怨，在文字间荡来荡去。这使他一度缺少了节制，作品的暗影有些漫溢。他对恶的存在的描述，显得耐心和从容，以致让一些读者无法忍受。不过，恰是这种对审美禁区的突围，一个辽阔的世界在他笔下诞生了。《丰乳肥臀》《檀香刑》，就有诸多的醉笔，不羁之情的放逐里是回音的流转，乡间的逍遥的史笔，催生了一部快意的交响。这个特点在近年的《生死疲劳》里依然能够看到，一个亲近泥土而又远离泥土的莫言，给读者带来的是一种审美的快意。

我以为莫言的出人意料的笔触，是把时空浓缩在一个小的范围里。中国社会本来一盘散沙，村民是分散居住者多。莫言把战争、革命、城乡都置于一个调色板里，浓缩了几代人的感受，差异性与对立性浑然于一体。这达到了一种多维文化记忆的效果。略萨写秘鲁的生活，就是各类文化符号的组合。马尔克斯笔下的哥伦比亚，其实存在着多种语言文化的汇聚之所，零乱得如梦一般，神语与人语在一个空间。拉丁美洲的文化是混血的，于是有奇异的存在出来。那些混杂着宿命与企盼之火的村落、小镇，就有了神奇的意味。中国的乡下，是空旷死寂者多，无数灵魂的不安与期待的焦虑都散失到历史的空洞里了。而莫言却把那些零散的灵魂召唤在同一个天底下，让其舞之蹈之，有了合唱的可能。《红高粱》《金发婴儿》《酒国》等文本里那些轰鸣的多声部的交响，表面上与域外文学的某种情态是接近，但实际上多了中国乡下的独特的精神逻辑。

这种审美的自觉，其形成是复杂的。他的敏感和执着，时时把自己从流俗里拉出，与模式化的表达距离遥遥。这里不能不谈到他的阅读兴趣。莫言喜欢鲁迅和俄国的巴别尔，这能够提供我们认识他审美特点的线索。鲁迅与巴别尔的小说，就是繁复的存在居多，绝不单一地呈现生活。巴别尔的作品，在画面背后里有多重意象，鲁迅也是如此。在莫言看来，好的小说家，在日常里能够看见灵魂里的隐秘，那些没有被表现和没有被召唤出来的存在，才是小说家要捕捉的东西。小说除了生活细节的清晰之外，还要有那些不确切性的隐含。巴别尔在《骑兵军》《奥德萨故事》里所讲的一切，都是多民族、多风俗背景下的朴素的生活，但历史的复杂记忆在那个世界隐隐地闪动着。鲁迅其实颇欣赏巴别尔式的智慧，莫言也心以为然。他在一言多意的表达里，接近的恰是这样的传统。这个传统在思维方式与诗意的表达上，是与感知的惰性对立的。它不断挑战我们的认知极限，在跨越极限的瞬间，艺术女神的足音才能被人听到。

“五四”后的小说写到乡下的生活，平面者居多。要么是死灭得如鲁彦，要么是岑寂得如废名。唯有鲁迅写出了深度。莫言知道鲁迅的意义，他在精神深处衔接了鲁迅的思想，把生的与死的，地下与地上的生灵都唤起来了，沉睡的眼睛电光般地照着漫漫的长夜。《红高粱》《天堂蒜薹之歌》《酒国》《丰乳肥臀》无不如此，到了《檀香刑》《生死疲劳》已达到佳境。恢宏得如汉代的辞赋，高蹈于江湖之上，行走于神路之间。洋洋兮如江海涌动，灿灿然似初日朗照。白话小说的宏阔之气，自茅盾起初见规模，而到了莫言这里，则蔚为大观了。

我喜欢他对故土的那种多色的把握。他的幽默和超然的笔意并不遗漏苦楚的现状。他对不幸的生活的描绘颇为耐心，有时残酷到我们难以接受的程度，但他却从这苦痛里跳将出来，把国人庸常的触觉路径改变了，直指灵魂的深处。

他在叙述故事的时候，既投入又疏离，制造了悲凉的画面后，自己又坦然地笑对一切，把沉重的话语引入空无的时间之维，我们的心也被拽向苍茫之所。

越到后来，他的小说的乡土元素越多，而且在残酷的拷问里，悲悯的情感越浓。有时候，仿佛醉心于去描述那些灰暗和丑陋的遗存，但在混杂之中，在精神的多种因子的碰撞中，伟岸的力量和不屈的生命激情依在，在翻滚摇曳的咏叹里，人间的爱意汩汩地流动着。

他在《捍卫长篇小说的尊严》里说过这样一段话，可以引证他的审美态度：

> 圣经是悲悯的经典，但那里边不乏血肉模糊的场面。佛教是大悲悯之教，但那里也有地狱和令人发指的酷刑。如果悲悯是把人类的邪恶和丑陋掩盖起来，那这样的悲悯和伪善是一回事。《金瓶梅》素负恶名，但有见地的批评家却说那是一部悲悯之书。这才是中国式的悲悯，这才是建立在中国哲学、宗教基础上的悲悯，而不是建立在西方哲学和西方宗教基础上的悲悯。

我以为这里有他的生命哲学和审美的趣味。理解此话很是重要。我们过去的文学，过于强调纯粹，忽略的恰是在多语境里呈现的碰撞的东西。只有在复杂的时空里，才有立体的人与精神。莫言的创作就是在这种多元的因素里保持着赤子之心。他知道，一个经历了苦难的民族，展示他们的过去，暧昧的眼光是不能搜索到本质的。只有像鲁迅那样的直面，才可能出污泥而不染，从血腥的存在里找到美丽的闪光点。从《红高粱》到《蛙》，一个个精神围墙被突破了。那种力量感所升腾的浑厚的气韵，在百年小说间的确是一个奇迹。

莫言的被域外读者所关注，与中国的文化形象有关。他让世界看到了被遮蔽的精神绿地。记得日本的学者丸山昇对我说，最早听京剧，柔美的东西很多，被深深吸引。他以为中国艺术里唯有旦角的演唱最为美丽。有一次他在中国听袁世海的演出，被雄浑的旋律和咏叹所征服。原来京剧最震撼人心的还有花脸的艺术，这给了他一个刺激，遂发现了中国艺术最迷人的一隅。我觉得莫言的写作，有点京剧的花脸的意味，是奔放、遒劲、大气之所。中国人的作品，柔美者偏多，浑厚、刚健、敢于笑对群雄的朗然精神殊少。莫言的文字，击碎了萎缩与暧昧之维，令人想起汉唐诗文里的“如决大川，如奔骐骥”的气象。在回望近代以来的历史的时候，他于血色与悲剧里，唤回了消失的尊严与梦想，他的厚重感所昭示的哲学，让人读出了中国文化生生不息的隐秘。在这个层面认识他，或许能见到他奇特的价值。

文体家的小说

当代小说家称得上文体家的不多。小说家们也不屑于谈及于此，大约认为是一个不是问题的问题。近三十年来的作家最早关注文体的，是汪曾祺先生。他的看法是，汉语的表达日趋简化，作者的笔下少了美感。与汪曾祺看法相似的是木心先生，他在美国公开谈文体的价值，且自己一直从事着这种实验。木心先生生前认为，没有文体的文学家是有缺欠的。这个看法，无论是创作界还是批评界，应者寥寥，有人讥之为精英者的独语。不过我自己觉得汪曾祺、木心的观点，是对流行许久的文学观念的挑战，也射中了文坛的要害。在文风粗鄙的时代，批评界不谈文体，好像是一种习惯。其实也可以证明，我们的时代的书写，多是那些不敬畏文字的人完成的。

木心批评人们随意对待母语，亵渎文字，都非夸大之谈。我觉得他的文体观不都是审美的追问，而有着审美伦理的意味在。精神的沦落，必然导致语言的沦落，其间的连带的关系，真的颇值一思。

我曾好奇地打量过木心的生平，觉得是一个以美的精神对抗平庸的行吟者。木心大半生在忧患之中生活，五十五岁去美国，七十九岁返乡，离国的二十几年，形成了一套有别于各华人群落的独立的文风。其文字有先秦的气脉，内含着六朝之风。他几乎不谈政治和人际间的是非，把哀怨与憎恶抛于脑后，独于文字间穿梭往来，大有逍遥之乐。讲究文体的背后，是思恋母语的故乡，是对汉语功能简化的忧虑。他的文章虽然有点做作，但是有意识地进行文体试验是无疑的。他熟读旧的经典，对西方小说颇有感觉。也因为是画家，作品的画面感和历史的情思亦隐含于此。文章讲究，吝啬笔墨，精彩的时候连一点奢华的余墨都不留。文体家大概是注重词语之间的连带关系，表达时浓淡相宜，比如留白，藏墨与藏拙，会控制文章的起承转合。木心先生在《鲁迅祭》一文就讲：

> 文学家，不一定是文体家，而读鲁迅文，未竟两行，即可认定“此鲁老夫子之作也”。
>
> 在欧陆，尤其在法国，“文体家”是对文学家的最高尊称。纪德是文体家，罗曼·罗兰不是。
>
> 鲁迅的这种强烈的风格特征，即得力于他控制文体为用。文体，不是一己个性的天然形成，而是辛勤磨砺，十年为期的道行功德，一旦圆熟，片言只语亦彪炳

独树，无可取代，试看“五四”迄今，谁有像鲁迅那样的一枝雷电之笔。

木心把文体看成后天修养的产物，即章法和内蕴的多维的表达。这里有声音、色彩和幽玄之思。语言倘若能够出现日常语言没有的功能，大概才能具有成为文体家的可能。

他自己是自觉地走文体家的路的，走的有些刻意。但是内蕴是好的。有的表达，已非今天的作家可以企及。比如他说：

生命树渐渐灰色，哲学次第绿了。

平民文化一平下去就再也起不来了。

现代之前，思无邪；现代，思有邪；后现代，邪无思。

回来时，走错了一段路，因为不再是散步的意思了，两点之间不取最近的线，幸亏物无知，否则归途上难免被这些屋子和草木嘲谑了。一个散步也会迷路的人，我明知生命是什么，是时时刻刻不知如何是好，所以听凭风里飘来花香泛溢的街，习惯于眺望命题模糊的塔，在一顶小伞下大声讽评雨中的战场——任何事物，当它失去第一重意义时，便有第二重意义显现，时常觉得是第二重意义更容易由我靠近，与我合适，犹如墓碑上依着一辆童车，热面包压着三页遗嘱，以致晴美的下午也就此散步在第二重意义中而俨然迷路了，我别无逸乐，哀愁争先而起，哀愁是什么呢，要是知道哀愁是什么，就不哀愁了——生活是什么呢，生活是这样的，有些事情还没有做，一定要做的……另有些事情做了，没有做好。

这是一种修辞式的文体，玩的是小聪明。许多人不喜欢这样的表达，以为是一种自恋的外露。不过，这样的游戏笔墨，不是人人来得。他后来写小说，这种小聪明不用了，显得异常的洒脱与漂亮。小说要靠情节和意蕴来表现生活，那么就不是词语间的搭配，而是意蕴的连缀。这需另一种笔法，用古人的话说，是以气为之。木心写小说，走了两条路，一是鲁迅的路，一是博尔赫斯的路。前者是二十世纪上半叶风俗的勾勒，后者乃智性的盘绕。因为小说写得不多，才气刚已露出就终止了。这是很可惜的。

能体现其小说独特性的是小说集《温莎的墓园》。其中多篇乃文体家的灵光闪现。可驻足关顾者多多。他在《寿衣》里，有意模仿了鲁迅的韵律，但又放弃了主题的暗仿，形成了自己的特点。《温莎的墓园》那一篇，则是另一种格调，隐曲的故事与回环的迷宫，是一种感性显现的另一种象征，但味道确没有西洋的样子，很精致了。

考察《寿衣》，能够窥见其文化理念和文字表达的用意，可谓爱意深深。小说写江南水乡的用人的故事，作品开篇平平凡凡的起笔，很放松地出进，语态平缓，韵律暗出。陈妈醉态里关于缠脚的苦的吟哦，很有乡土气味。刻画主人公的样子，用的是白描手法，但色彩感却那么强烈，有木刻的影子，明暗之间，人物形态飘然而出。

小说的陈妈，很像祥林嫂，为了逃离家庭之苦，到“终年平静得像深山古寺一样的老城旧家”来做用人。作者写了陈妈曾先后经历了三个丈夫：

> 第一个是童养媳年代便夭折的，受不了公公的猥亵、婆婆的打骂，她逃，讨过饭，还是想死，从桥上跳下去，桥脚下一个摸蟹人，把她拖上岸，那人便成了第二个丈夫。去年发大水，他在抢修堤坝时，坍方淹毙——是那个瘸子出钱买棺成殓，事前讲定，事后，她便归瘸子所有，全不知那瘸子是个贼，在外地行窃被打坏了手脚，换窝来到了他们的乡间。

陈妈的苦命，在叙述者我的眼里，没有《祝福》的我那么沉重。小说的我是个孩子，成人的感受被消解了。童心与世故的对比，在此生出诸多玄奥之思。小说中孩子的语言，乡下人的语言和江湖算命者的语言交织在一起，有奇音的流布，殊为感人。孩子恶作剧引出算命者的谶语，也使小说从鲁迅的语境走出，有了木心自己的表达式。作者对世态炎凉的勾勒入木三分，非深谙俗谛者难能为之。陈妈被诬告的时候所表现的坦然决然楚楚动人。

鲁迅写鲁镇，隐藏着寓言，对儒道释的余绪对人的关联，思考得很深。木心无鲁迅的冷酷与肃杀，但写人情与风俗，有真俗对比，清浊对比。乡土的梦，生死之变，人的幻相与虚妄，衔接着一个古老的梦。可怜的陈妈死前，知道自己竟也有好的寿衣在，颇为欣然。在叙述者“我”看来，陈妈在没有意义的地方找到了意义。

《寿衣》的文字，是鲁迅式的沉郁，也带有木心式的机敏和玄机。他有意放弃了只有在俳句里才有的那种华贵与明亮，竭力控制着自己的情思。旧小说的意味和谣俗里的神曲都盘绕其间。他的用词，是简朴而有质感的。小说一开始的韵律，就是典型的二十世纪上半叶的风格，词语是旧白话的流泻，调子缓缓的。一个远离喧嚷的乡下小镇，原也是暗流涌动。人与人的隔膜与对立，生与死间的男男女女的苦乐，都仿佛水墨画般被描摹出来。木心找到了一种对应那种灰暗生活的文体，他从鲁迅那里衔接了一股文气，又参之己身的体验，文字苍老浑厚，又有民俗写意的余韵，读之如品老酒，暗香飘动，是颇为传神的。

新一代作家也有写那时候生活的，苏童、刘恒、李锐都是。他们要找的就是这样的语序。有的颇为真切。木心是旧时代过来的人，自然知道写那样的生活该如何出笔。他的文字保留了二十世纪四十年代的委婉、清静之味，寻找到了属于自己生活的线条与色彩。是鲁迅召唤了他沉眠的意识，发现自己的记忆里有神异的存在。那么说来，文体该是自己经验最恰当的诗意的表达，该是对的。

《寿衣》整篇是一曲挽歌，一个善美的女人不幸存在的缩写。民间性的复杂的音响和童真的无染尘埃的美的流盼，使作品在一静一动间滑动。词语都很平白，没有他的随笔时的玄思和回旋。但那不动声色的喷吐，其实暗含着一种无奈的歌哭。人在无所不在的法网里，看不见自己，也只能在幻影里慰藉自己的灵魂。这样的无声的表达，是沉浸在夜色里的无奈的苦思。但起承转合间，我们看到了作者诗意的回忆里的一丝释然。这样的表达，其实也把自己囚禁的记忆放逐到历史的时光之洞了。

我在这里谛听到了作者的心音，这是没有流行调的歌调。和过来的人不一样，他回到了二十世纪上半叶的世界，拒绝了世间的文本。茅盾曾有过这样的文体，后来废掉不用，叶圣陶亦有此类经验，此后也放弃了。木心以为，我们的时代，在表达上被一种趋同的力量所使，小说与散文都出现了问题。他说："'五四'迄今，文学的发展过程是：一种文艺腔换另一种文艺腔。初始是洋腔，继之是土腔，后来是洋得太土，土得太洋的油腔。"木心不喜欢这些腔调，他的文字含着生命的切肤的痛感，又有出离痛感的智者的飘然。那些词语是乡音与童谣之间的，还带着中古文人式的清俊，有知其不可而不安之于命的突围。那里的哀婉与惆怅，像江南绵绵的雨，带着无边的忧思。他要寻找的是这样一种生于江南，又不属于江南的语言。他贴切于那个古老的存在，却否定了那个存在。于是小说在一种不同于流行色的文体里，伸展出另一个人生的图景。这是对一个过去的存在的诗意的瞭望，在那里，作者否定了那个世界的一切，却把悲悯和爱留给了读者。这样的小说，不仅仅是故事的交代，也是一种表达的交代。只有这样的表达，才能够使其内心得意安慰。那个词语的世界，才有了他灵魂安顿之所。

在许多文章里，木心表达了对独立的文体的渴望。他对中国文坛的讥讽，都非幽怨式的，而是有着哲学式的追问。《琼美卡随想录》时常唱出新调，都与文体之梦有关：

> 伟大的艺术常是裸体的，雕塑如此，文学何尝不如此。
>
> 中国文学，有许多是“服装文学”，内里干瘪得很，甚至槁骨一具，全靠古装、时装、官服、军服，裹着撑着的。
>
> 人的五官，稍移位置，即有美丑之分，文章修辞亦当如是观。
>
> 时下屡见名篇，字字明眸，句句皓齿，以致眼中长牙，牙上有眼，连标点也泪滴似的。

> 把文学装在文学里，这样的人越来越多了。
>
> “文学”是个形式，内涵是无所谓“文学”的。
>
> 有人喜悦钮子，穿了一身钮子。

这里的基本点是，文学的真正功夫，在文学之门的外边。而文章的好坏，非词汇的华贵，而是气韵的贯通，是人的境界的外化。文坛已经不太纯洁，语言亦是。只有甩掉外累的人，文字才能得天地之快慰。

当代小说家讲究文体的有多位，但是不是木心所说的文体家还值得思考。我的眼里，汪曾祺、孙犁、贾平凹是，许多知名的作家恐怕还不是。许多作家是有语言的自觉的，但自成一格者不多。汪曾祺的小说，有明清笔记的特点，加上一点书画和梨园里的调子。孙犁的文字是从鲁迅传统和野史札记中传递过来的，故是另一番存在。至于贾平凹，是古风的流转，泥土气里升腾着巫气，有着古中国禅音的余响。不过上述几位，和鲁迅比，缺少一种多种语汇的交织的维度。鲁迅是把日语、德语的元素和母语嫁接在一起的。六朝与明清的气韵也保存其间。如此看来，当代小说家有此种功底者不多，也就是没有暗功夫。按照木心的理解，文体家都要有暗功夫的。曹雪芹如此，张爱玲亦是。只要看他们在诸多领域的修养，就知道其出笔不凡的原因。汪曾祺自己深味此点，晚年多次言及语言的问题，其实细细品味，乃对小说家独创的文体的期待。这个话题，后来的小说家有的注意到了。比如王安忆，她在《天香》里故意以明人笔法为之，确是一种语言的自觉。阎连科《四书》章法的别致，我们看出了一种出离旧式语言的冲动。但许多人认为，文体是修辞的表现，或一种另类词语的衔接。大概并非那么简单。汪曾祺在《中国文学的语言问题》一文中认为语言有内容性、文化性、暗示性、流动性。他说：

> 世界上有不少作家都说过“每一句话只有一个最好的说法”，比如福楼拜。他把“宜”更具体化为“言之短

> 长”与“声之高下”。语言的奥秘，说穿了不过是长句子与短句子的搭配。一泻千里，戛然而止，画舫笙歌，骏马收缰，可长则长，能短则短，运用之妙，存乎一心。中国语言的一个特点是有“四声”。“声之高下”不但造成一种音乐美，而且直接影响到意义。不但写诗，就是写散文，写小说，也要注意语调。语调的构成，和“四声”是很有关系的。

汪曾祺的话，和木心的感受，几乎同路，只是说得比木心更具体和明白。木心的文字以修辞胜；汪曾祺的作品，美在句子与句子的搭配关系。看似平白，实则多味，那是闲云野鹤式的游走，得大自在于斯。多的是平民之乐。木心的平民感觉的背后，有种贵族的东西，故更带一点玄学的味道。这是他们的不同。不过，在我们这个时代，有几个老人从凡俗里出离，走出别样的路，确给我们诸多的惊讶和喜悦。以性灵与智慧对抗着我们文坛的粗鄙和无趣，写出好看的小说来，真的算是幸事。文体家的小说和小说家的文体，我们先前研究得不够，倘于此多花些力气，则对我们文学史的枝枝叶叶，会有另外的打量。

但文体其实是思想体的一种外话，故意为之似乎还是一个问题。孙犁的文章讲究，但没有夸张和刻意，意境是好的。俞平伯当年意识到文体的价值，因了过于用力，便有做作的痕迹。沈启无当年模仿周作人，自己的声音没了，也多是一种教训。木心的文章好，实在是修养的水到渠成。他在美术与古典文学间的游弋，在西洋小说和日本俳句间的穿梭，渐有风韵，多含妙态，独步于书林之间，那是快慰无穷的。我们今天的作家不敢谈文体，实在是没有这样的实力。或说没有这样的资本。小说不是人人可以自由为之，其间有看不见的内涵在。即便是文体，也非一两句话可以说清的。

笔记三则

一

中国台湾小说家中，白先勇的笔触总让人不能忘记。他委婉的叙述里，有很优雅的气息流来，像古琴的弹奏，缓缓的调子里有恍惚、凄婉的意味。他的小说，总能在沧桑里悟到些什么，且写出人内心不可言说的苦楚。我觉得他的文字里有悲悯的存在，懂世俗，且又远离世俗，那入木三分的笔法，刻出世间的黑白，看得出他的悟性之深。

他对人的认识极其敏感，乃至出奇的精细。似乎一下子进入人心，把那些我们看不见的存在一一打捞出来。小说集《台北人》当年风靡读书界，也许源于他的非凡的感知力，和柔美的精神气质。那些忧郁的文字和破碎感觉里的怅惘的故事，像一首首夜曲搅动着读者的心。这个在美丽的文体中复制人的爱欲与期望的人，把幽秘的人生的一幕幕戏唱给了我们。

多年前第一次读《游园惊梦》，惊异于作者的感受的幽微、逼真，才明白他对人生的梦幻般的书写里，有多么惊人的体悟在。在寂寞的冷思里，催生了一个个旧梦，我们不妨把他的作品看成一种温馨的演奏。岁月流逝里的人生，明与暗在天人之际闪着苦影，把无数生命卷入空寂之所。白先勇在《游园惊梦》写了钱夫人的戏里戏外的人生。她和当年在一起的姐妹们曾有无数可感的故事，都是昆曲界的高手，有过声震四座的艺术表达。但是后来，她和战败的队伍逃到中国台湾，一切都变了。丈夫的死，己身的衰老，已不复当年的光景。在友人的聚会上，竟唱不出声来，往事历历，不知戏是梦呢，还是梦是戏，一切仿佛在云雾之中。主人公在感伤里顾盼流连，翻卷着心绪，是无可奈何的声声叹息。

白先勇懂得戏曲，他知道，那些美丽的存在不过是无数生命苦难的结晶，支撑艺术的是背后的看不见的存在。对昆曲的痴迷，给他生命带来了诸多诗意的亮点。这一古老的艺术因其内蕴的丰沛与格式的特别，而使其找到驻足之所，他在这里看到的是大千世界里的隐秘。昆曲在盘绕里有柔软的情感的对白，这个远离俗谛的吟哦，其实与人性的隐秘距离更近。与简约、粗俗的曲调和表演比，昆曲在含蓄之中有大的哀凉的流动。但在白先勇看来，戏与人生，其实在一个时空里，梨园里的故事，更有动人之处。他对梨园行的人与事那么熟悉，不仅迷恋曲调里的人生，也深味那歌咏曲调的不同的境遇。小说写昆曲演奏时的场景，大有贵族的意味，仿佛把晚明士大夫的悠扬的调子召唤出来。但偏偏是战乱，从南京到台北，从显赫的地位到孤寂的晚景，昆腔所唱者，也演绎着不同的人生。当年自己在戏里感叹历史人物的恩怨是非，而今钱夫人也不由被他人所感叹。一切都在流逝，连同自己的生命。那华贵、飘逸的曲调，似乎印有自己的谶语，钱夫人的惊梦之中，有戏台内外的沧桑的一现，也有戏曲里的真谛的体悟，两者在一个天地间被楚楚动人地呈现出来。

戏曲界并非和风细雨，不同人在这里弹拉歌舞，其实也各怀心事。审美的殿堂也有江湖，在忘我的咏叹里，我们未尝看不见那些暗影的飘动。昆曲的美，在于古人把情调的提纯化，那是东方神秘主义的一隅，一神秘，就有不测的悲凉来。《游园惊梦》借着那曲调与神色，把聚会大厅写得那么热闹，作态的军官，富贵的太太，奢侈的酒宴，热闹的弹唱，一切都是风雅的流转。但这热闹里，却有寂静的苦心的煎熬，我们看到了钱夫人冰冷的内心。在繁花似锦之中，白先勇给了我们一个寂寞的人生，那感叹，是渗入骨髓的。

我于是想，那是唯有经历过沧海桑田的人才有的感触吧？白先勇是从战乱里飘过来的一代，父亲当年在血海里搏杀，沾上了死难者的幽魂，那些不堪回首的故事，在他看来都是人间旧戏的延续。《游园惊魂》是风雨飘摇之后的破落者无奈的残烛之闪耀，那些华贵、曼妙的人与景，是与非，在他眼里既是一种历史的缩影，也是一种审美的凝视。人可以从那表达里解脱自我，也能由此悟出三生之景。汪曾祺、章诒和都写过梨园里的故事，也借着昆曲的调式弹奏着世间的不幸。那些也与历史的风雨混合在一起，把台上台下的人生，连成一片了。

二

阿城出生于一个文人的家庭，自幼读书颇多。遭受过诸多磨难，但内心的情感有一种抗拒流俗的元素，故知道文化与人生的错位，对精神有一种内面的追求。这和那时候的作家精神大异，有他人未有之音。

他是个很会写文章的人，懂得中国词语的内在的韵律。看过他一本笔记，写世间万态，明清文人的淡定，士大夫的趣味都有，全不像经历过苦难的人的样子。他在思维的深处，厌恶虚假的话语，内心自有一种音节在，在枯燥的岁月也会自吟自唱。这种状态，只有经历过的人才有。他的早熟，让同代人不禁惊讶不已。

《棋王》一问世，便惊倒众人，一种回归传统小说的笔意直逼人心，像清新的风让人舒坦而解颐。

小说写下乡知青的生活，没有一般人的套路，颇多奇思。青年王一生，因下一手好棋，在无聊的时代，找到了一种乐趣。阿城写荒凉的岁月里枯寂的生活里有热力的存在，但那热力不是马克思的理论，不是毛泽东的思想，而是游于艺的古代象棋运动。这样的人，在那时候殊少。阿城把那时候的话语方式完全放弃了，也没有回到“五四”的语言逻辑里，干脆回归到宋明小说的语境里，但内蕴却是现代的。这在二十世纪八十年代的小说里，确是一个奇迹。

《棋王》叙述故事的方式，在现代小说里不算新奇，只是语态是老白话式的。这里写了几个知青的孤苦的生活，日子像沙漠般单调。但人与人在内心，却有神异的智性闪烁，那是彼此沟通的链条，好在一切还艰难存活着。王一生和时代在思想上是脱节的。阿城觉得，在一个几乎无路可走的时代，人倘还能因技艺而进入审美的愉悦和精神的愉悦的层面，则精神庶几不得荒芜，自有救赎的地方。这是道家与禅林中的古风，悠然于乱世之中。精神之不倒，甚或有奇迹的闪动，则坦然无憾矣。

阿城成长的年代是革命文学主导的年代，革命文学追求纯粹的美，要高大完美。但阿城偏写不高大不完美的人生。他知道只有日常里才能见到真意，精神的伟力也恰可于日常中得之。阿城写小说有几个妙处，一是写吃，香气袭袭，平实里的玄奥颇为得体，大有《红楼梦》遗风。那种对食欲的审美化的展示，是一种东方生命观的凝视，只有旧式笔记小说里偶有这类笔法，但就传神而言，阿城略胜一筹。二是写下棋时的境界，完全忘我的幽思，内中吞吐日月，包含天地之气，朗朗乾坤，茫茫宇宙尽在腕下旋转。小说通篇大俗的笔韵之下，乃尘世凡因流转，平凡得不再平凡。但雅处则渺乎如仙境之语，有天神般的庄重，妙意极矣。三是写人的超凡之味，颇为神秘，比如对捡烂纸的老头，仿佛一个隐士，是藏着诡秘的气息的。这些都是边缘人，是被人轻视的存在，但越是边缘，就越有一点深切的思想，这大概就是庄子所云无用之用吧。

但小说最引人者，不是写凡人的圣化，而是那神圣背后的悲凉。王一生在棋盘上大放光彩之后，却不尽伤神而泣，俗身依然在尘网里，大家还在可怜的人间。收笔于此，不禁大吸一口冷气，天地之不幸照例挥之不去，那种悲凉之思，我们岂能忘记？小说的结尾，颇值深思，有不尽的隐含在。汪曾祺看了这篇小说，赞叹不已，但一面也说有些败笔，言外是不要把玄机都露出，反而有些可惜。但我觉得似乎不是这样，小说这样写，就又回到俗世，把自己的目光拉下来。革命文学就是把人物拉高，有些不食人间烟火的样子，那就高处不胜寒了。阿城要的，大概是这样的结果。

《棋王》是写凡人小事，有朴实而又飘逸的美，故事不过日常的琐事，写吃住的细节都耐心有趣，但是却有神异的美在，这大概因了其叙述口吻的士大夫气，有一种古雅的东西暗自流来。他用一种过去的死去的语言，却写着当代的故事，旧与新，古与今，动与静，还有生与死，都在反差里以古典的色调款款而来，涌动着丝丝的暖意。这种暗中带明的叙述，就有灵光的暗示，知道我们的生活还没有死灭，古老的神思还活在苦楚的人间，那是人赖以存活的灯火，在无趣无智的时代，给我们久远的快意。阿城在一个灰暗的时代所葆有的温情，久而存于世间，如今读之，依然有快意于斯。

汪曾祺看了《棋王》，自叹不如，说了些好话。在谈到笔记小说的时候，专门讲到阿城的成绩，以为自有枢机，飘飘然于俗林之上。这个感觉是对的，点到了话题的核心。

“五四”打倒孔家店，把古文丢了，在汪曾祺看来殊为可惜。汪曾祺觉得，阿城与孙犁，都是难得之人，他们从古人的文字里，得到神韵，文章自然别有韵味的。

好的作家，思想是与时代隔的。任何的时代均是如此。记得看章太炎写给钱玄同的信，就讥讽当时流行的文风。章太炎说梁启超、林纾的文体，害了读者，因为有做作的痕迹。而在他看来，六朝的文章才好，因为有心中的期盼和焦虑，并非装腔作势的表白。这个看法，给钱玄同不小的启示。他在新文化运动中的话语方式，就多从章太炎那里得到，显得奇异而古雅。鲁迅后来的成功，就是避开了那个时代的话语，连思维也变了。这个规律，在二十世纪八十年代的汪曾祺、阿城那里也有体现。他们的信心相同，实在也是必然的。

三

自沈从文之后，小说写民俗与民风，和那些没有被污染的世界，成为一种路向，许多人神往于此，借此洗刷着尘世的污垢。某些作家以为这是一种逃逸，其实是误解了沈氏，这其实不是隐逸之笔，而是读书人的一种惊奇，他们在单纯的世界发现了一块绿洲，那恰是现代人所缺少的部分。越是处于复杂的世界，越感到单纯的价值。其片影中对世界的警示也是有的。沈从文也好，汪曾祺也好，都在平淡的氛围里关注了一股真气，涤荡着芜杂的什物。这种看似隐逸的作品，其实有大的无奈和愁思的。

铁凝的创作，一个时期在许多方面是属于这个类型的。她写乡下的生活，有一种温情的调子，能够注意到人性的亮度的存在。那里有欣赏，也有惊讶。因为在读人的时候，诸多的先前所没有经历的经验联翩而至，便有留住他们的冲动。即便是与残忍的世界面对，都不愿意放弃那个吸引过自己的亮度。

铁凝的小说，有一种清秀的美质。她的许多作品，染有单纯的色调，在字里行间闪动着。《哦，香雪》发表后，便受到读者的喜爱。仿佛一股清风吹来，给人爽快的感觉。

许多老的作家欣赏她，孙犁对铁凝的作品有一种好感，那是彼此相近的审美意识所然。汪曾祺也感叹其作品的美丽的片断，喜欢那文字间单纯的意象。他在《铁凝印象》里说："'清新'二字被人滥用了，其实这是很不容易做到的。河北省作家当得起清新二字的，我看只有两个人，一是孙犁，一是铁凝。这一类作品抒情性强，笔下含蓄。"如此说来，他们是有一个相近的审美传统的。铁凝的作品有着一股清纯的气息的流动，女性的自恋和哀婉的小情调是看不到的。她的写作，受到了前人的暗示，或者说得到了真传。这个逻辑链条里，说铁凝是一种传统的继承者也不过分。

《哦，香雪》是一曲童贞的民谣，作者以纯然的目光看着乡下人的内心。那种没有杂质的心灵和单纯美丽的形影，是山野里的精华所蕴，不亚于沈从文的湘西世界。在封闭的山村和都市之间，人与人连接在一条铁路的小站上。一面是神秘的远方，一面是宁静的乡里。火车上神奇的人与物，事与情，把彼此不相关的人和物联系起来了。铁凝在小说里写到了孩子的好奇与可爱，她们的希望所系的那个有趣的存在。香雪为了一个铅笔盒，到火车上与人以物交换，不料未能下车，意外地被拉到陌生的地方。为了一个梦想，有了一个奇遇的出现，又惊又喜之间，人性的光泽温暖地照着，全篇被爱意所笼罩了。

小说的细节很动人，不同性格的乡下女孩，其声音、动作，都传神得很，几句对白，几个场景，人物便活了起来。全篇的语言颇为自然，没有矫情之处，自然而朴实里，有清秀的气息的流动。小说的结尾，出乎意料的好，香雪在返回乡里的时候内心的活动，欣喜里的不安，惊异中的焦虑，款款地涌在姑娘的心头。当在黑夜里忽然见到迎接自己的同伴的时候，那种温情便把夜的冷色驱走了。这种原生态的质朴的美，那么清晰地出现在文本之中。完全没有阴暗的影子，没有世俗的晦气。在作者的笔下，是一幅乡村的优雅的画图。这里有纯真的孩子对现代生活的渴望，那一切都那么自然，远离着做作的痕迹。铁凝放弃了生活记忆里的杂色的存在，她在透明的性情里，折射着一道文明的光景，给人久久的快慰感。

叙述者是城里人的一种旁观，但我们的作者却没有一点的隔膜。这里对乡村人的理解是带着欣赏的眼光的，似乎于此发现了城里人所没有的闪光点。她尽量贴近孩子，在气质与性格里，有美丽的色调的摇动，连香雪的呼吸我们都可以感到。在这里，几乎是平淡得不能再平淡的人与事，但有人性里波澜的起伏，跳动着渴望的心，把人引向神秘的远方。作者发现了属于女性最美的存在，那里没有世故与灰暗，有的是一种爱意的投射，但一切都那么腼腆，含蓄，似乎朝露的闪烁。那是大地的甘露，天地的菁华聚集于此，那泥土里的温情，把我们这些读者引向了圣洁之所。

在谈及这篇作品时，铁凝说：

> 一列列火车从山外奔来，使她们不再安于父辈那样坐在街口发愣的贫困生活，使她们不再甘心把自己的青春默默隐藏在大山的皱褶里。为了新追求，她们付诸行动，带着坚强和热情，淳朴和泼辣，温柔和大胆，带着大山赋予的一切美德，勇敢、执着地向新生活迈进，一往情深。

在差异里发现美，看到蠕动的心那种微弱的希望之火，没有任何邪念的温情，那么美地感动着我们。这些无不带有作者的心灵的爱。孙犁看到此篇小说后感叹说：

> 在农村，是文学，是作家的想象力最能够自由驰骋的地方。我始终这样相信：在接近自然的地方，人的想象力才能够发生，才能纯净。大城市，因为人口太密，互相碰撞，这种想象难以产生，即使偶然产生，也容易夭折。

这里是一个城里人的羞愧，所有的读过此文的人，都会有这样一个羞愧、羡慕、赞叹的感受。铁凝在小说里以镜子般的魅力，照出别人，也照出自己。在邪恶和不幸笼罩着世界的时候，在人们还在抚摸着历史的创伤的时候，作者以另类的美，改变着人们的视角。这是一种发现还是一种逃避？我以为其警示的价值，是有的。一个苦楚的土地孕育出的，不都是生涩之果，那些美丽的存在，我们只是很少打捞而已。